Andreas Heßelmann

Keine Vergebung
Der siebte Mallorca-Krimi

Bibliografische Information der
Deutschen Nationalbibliothek:
Die Deutsche Nationalbibliothek verzeichnet diese
Publikation in der Deutschen Nationalbibliografie;
detaillierte bibliografische Daten sind im Internet über
http://dnb.dnb.de abrufbar.

TWENTYSIX
Eine Marke der Books on Demand GmbH
Alle Rechte vorbehalten.

© 2022 Andreas Heßelmann
andreas-hesselmann.de

Herstellung und Verlag:
BoD – Books on Demand, Norderstedt

ISBN: 978-3-7407-0567-1

Lektorat und Korrektorat: Brigitte Bausch
Coverfoto: AdobeStock/297005993/martinchrt
Autorenbild: Rainer Simon

Hurga el dolor como un pinchazo
y no encuentro alivio.
Der Schmerz stochert wie ein Nadelstich
und ich finde keine Erleichterung.

(Fernando G. Delgado, *La mirada del otro*)

Prolog, 3. Oktober, 4 Uhr 15

Unpünktlich, aber nicht zu spät, war das Erste, was ihm einfiel, und er wusste nicht, wie er nach allem darauf kam, als er auf die Uhr schaute. Er überquerte die Brücke und kurz dahinter stand sie und wartete schon auf ihn. Natürlich hatte sie ihn längst bemerkt, während sie die Stühle zusammenstellte. Er hingegen sah sie erst jetzt und traute seinen Augen nicht. Leggins im Militärlook, bauchfreies Top und rötliche Haare, die nach innen geföhnt knapp über ihre Schultern reichten. Fünf Meter vor ihr traf ihn der erste Tropfen und sie schaute hoch. Dann zuckte sie mit der Schulter und ging langsam rückwärts ins *Bianco* zurück. Der nahezu hämmernde Regen begann genau in dem Moment, als er mit seinem überaus erstaunten und verblüfften Blick an ihr vorbeiging. Sofort schloss sie hinter ihm ab. Jetzt würde niemand mehr kommen. Jetzt *hatte* niemand mehr zu kommen. Sie gab ihm, wie immer in letzter Zeit, einen viel zu zärtlichen Kuss und er strich mit seinen beiden Händen an ihren Seiten hinunter. Ihre frauliche Figur fühlte sich gut an und sah in der engen Kleidung mehr als sexy aus. Kurz streichelte er über ihren Po und sie drängte sich für einen genauso langen Moment an ihn, bevor sie ihn zu seinem Platz führte und sich hinter ihn stellte. Ihre Hände auf seinen Schultern, ihre Lippen in seinen Haaren. Langsam begann sie sein Genick zu massieren. Nach einer Weile schob sie ihre Hände unter das Hemd, öffnete die Knöpfe von innen und zog es so an seinem Oberkörper bis auf die Hose hinunter. Ihre Finger glitten zurück auf seine Schultern und sie drehte ihn auf dem Stuhl zu sich um. Beugte sich vor und gab ihm wieder einen Kuss. Ihre Zunge drängte sich zwischen seine Lippen und er schmeckte Blut.

„Was machst du denn für Sachen?", fragte Gabriela. Ihr Kopf schwebte über seinem Gesicht vor einem klinisch weißen Hintergrund. Ihre Haare kürzer, aber nicht rötlich. Soweit er sehen konnte, hatte sie eine weiße Bluse an. Seine Zunge fuhr über seine Lippen. Neben dem Blut glaubte er so etwas wie Farbe zu schmecken. Sie strich ihm über den Kopf, der sofort zu schmerzen begann. Langsam, als würden verrostete Zahnräder langsam in sich greifen, und als wenn eines von ihnen immer wieder etwas hakeln würde, kamen ein paar wenige Bilder hoch. Schreibtisch, Andreu, Brücke, *Bianco,* Regen, Geldautomat – schwarz.

„Sie haben dir keine zwanzig Meter von mir entfernt eine übergebraten. Die kamen mit 'nem Roller an und haben dich beim Geldautomaten gesehen. Ich bin noch losgerannt, aber da haben sie dir schon den Schläger auf den Kopf geknallt. Und weg waren sie. Auch das Geld ist natürlich weg. Wie die. Leider habe ich nicht an das Nummernschild gedacht. Tut mir leid. Aber ich hab' gedacht, du bist tot, so geblutet hat das. Ist aber nur 'ne Platzwunde. Die haben sie im Rettungswagen schon notdürftig geflickt. Jetzt hast du ein tolles Andenken. Wird sicher eine schöne Narbe. – Ich war die ganze Nacht bei dir. Nicht dass doch noch was passiert. Man weiß ja nie. Und die haben ein Gerinnsel oder so übersehen. Mein Gott, tut mir das alles leid."
Sie unterbrach ihren aufgeregten Redeschwall und strich ihm wieder vorsichtig über den Kopf. Dann näherte sich ihr Gesicht. Er hatte sich nicht getäuscht. Es waren ihre Lippen gewesen, die er gerade geschmeckt hatte. So gut es ging, erwiderte er ihren Kuss und genoss ihre streichelnde Hand auf seiner Wange. Ihre Zunge erforschte tatsächlich derweil seinen Mund. Nach ein paar Sekunden richtete sie sich etwas auf:

„Draußen hab' ich gerade Elena getroffen. Einer der Sanitäter hat dich erkannt und ihr Bescheid gegeben. – Sie ist ja Ärztin und organisiert gerade noch eine weitere Untersuchung für dich. Wenn die gut ausgeht, darfst du morgen oder übermorgen Nachmittag schon nach Hause. Platzwunden reichen wohl nicht für einen längeren Klinikurlaub. Und das Krankenhaus ist voll. Kann also noch etwas dauern. Seit gestern liefern die nämlich wieder einen Patienten nach dem anderen mit diesem Scheißvirus ein. In Palma drehen sie deshalb auch schon durch. Vielleicht dürfen wir ab nächster Woche die Wohnung schon wieder nur für den Weg zum Arbeitsplatz verlassen und wenn du zum Arzt gehst oder so. – Und die Touris laufen frei herum."
Sie seufzte leise und strich ihm abermals, nun allerdings mit feuchten Augen über den Kopf.

„Schade!", stellte sie dicht über seinem Gesicht fest und ihm war sofort klar, was sie damit meinte. „Daran hätte ich mich gewöhnen können. – Ich meine, an so einen Kuss. – Möglichst täglich. Und ..."
Schwerfällig schob er sich im Bett hinauf, um irgendwas zu erklären, was sein klopfender Kopf noch nicht erklären konnte. Erst recht nicht nach den ganzen Geschehnissen in den letzten Tagen, die er mit Elena erlebt hatte. An das viel zu kurze Krankenhaushemd dachte er in diesem Moment auch nicht. Bevor er sich die Decke über seinen Unterleib ziehen konnte, hatte sie seinen ansonsten nackten Körper schon etwas traurig und von der Zukunft enttäuscht betrachtet und dabei für eine Sekunde über seinen deshalb freigelegten Bauch und die Seite gestrichen und fügte hinzu:

„Hast dich wohl nicht getraut?"
Sich selbst unhörbare Vorwürfe machend erwiderte er:
„Im Traum gerade wohl."

5. Oktober, 19 Uhr 10

„Ihr würdet gut zusammenpassen. Du bietest ihr eine Heimat – war das nicht sogar dein Spruch oder der von Raul? *Freundschaft – das ist wie Heimat* – und sie würde sie dir tipptopp in Ordnung halten."
Ihr Ton war unmissverständlich eifersüchtig. Er versuchte zu grinsen, aber der Verband um seinen Kopf, den sie vorhin gegen den Turban ausgetauscht hatte, zog an der Narbe, die sie ihm auf dem Hinterkopf fabriziert hatten. So, wie sich das anfühlte, war sie größer als der Schädel. Immerhin dreizehn Stiche.
„Ich hoffe, du hast sie nicht enttäuscht. Wär ich an ihrer Stelle gewesen, hättest du jetzt freie Laufbahn, weil ich tot umgefallen wäre, wenn ich das gesehen hätte. Dein Kopf hat in einem See von Blut gelegen, haben selbst die Sanis gemeint. Du kannst von Glück reden, ein Dickschädel zu sein. Dass der nicht gebrochen ist, hat jeden im Krankenhaus gewundert. – Hat sie dich gut versorgt? Immerhin hatte sie ja über zwei Stunden Vorsprung."
Elena redete sich regelrecht in Wut und er grinste deswegen amüsiert, stöhnte aber sofort ein wenig, weil selbst das Grinsen wieder wehtat oder er eine Memme war, und fragte mit rauer Stimme, was er eigentlich schon wusste:
„Bist du etwa eifersüchtig?"
Plötzlich stand Elena ganz dicht vor seinem Gesicht und sah ihn mit weit aufgerissenen, funkelnden, fast feindseligen Augen an. Ein Finger pikte in seine Brust und schien ein Loch bohren zu wollen. Ihre Haare wild im Gesicht.
„Du hättest ihren Blick sehen sollen, als sie dich aus dem OP gefahren haben. Und ihre Hände! Die ganze

Zeit über hat sie an deinem Gesicht rumgemacht! Und Tränen in den Augen gehabt. – Die ist nicht nur verknallt in dich – die liebt dich, dass es kracht. Und du fragst, ob ich eifersüchtig bin. Zwischen euch läuft doch schon längst was, oder? War das nicht auch eine Option, von der du neulich mal gesprochen hast?"
Sein Grinsen sah nun wie eingefroren aus. Was sollte er antworten? *Nicht, was du denkst? Quatsch, das ist sicher nur, weil ich in meinen Mittagspausen öfter bei ihr einen Kaffee trinke. Ich bin doch Stammkunde.* Alles wäre irgendwie gelogen. *Aber laufen tut nichts zwischen uns.* Trotzdem fühlte er sich ertappt. Immerhin war Gabriela schon Bestandteil seiner Träume und er wunderte sich nicht besonders darüber. Alles, was er sagen würde, war im Ansatz schon Gestotter. Während er die richtigen Worte suchte und sein Kopf brummte, schob Elena ihn vor sich her.

„Was hast du denn geträumt vor ein paar Tagen? Hast du mir ja selbst erzählt. Sicher, wie ihr es gemacht habt, oder? Kann sie es besser als ich?"
Ihre Augen funkelten noch mehr und mit zitternden Fingern fuhr sie sich nervös durch die Haare. Schubste ihn tiefer in die Wohnung und kickte ihre Pumps zur Seite. Etwas widerwillig folgte er ihrem Geschiebe.

„Na ja", meinte er mit schmerzverzogenem Gesicht und dachte verschämt an Gabrielas Blick, als sich das blöde Krankenhaushemd verschob, „immerhin hat sie alles gesehen – äh –, wie sie zugeschlagen und alles geklaut haben. Wenn du so etwas mit ansehen müsstest, wärst du sicher auch ganz schön durcheinander, oder?"

„Weißt du, was das Schlimme ist?" Sie war fast schon in Rage. „Sie ist eine richtige Frau und nicht so ein ... ein ... ein Wesen, wie ich es bin. Nein! Kein Mädchen. Kein Girlie. Die ... die steht mit beiden Beinen im Leben. – Hat sie dich geküsst?"

Miguels hochgezogene Mundwinkel fielen herunter. *Du bist alles andere als ein Girlie*, wollte er sagen, doch ihre Frage stoppte sein Vorhaben. Stattdessen, schon fast behutsam:

„Ja. – Nein. – Doch. – Auf die Stirn", log er und wusste jetzt schon, dass es wahrscheinlich nicht der letzte Kuss von Gabriela bleiben würde. Sobald er wieder raus durfte, würde er sie auf einen Kaffee besuchen und sich irgendwie bei ihr für alles bedanken müssen, ja, auch wollen. Das hatte er schon im Krankenhaus beschlossen und blieb bei der Art Danke zu sagen, bei allen Überlegungen, immer an der Stelle hängen, die ihm auch in seinen Träumen begegnete. Gabriela schien es längst zu wissen und war den Schritt mit ihrem Kuss schon weitergegangen. Sicher wartete sie jetzt nur noch darauf, dass er auf einen Kaffee vorbeikommen würde. Und dann? In seinem Kopf startete eine wackelige Achterbahnfahrt.

Inzwischen hatte Elena ihn ins Schlafzimmer verfrachtet, ihn innerhalb von einer halben Minute bis auf die Unterwäsche ausgezogen – nein, das Unterhemd musste auch noch weg – und ihn, wie eine Mutter ihr krankes Kind, ins Bett befördert. Ein Tätscheln hier, ein Tätscheln da. Sein Hintern bekam allerdings nichts ab. So viel Zärtlichkeit hatte er heute wohl nicht verdient. Dafür kontrollierte sie nochmals medizinisch neutral den Sitz des Verbands und hieß ihn, sich hinzulegen. Mit einem Mal war sie innerhalb von fünf Sekunden nackt. Sie hatte eh nur noch Slip und eines ihrer Sommerkleider an. Vorne geknöpft.

„Aber so leicht gebe ich mich nicht geschlagen", zischte sie und setzte sich auf seinen Schoß.

~~~

Sein Kopf tat weh. Die Narbe schmerzte. Der Nacken war verspannt. Hätte ihn jemand gefragt, würde er behaupten sein Unterleib jetzt auch. Elena hatte Handtücher zu einer harten Rolle gedreht und untergeschoben, damit die Narbe nicht belastet würde. Seine Haltung und Position waren daher nicht besonders gut geeignet für derlei Liebesspiele. Vor allem nicht für so häufig wiederholte. Medizinisch betrachtet sicher auch nicht der Zeitpunkt. *Versuchen Sie ein paar Tage in Ruhe zu verbringen. So eine Wunde ist kein Pappenstiel. Die braucht Zeit. In zwei, drei Wochen können wir dann vielleicht die Fäden ziehen.* Als er protestieren wollte – erst? –, meldete sich sein Kopf und er hatte nur ein leise protestierendes Grunzen parat.

Elena schien dies egal zu sein. Ihr vollkommen nass geschwitzter Körper glitschte auf seinem genauso nassen herum, als wollte sie ihre letzte Drohung nun wahr machen wollen. *Ich bring dich um, wenn du es mit ihr machst!* Denn sie presste ihn mit beiden Händen um den Hals auf diese harte Rolle. Seinen Versuch eines Widerspruchs – *So eine Wunde ist kein Pappenstiel. Die braucht Zeit* – überhörte sie. Sein Röcheln, weil sie wieder fester zudrückte, jetzt auch.

Nun rang er wieder nach Luft, räusperte sich und fasste sich vorsichtig an den Kopf. Der Verband hatte es überstanden und Miguels Part in diesem Spiel gerettet. Elena richtete sich schnaufend auf. Thronte, ihren Körper auf seiner Brust abgestützt, auf seinem Schoß, rollte mit eingesogenen Lippen auf ihm mit ihrem Becken noch ein wenig vor und zurück und schien, trotz ihres flackenden Blicks, eine imaginäre Peitsche zu schwingen. *Ich bring dich um, wenn du es mit ihr machst! Hast du verstanden?* Nichts war ihm klarer als das. Aber in den letzten zwei Stunden war er sich auch nicht immer sicher gewesen, Elena gestreichelt, geküsst und geliebt zu haben. Sondern eine unbekannte Domina mit ganz unbekannten Seiten.

Ihm fiel das Foto auf dem Display ihres Smartphones ein: ohne Oberteil an einem Strand, den er nicht kannte. Es war nicht der von diesem einen Abend, das Bild nicht von ihm und sicher auch nicht besonders alt. Ihre Frisur war kaum verändert. Weiter kam er nicht. Sie hatte wohl immer noch nicht genug. Ihr Unterleib rubbelte wieder heftig an seinem. Hatte sie vielleicht eine Zwillingsschwester, die hauptberuflich tatsächlich als Domina arbeitete? Auf jeden Fall ließ er den Plan fallen, Gabriela auf einen Kaffee zu besuchen. – Vorerst.

6. Oktober, 8 Uhr 20

Die nächsten Tage sollte er wenigstens noch zu Hause bleiben. Bis Sonntag. Zumindest. „Okay", sagte er und dachte: *vielleicht.* Jetzt saß er vor dem Fernseher, weil er nicht wusste, was er tun sollte, und klickte sich durch die Programme. Bei einer Nachrichtensendung blieb er hängen und sah den Bericht über die Entwicklungen der Inzidenzzahlen, die wieder in die Höhe schossen. Die Inselregierung würde sicher bald mit einer erneut rigorosen Vorgehensweise reagieren. Jetzt, wo die Urlaubssaison langsam zu Ende ging, dachte sie, sie könnte sich solche Überlegungen leisten. Tatsächlich wurde über die Wiedereinführung von Ausgangssperren nachgedacht. Ausgerechnet jetzt, nachdem endlich so etwas wie Normalität erreicht war. Wieder sollten Restaurants und Bars früher zumachen und wieder könnten Ortschaften und Stadtteile abgeriegelt sowie Discos und Sportstudios geschlossen werden.

Die Krankenhäuser, vor allem die Intensivstationen, füllten sich jedenfalls mit Infizierten. Elena hatte ja bereits die eine oder andere Nachtschicht hinter und nun wahrscheinlich gehäuft vor sich. Mein Gott! Ihre Kollegen waren am Rand ihrer Kräfte. Und die auf der Straße interessierte es nicht besonders. Was für ein Thema, seit bald zwei Jahren!? In der Burg sprach man über nichts anderes. Mehr wollte er nicht wissen und klickte weiter. *El bosque de las fantasías* lief auf *2*. Ein Bericht über die Alpen, der ihn nicht interessierte. Auf *cuatro* eine Wiederholung einer Folge von *¡Toma Salami!* Auch auf Highlights irgendwelcher dusseligen Shows hatte er keine Lust. Ebenso wenig auf den Humor von Alfonso Arús in seiner Sendung *Previo Aruser@s*. Er zappte die ganzen Programme wieder zurück zu den Nachrichten. Jetzt die neuesten Schadensmeldungen, die der Sturm vor zwei Wochen hinterlassen hatte, die aber schon in diesem Moment durch einen Bericht über einen tödlichen Unfall bei Inca abgelöst wurden. Die Bilder dazu erinnerten ihn an den See aus Blut.

Er schnupperte. Irgendjemand im Haus fing an zu kochen. Auf die Uhr schauend schüttelte er den Kopf und versuchte gleichzeitig herauszubekommen, wonach es roch. Heißes Wasser riecht nicht. So viel wusste er. Er glaubte Safran und Paprika zu erkennen und etwas, das ihn an daheim erinnerte, wenn seine Mutter sonntags auch so früh zu kochen begann. Angebratenen Reis. Das kam aber erst am Ende zustande, wenn eine Paella zubereitet wurde. Prompt bekam er ein schlechtes Gewissen. Seit mindestens vierzehn Tagen hatte er sich nicht gemeldet. Und von dem Überfall und der Verletzung wussten sie natürlich auch noch nichts. Er verzog das Gesicht. Wenn er es erzählen würde, machten sie sich unnötig Sorgen.

Wieder zappte er vor. Der nächste Nachrichtenkanal. Warum gab es nur so viele von denen? Jetzt die neuesten Nachrichten aus aller Welt und diese in Stichpunkten abgehakt, darüber hinaus lief die Zeile mit den Eilmeldungen viel zu schnell durch. Wer sollte bei der Geschwindigkeit noch mitkommen? Auch wenn sich die Berichte ständig wiederholten. Kein Wunder, dass die halbe Menschheit im Verlauf der letzten Jahre immer nervöser und angriffslustiger wurde, wenn sie andauernd mit solchen Meldungen konfrontiert wurde und auf dem Sofa oder an den Theken ihre Urteile fällte. In nahezu jeder Bar, jedem Bistro, dröhnte zumindest ein Radio. Selbst bei Gabriela flimmerte oft genug der Fernseher in der Ecke mit Bildern von Flüchtlingen, Demonstrationen, Waldbränden, Vulkanausbrüchen und Überflutungen in aller Welt. Mitten in dem einen Ozean versank wochenlang vor den Augen der Couch-Potatos die kanarische Insel Palma und in einem anderen ein ganzes Inselreich im Ascheregen und wurde Stück für Stück unbewohnbarer. Und im Osten von Europa entwickelte sich ein unanständiges Kräftemessen. Alte Männer glaubten über die Köpfe ihrer Bevölkerung hinweg irgendwelche territorialen Ansprüche stellen zu können. Dämlicher ging es wirklich nicht mehr. Dazu stieg der Meeresspiegel. Als Letztes eine kurze Nachbetrachtung über Spaniens Rolle in Afghanistan, genauso unrühmlich wie die der restlichen westlichen Welt in diesem unsäglichen Fall. Da war es auch kein

Trost, dass die letzten Toten der spanischen Soldaten dort im Jahr 2005 zu beklagen waren. Kurz erschien Gabriel Ferrán, der ehemalige Botschafter. Er sah mitgenommen und fertig aus. Das Filmchen musste älter sein. Wohl aus dem letzten Jahr. Im Hintergrund Szenen des Rückzugs und der letzten Flüge aus Kabul.

Was für ein Feuerwerk an Informationen! Er fühlte, wie sich auch bei ihm eine gute Portion Fassungslosigkeit breitmachte und dachte ans Krankenhaus. An das Zimmer, in dem er gelegen hatte. Der Typ im Bett neben ihm war alles andere als gesprächig, sondern geiferte vor sich hin und glotzte höchstens zu ihm rüber, als Gabriela sich so aufgeregt über ihn beugte, und wenn Elena immer wieder nach ihm schaute. Wollte Miguel mit ihm reden, erhielt er nur ein Brummen. Der Mann, um die fünfzig, hatte auch niemanden, der ihn besuchte, und ließ den ganzen Tag nur seinen kleinen Fernseher laufen, die kleinen In-Ear-Kopfhörer tief in seine Ohren gestopft. Dann klickte der höchstens wie er gerade durch die Nachrichtenprogramme, Gott sei Dank ohne Ton. Die rasende Zeile unter den flimmernden Bildern war wichtiger und reichte wohl aus.

Miguel schüttelte wieder den Kopf und klickte weiter. Der Inselsender. Mitten in ein Interview von Felip Palou mit einem Mann in einer gelben Weste hinein. Agent-Noro stand vorne und hinten auf dieser drauf. Schulterzuckend erzählte er über seine tägliche Arbeit in den Stadtvierteln. Kaum vorbei, folgte schon der Bericht über die neuesten Entscheidungen. Natürlich bezüglich Noro. Dieses Virus war auch auf diesem Kanal in jeder zweiten Sendung und die halbe Bevölkerung saß auch auf der Insel auf dem Klo. Lustig war das nicht. So dehydriert konnte sie nicht für Frieden sorgen, die Brände löschen, die Vulkane stopfen oder Deiche bauen. Das Gesicht der Kommentatorin bei der Verkündung entsprechend ernst. Wenn Elena daran schuld war, wie sie immer wieder behauptete, wurde sie auf diese Weise wenigstens berühmt, schoss ihm durch den Kopf. Und vielleicht sogar, wie die Ortschaften, über die diskutiert wurde, zum Risikogebiet ernannt. Wieder grinste er in sich hinein. Kein Wunder, wenn er sich an den gestrigen Abend erinnerte. Schon lief passend dazu die nächste Meldung unten am Rand durch: *Anders als beim inselweiten Lockdown im Frühjahr und den Bestimmungen im Sommer wird den Bewohnern der folgenden, vom Virus stark betroffenen Dörfer, Stadtviertel und Kommunen um das Stadtgebiet von Palma ab Mitternacht untersagt, diese zu verlassen. Hiervon ausgenommen sind wieder Schüler und Personen auf dem Weg zur Arbeit, zum Einkauf oder Arzt.* Der Stadtrat war schneller als der Inselrat. Es wurde und wurde nicht besser. Miguel griff sich automatisch an den Hinterkopf, stöhnte voller Selbstmitleid auf und machte den Fernseher genau in dem Moment aus, als sich ein formatfüllender Pinien-Prozessionsspinner über einen Baum hermachte. Auf eine solch geballte Ladung schlechter Nachrichten hatte er keine Lust mehr. Und das restliche Programm ließ zu wünschen übrig. Ein anständiger Action-Film hätte ihm jetzt besser gefallen und ihn abgelenkt.

Dann lehnte er sich zurück, sah auf die Uhr und verdrehte die Augen. Elena war erst vor einer Stunde ins Krankenhaus gefahren und wollte am frühen Nachmittag wieder zurück sein – wenn nichts dazwischenkam. Hatte sie nicht gesagt, dass nun lange Schichten drohen könnten? Die Zeit kroch somit vor sich hin. Er allerdings hatte das Gefühl, hier nun schon seit Stunden herumzuhängen. Eines wusste er jetzt schon, die nächsten Tage würde er hier nicht rumsitzen, Zeitung lesen, in den Fernseher starren und auf das Heilen dieser Welt und seiner Narbe warten. *In zwei, drei Wochen können wir die Fäden ziehen.* Er prustete gegen die Zimmerdecke. Seinen Gedanken bestätigend, schüttelte er den Kopf. Zu heftig. Prompt tat der weh. Abermals leicht aufstöhnend ließ er sich wieder zurückfallen und spürte etwas Hartes in seinem Rücken. Mit einer Hand zog er den harten Gegenstand hervor und hielt Elenas Handy-Ladegerät zwischen den Fingern. Wann sie das letzte Mal ihres aufgeladen hatte, wusste er nicht. Er legte das Ding auf den kleinen Tisch, verdrängte von einer fahrigen Handbewegung begleitet sofort den aufkommenden Gedanken an das Foto der halb nackten Elena auf dem Display ihres Smartphones und streckte sich auf dem Sofa aus. Er hoffte, der anstehende Termin würde ihr helfen können und wenigstens ihr Problem aus der Welt schaffen. Wieder schnaubte er auf und beschloss, nachher mal im Büro anzurufen, um sich nach dem Stand der Dinge zu erkundigen. Anrufen würde ja wohl noch erlaubt sein. Wenn schon kein Action-Film und wahrscheinlich auch keine Elena für einen unterhaltsamen Abend, dann gab es vielleicht wenigstens einen aktuellen Fall, der nicht ohne seine Meinung dazu auskommen konnte.

Nach nicht mal einer Minute setzte er sich schon wieder auf und stierte unzufrieden vor sich hin. Sein Blick fiel dabei auf den Espressokocher auf der Küchentheke. Er rieb sich mit einer Hand über das Kinn. *Das ist mal eine vernünftige Alternative,* ging ihm beim Betrachten seines alten Freundes durch den Kopf, *vielleicht hast du Besseres zu verkünden. Hab' schon viel zu lang nicht auf dich gehört und Horoskope schon seit Wochen nicht gelesen*, dachte er noch und stand etwas schwerfällig auf. Denn plötzlich tat nicht nur der Kopf, sondern der ganze Körper weh. Besonders sein Unterleib. Was hatte Elena mit ihm gestern Nacht nur angestellt? Er versuchte sich zu erinnern, grinste in sich hinein und schaffte es trotzdem irgendwie nicht richtig. Nur, dass sie nicht genug bekommen konnte, und nur ein Teil von ihm ihren Zärtlichkeiten gehorcht hatte.

Er setzte den frisch befüllten Kocher auf eine Herdplatte und machte sie an. Zehn Minuten würde es dauern, bis der Kaffee fertig wäre. Die wollte er nutzen, um sich frisch zu machen. *Effizienz ist das halbe Leben*, schoss ihm durch den Kopf, und dass er bereits anfing mit sich selbst zu reden. Er zog sich das Shirt vorsichtig aus, blieb prompt am Verband hängen, fluchte, wegen des spitzen Schmerzes und sog die Luft zwischen den Zähnen scharf ein. Aber der Verband hatte gehalten. Anschließend studierte er im Badspiegel sein Gesicht. Sofort verzog er es. Er sah nicht nur verletzt oder tatsächlich wie frisch aus dem Krankenhaus entlassen, sondern genauso fertig wie der Botschafter im Fernsehen aus. So konnte er wirklich nicht unter die Leute. Er beugte sich vor und schlug sich mehrmals kaltes Wasser ins Gesicht. Über den Kopf konnte er es ja nicht laufen lassen. Ohne seinen Anblick nochmals zu kontrollieren, trocknete er sich ab und zog sich vorsichtig an. Dieses Mal kein Shirt, sondern ein Hemd. Bloß nicht wieder an der dusseligen Wunde hängen bleiben!

Als er aus dem Bad kam, duftete das Essen wirklich lecker durch die Wohnungstür und der Kocher fing an zu brodeln und zu glucksen. Wie der von Gabriela, fiel ihm plötzlich auf, er lauschte mit zusammengezogenen

Augenbrauen und schob den Kocher dann doch enttäuscht auf eine andere Platte. Auch der wusste also nichts Neues, erst recht nichts Besseres. Er machte den Herd aus, zog sich die dünne Jacke über und die Schuhe an. Kurz schaute er sich um, dann in den Hausflur, schnupperte und überlegte, ob er die Quelle für den Duft nach dem sicher leckeren Essen herausfinden sollte. So zog er die Wohnungstür hinter sich zu, ging jedoch die Treppen zum Ausgang hinunter.

6. Oktober, 21 Uhr 05

„Am 11. nachmittags habe ich dort den ersten Termin. Nachmittags um halb drei. An diesem soll ich allein kommen. Dann ..."
Elena brach ab, lächelte etwas aufgesetzt wirkend und reichte ihm wie beiläufig ein Blatt rüber. Sie war zwar heute tatsächlich schon am frühen Nachmittag nach Hause gekommen, rückte aber erst jetzt damit heraus. Den unerwartet gemeinsamen Rest des Tages hatten sie bislang nahezu still, mit ein paar Einkäufen, einem anschließenden Kaffee im Stehen und nur mit unbedeutenden Gesprächen und dem üblichen aktuellen Zustandsbericht aus dem Krankenhaus verbracht. *Drei von fünf Patienten mit diesen Symptomen liegen schon wieder in einem künstlichen Koma. Und wir müssen auch schon wieder davon ausgehen, dass jeder Zweite von denen sterben wird. – Ich sag dir, wenn noch 'ne Welle kommt, macht die uns platt. Wahrscheinlich werd' ich schon in den nächsten Tagen eine 24-Stunden-Schicht nach der anderen schieben.* Sie schaufelte sich ihre langen Haare nach hinten und schien mit der letzten Feststellung ihr

Atmen eingestellt zu haben. Er sah sie mit zusammengekniffenen Lippen an und meinte lediglich:

„Scheiße! – Heute Morgen waren die Nachrichten im Fernsehen voll davon."

Als sei es eine Antwort, starrte Elena in den Himmel, jetzt flatterten ihre Haare im Wind. Miguel sah ihnen mit einem leisen Schnauben dabei zu. Zu Hause hatte sie dann nach einem weiteren Kaffee ihr langes Lieblings-T-Shirt angezogen und sich mit nichts Weiterem als diesem und einem Slip neben ihm ausgestreckt, ihren Kopf auf seine Schenkel gelegt und war nach wenigen Augenblicken eingeschlafen.

Die einzige Zärtlichkeit ein Kuss und davor die Kontrolle, ob sein Verband richtig saß. Zwar beides mit einem liebevollen Blick, aber nicht mit ihrem sonst vorhandenen Überschwang an weiteren Zärtlichkeiten. Miguel wunderte sich deswegen und betrachtete ihren tatsächlich eher mädchenhaften Körper, der durch den Stoff des Shirts durchschimmerte. Sah zu, wie sich ihre Brust gleichmäßig langsam hob und senkte und ihre rechte Hand bei jedem Einatmen Stück für Stück von ihrem Bauch herunterrutschte und plötzlich neben dem Sofa herunterhing. Ihren Schlaf störte es nicht, sie schlief ungerührt weiter.

Nun, inzwischen Abend, nahm er den Zettel entgegen, ohne sie aus den Augen zu lassen. *An diesem soll ich allein kommen.* Ihr Gesicht verriet, sie litt. Irgendwie. War es diese Anordnung, allein zu kommen? Das Unvorhersehbare, was damit in Verbindung stand? War es die Arbeit im Krankenhaus? Oder ihre ständigen Selbstvorwürfe, an diesem ... Debakel schuld zu sein? Nein, er glaubte eher, dass sie Angst vor diesem Termin hatte. War ja wohl auch das Logischste. Alles würde umgekrempelt und hervorgeholt werden. Seine

Verletzung schien ihm dafür jedenfalls nicht Grund genug zu sein. Und das mit Gabriela beim besten Willen auch nicht. Oder vielleicht doch die Situation auf der Station, die ein weiteres Mal aus dem Ruder lief. Was er in den Nachrichten gesehen hatte, reichte. Eine anständige Notversorgung war bald nicht mehr möglich, wenn die Entwicklung so weiterging. Er erinnerte sich an die Bilder schwer kranken Menschen auf dem Festland, die aufgrund des Platzmangels in Krankenhausgängen auf dem Fußboden ausharrten. Vielleicht vermied man wegen des Tourismus solche Bilder von der Insel. Angeblich war es hier (noch) nicht so weit.

Dazu kam das, was ihnen in der Burg immer mehr Sorge bereitete. Der größere, bislang stille Teil der Bevölkerung hatte zunehmend keine Lust mehr. Sie hatten Dinge zu tun und sich an Verordnungen zu halten, die für andere nicht galten. Entweder es wurde härter durchgegriffen oder man machte auch, was man wollte. Die Jugendlichen waren die Ersten und ließen ihren Frust auf nächtlichen Partys heraus und legten sich dabei mit den Ordnungskräften an. Die Verwahrzellen stießen wie die Intensivstationen an ihre Grenzen.

Erst jetzt schaute er auf das Papier und überflog die Zeilen. Es war eine Liste mit Namen von Therapeuten. Er erkannte es an den Eintragungen hinter den Namen. *Cristian Canto Fuster, terapeuta, ansiedad, trastornos psicosomáticos.* Psychosomatische Störungen. Erst runzelte er die Stirn, psychosomatische Störungen, dann schaute er sie forschend an. Wenn sein Kopf wiederhergestellt war, spätestens nach ihrem Termin, musste er sich mehr kümmern. Er hatte erwartet, etwas wie Beratung oder Hilfe zu lesen, und nicht schon einen halben Befund. Sie streckte eine Hand über den Tisch und tippte mit einem Finger wenig gezielt auf einen anderen

Namen. Hinter diesem stand nur Psychotherapeut. Ihre Hand zitterte wie zuvor ihre Stimme. *Okay, Psychotherapeut, so nennt man die Leute nun mal*, kam ihm in den Sinn. Irgendwie beruhigte ihn das.

„Und den kennst du und kannst ihn nicht leiden", stellte er deshalb mit einem sanften Lächeln fest, ohne auf die andere Eintragung einzugehen. Sie zögerte mit ihrer Antwort, schien diese zu überlegen, bevor sie ohne Energie meinte:

„Ja. – Ich kann ihn tatsächlich nicht besonders gut leiden. Er hat in meinen Augen eine seltsame Einstellung gegenüber Frauen."

„Dann wähle doch einen anderen", empfahl Miguel und wedelte mit dem Blatt.

„Er wurde mir aber ... im Krankenhaus empfohlen", log Elena, ohne dass Miguel es wissen konnte, und erhielt deswegen ein bedächtiges Nicken von ihm als Antwort.

„Demnach kennt Teresa ihn auch. Nimm den ersten Termin wahr und dann siehst du weiter. Auf dem Zettel stehen ja noch genug andere, die den Job sicher genauso gut machen."

Fast wäre er doch auf die andere Eintragung eingegangen. Bisher glaubte er an einen Burn-out bei ihr und las stattdessen Angstzustände und psychosomatische Störungen. Doch bei den anderen Namen stand meist lediglich Psychotherapeut und dahinter Dinge wie Konfliktbewältigung, berufliche Identitätskrisen und Beziehungsstörungen. Das beruhigte doch, oder nicht? Obwohl, Beziehungsstörungen? Er seufzte und überlegte, ob er darauf eingehen sollte. Entschied sich aber, nur auf das Wort zu zeigen. Sie schüttelte den Kopf, fuhr sich durch die Haare und nickte gleichzeitig.

„Quatsch! Mit uns hat das nichts zu tun."

Sie zupfte ihm müde lächelnd den Zettel wieder aus seinen Fingern. Statt mit irgendeinem Satz weiter darauf einzugehen, wollte sie wissen:

„Was hast du denn heute so gemacht? Du bist gar nicht im Räuberlook."

Er räusperte sich und hoffte, höchstens unmerklich gezuckt zu haben. Daran hatte er nicht mehr gedacht und schaute an sich herunter. Saubere Jeans, genauso sauberes Hemd und der weinrote Pullover, den er höchstens anzog, wenn sie an den letzten etwas kühleren Abenden essen gegangen waren. Hoffentlich hatte sie seine Reaktion nicht bemerkt.

„Ich kann hier nicht den ganzen Tag rumsitzen und geradeaus gucken. Im Fernsehen gibt es nur Horrorszenarien. Bin kurz ins Büro und hab mich auf den neuesten Stand bringen lassen. Bei den Kollegen ist wegen der drohenden neuen Verordnungen genug die Hölle los. In einigen Abteilungen mussten die Einsatzpläne geändert werden. – Und natürlich hat es auch welche von uns erwischt."

Wieder nickte sie und er hatte den Eindruck, sie ahnte, dass *seine* Aussage dieses Mal nicht die ganze Wahrheit war. Sicher würde sie gleich fragen, ob er Gabriela *besucht* hätte und sich für ihren Einsatz bedankt hatte. Doch meinte sie nur:

„Und?"

Er schnaufte entspannt durch.

„Ansonsten nichts Besonderes. Zumindest im Moment", er lachte auf und ergänzte: „Keine Leichen oder andere Schwerverbrechen. Sie kommen gut alleine zurecht und freuen sich, wenn ich wieder zurück bin."

Wieder eine nicht ganz ehrliche Antwort, denn nachdem er die Burg, die *Jefatura* in der *Simó Ballester*, nach einer Stunde verlassen hatte, stand er für ein paar Minuten am anderen Ende der Brücke gegenüber dem *Bianco*, stützte sich auf dem Geländer ab und beobachtete, aus dieser Entfernung, so gut es ging, Gabriela bei ihrer Arbeit. Die Erinnerung an ihren Kuss, ihren Blick danach und das leise *Schade* ließ ihn wieder mit sich selbst reden. *Du musst mit ihr reden! Sie macht sich falsche Hoffnungen.* Er schnaubte und seufzte und kratzte sich an einer Stelle vor seinem Verband am Kopf. Fast wäre er zu ihr hinübergegangen, doch dann ging er zurück zu seinem Wagen.

6. Oktober, 22 Uhr 35

„Dieses Foto auf deinem Handy ..."
Elena drehte ihm den Kopf zu und sah ihn mit schmal gewordenen Augen forschend und etwas ängstlich an. Sie hatte sich wieder, immer noch nur in T-Shirt und Slip, auf das Sofa mit dem Kopf auf seinen Schenkel gelegt und dabei irgendwelche Fotos in ihrem Handy angeschaut, die sie nahezu hektisch durchscrollte, weil sie mit ihren Gedanken ganz woanders war. Seine Frage kam zum unpassendsten Zeitpunkt. Ihr war klar, die Fotos, die sie gerade anschaute, meinte er nicht. Wie kam er denn jetzt darauf?

„Du ... meinst, wenn ich es ... anmache?"
Miguel nickte langsam. Sein Blick glitt über den Stoff des überlangen T-Shirts, das ausnahmsweise ganz geziemt ihren Körper verhüllte, bis zu ihren nackten Beinen, die ihm unvermutet blass vorkamen, und wieder zurück zu ihrem Handy in der Hand. Auf dem kleinen Display war gerade Teresas lachendes Gesicht zu se-

hen. Also das ihrer Kollegin. Sie hatte irgendeine Ampulle in der Hand. Elenas nun etwas verunsicherten Blick von unten hatte er registriert. Nun rechnete er mit allem.

„Ich ... gefalle mir darauf", stellte sie tonlos fest, schob das Bild zur Seite. Nun schnitt Teresa ein Gesicht und zeigte wohl Elena einen Vogel. Die wurde nun blass, spürte gleichzeitig einen komischen Sog, eine Art Welle auf sich zukommen und scrollte mit etwas zittrigen Fingern weiter: Blick aus einem der Fenster des Krankenhauses in Richtung des Flughafens. Sie löschte es mit einer fahrigen Bewegung, ließ das Handy sinken und reagierte ohne große Überlegung mit einer Flucht nach vorne:

„Hat damals Ruiz Castedo aufgenommen." Sie biss sich kurz auf die Unterlippe, ihre Grübchen waren verschwunden. „Wir haben uns gerade eine Woche gekannt, können auch zehn Tage gewesen sein. Ist schon eine ganze Weile her. – Keine Ahnung, warum ich es nicht längst ... ausgetauscht habe. Kannst du mir glauben. Es ist nicht wegen ihm. Ehrlich! Es ist nur eine Erinnerung. Ich sagte ja, ich gefalle mir auf dem Bild. Vielleicht hab ich's deshalb nicht gelöscht."

Sie setzte sich etwas mühevoll auf, schlug die Beine unter und beugte sich zu ihm. Strich sich dabei wieder die Haare aus dem Gesicht, glitt anschließend mit einer Hand unter sein Shirt und streichelte ihm, als müsste sie sich dazu zwingen, eher gedankenlos als zärtlich über den Bauch und meinte gleichzeitig:

„Wir haben von uns ja noch nie eines gemacht. Hier, schau nach. Kannst es kontrollieren." Sie hielt ihm das Handy hin und fügte mit einem bemühten Lächeln hinzu: „Lass uns eins machen und ich wechsle es aus. – Magst du, dass ich mich dafür ausziehe?"

Schon setzte sie sich auf und zog sich dabei ihren Slip aus. Doch Sanchez Olivero hielt ihre Hände fest, schüttelte kaum merklich den Kopf und schaute sie lange an. Ihr Blick hatte nichts mehr mit der Domina vom Vortag zu tun. Der neutrale Tonfall und ihr emotionsloses Tun passten ebenso wenig. Ausgerechnet *der* – Ruiz Castedo. Was hatte sie mit ihm noch zu schaffen, dass sie dieses Bild als Begrüßung für sich selbst trotz aller Beteuerungen noch auf ihrem Handy hatte? Und warum war ihm das nie aufgefallen? Sie hatte es oft genug in seinem Beisein angeschaltet. Eifersucht stieg in ihm hoch. *Wie oft hast du es schon mit ihm gemacht? Oder mit jedem, den du kennengelernt hast?*, schoss ihm durch den Kopf, der plötzlich wieder anfing zu schmerzen. Mit einem Mal hatte er das Gefühl, meilenweit von ihr entfernt zu sein. Elena war ihm ein Rätsel geworden. Es würde schwer werden, ihr helfen zu können. Zumal er wirklich keine Ahnung hatte, was er dafür tun könnte. Seine psychologischen Fähigkeiten reichten, Verbrecher zu überführen. Das war's.

In ihren Augen ein seltsam verängstigter Blick. Ihre Wangen eingefallen. Sofort ärgerte er sich. Auch das hatte er bisher nicht bemerkt. Er hatte sich einfach zu wenig gekümmert, ihr Zustand war ja nicht erst in den letzten Tagen verändert, sondern schon seit der Aktion am Flughafen. Zudem war sie noch schmaler geworden und in letzter Zeit wirkte sie mal fahrig, mal himmelhoch jauchzend und mal zu Tode betrübt. Natürlich taten dieses Virus und seine Folgen für die Arbeit im Krankenhaus sicher ihr Übriges. Sie sammelte wie alle anderen dort Überstunden und Vierundzwanzigstundenschichten wie Rabattmärkchen.

Und hatten sie noch nie ein Bild voneinander gemacht? Er hätte jetzt glatt behauptet, oben am Santuari oder an diesem einen Strand. Er überlegte und spürte den Inspector in sich wach werden, der in letzter Zeit ihr gegenüber nicht achtsam genug gewesen war, und nicht den Freund, der er sein müsste. Er räusperte sich und damit die Zeit nicht zu lange still und dadurch auffallend verstrich, meinte er ernst und viel zu neutral:

„Das lässt sich doch ändern."

Dann griff er nach seinem eigenen Handy und kontrollierte dort die abgespeicherten Bilder, bevor er die Kamera einschaltete und ihr maskenhaftes Gesicht aufnahm. Es war tatsächlich das einzige Bild von ihr. Er sah es an, zeigte es ihr kurz und bevor sie das Gesicht verziehen und ihre Bemerkung – *Sieht ja echt voll scheiße aus* – beenden konnte, hatte er es wieder gelöscht.

„Komm", es klang wie ein Hüsteln, „lass es uns nebenan versuchen."

Damit stand er auf, lächelte mit seinen eisblauen Augen und ging um den Tisch herum, um sie ins Schlafzimmer zu führen. Widerwillig stand sie auf und legte ungläubig den Kopf schief. Er wollte wohl tatsächlich ein Nacktfoto von ihr machen. Vielleicht sogar ein Video davon, wie sie es machten. So wie Ruiz Castedo, der danach gemeint hatte: *Glaubst du, er würde sich freuen, wenn er das sieht?* Sie hatte nur tausend Antworten und keine darauf. Plötzlich hatte sie Angst. Echte Angst. Angst vor Miguel. Und dachte: *So ein Quatsch! Er doch nicht.* Widerwillig folgte sie ihm. *Tu mir nicht weh*, wollte sie sagen, statt mit einem Zittern in der Stimme:

„Was hast du vor?"

Doch er sah sich im Raum nur um, als müsse er das, was er vorhatte, arrangieren. Zog den Vorhang am Fenster zu, knipste das kleine Licht neben dem Bett an und drehte sich wieder zu ihr. Sein Lächeln war unverändert und sie spürte, wie ihr die Situation wie damals entglitt, allein schon deshalb, weil sie Miguel so nicht kannte. Steif geworden stand sie ihm gegenüber und redete sich ein, dass es nur ein Spiel war, dass sie den Ton von *Das lässt sich doch ändern* nur falsch interpretiert hatte.

Derweil strich er ihr durchs Haar und hatte tatsächlich nur eine dumpfe Vorstellung von dem, was er jetzt tun wollte und wie er dafür vorgehen müsste. Sein Lächeln wirkte aufgesetzt und mit der langsam sinkenden Hand streichelte er über den dünnen Stoff des Shirts, bis er eine Brust erreichte. Vorsichtig zwirbelte er die Spitze darunter. Diese schien zu reagieren und Miguel begann Elena auszuziehen.

7. Oktober, 12 Uhr 25

„Warum hast du von Ruiz Castedo dieses Bild zugeschickt bekommen? – Du hast es doch von ihm, oder?" Am anderen Ende entstand ein zunächst seufzendes Schweigen. Eduardo war wohl in seinem Haus unterwegs, bevor er sich jetzt mit einem leichten Schnauben hingesetzt hatte. Vermutlich, wie so häufig, wenn sie miteinander telefonierten, auf das schwere Sofa in seinem großen Wohnzimmer. Von dort schaute er sicher zu dem Bild an der Wand gegenüber, gemalt von Joan Raset, das Valentina, Eduardos Frau, als junge dunkelhaarige Schönheit in einem dünnen gelben, lässig angezogenen Kleid auf einem Korbstuhl darstellte. In einem, das Elenas ähnelte. Nur war Valentinas kürzer. Sie sah zufrieden sinnierend, umgeben von Blumenbouquets auf einem Tisch mit zwei Kaffeetassen, hinaus

aus dem Fenster auf die Landschaft davor. Die Sekunden verstrichen wortlos, bis Eduardo leise meinte:

„Du hast sie also gefragt. Gut. Also brauche ich auch nicht drumrum reden. Es ist einfacher, als du denkst, er kannte mich durch einen anderen Fall – immerhin ist er Rechtsanwalt und tatsächlich kein schlechter – und er fragte mich, ob ich ihm in diesem vielleicht helfen könnte. Hätte ich. Aber in diesem konnte ich es nicht. Dann rückte er mit der nächsten Sache heraus. Die betraf ihn persönlich. Er wusste oberflächlich um die Verbindung zwischen uns beiden, also dir und mir. Und er wollte wissen, was ich davon hielte, wenn er dafür sorgen würde, Elena dir auf irgendeine Art und Weise wegzunehmen. Du hattest ihn nämlich mit deinen Untersuchungen im Fall *Más Mallorca* gestört und er ging davon aus, dass du auch mir zu sehr auf die Pelle gerückt wärst. – Eine äußerst dumme Vermutung für einen Typen wie ihn. Schlecht recherchiert, kann ich da nur sagen. Denn er wusste offensichtlich nicht, woher wir uns kennen und wie gut wir uns verstehen. – Wohl aus diesem Grund schickte er mir das Bild und wollte es an verschiedene Stellen weitergeben. Ein Video hätte er auch. Wieder ein etwas naives Unterfangen, denn was sollte das bewirken können? Daher habe ich ihm gesagt, wenn er den morgigen Tag überleben möchte, soll er sein Vorhaben, egal, wie es aussieht, sofort vergessen. Und falls er Zweifel an meinen Worten haben sollte, müsse er morgen nur unter sein Auto schauen – bevor er es starten wolle. Weit kämen weder dieses noch er, wenn er es nicht täte."

„Eine Bombe …", mutmaßte Miguel.

„... vielleicht."

„Aber er hat dir geglaubt."

Miguel nickte, ohne dass Eduardo es natürlich sehen konnte. Dann schüttelte er den Kopf. Elena barbusig. Was hätte Ruiz Castedo damit vorhaben können? War da mehr, als Eduardo oder er ahnten. Bevor er ihm die Frage stellen konnte, fuhr dieser fort:

„Der Fall, der uns, also Ruiz und mich, miteinander bekannt gemacht hat, reichte aus, davon auszugehen, dass es stimmt, was ich sage. – Mehr muss ich dir dazu nicht sagen. Er hat seinerzeit versucht mich zu verarschen und das wohl vergessen. – Den Rest, was das Foto betrifft, muss Elena dir berichten."

„Wann war das?"

„Vor deiner Zeit."

„Wann?"

Eduardo zögerte und seufzte. Dann antwortete er:

„Irgendwann im Juli."

„Also im Prinzip kurz bevor wir uns kennengelernt haben."

Nun nickte Eduardo, ohne dass es Miguel sehen konnte, und meinte:

„Sie wird es dir erklären können."

„Dabei hatte sie zu mir gesagt, dass es mit ihm schon lange aus wäre – mehr als ein Dreivierteljahr."

„Ich sagte ja, sie wird es dir erklären können."

„Was weißt du darüber?"

„Nicht genug, um es dir erklären zu können."

7. Oktober, 21 Uhr 45

Der Schlüssel drehte sich im Schloss. Die Tür schwang anschließend in die Dunkelheit und ihre Hand tastete ein paar Mal erfolglos nach dem Lichtschalter. Dann endlich war es hell. Halb mit dem Rücken zu ihm gewandt trat sie ein, stellte die Tasche neben das Regal und kickte ihre Sneaker daneben. Ein leiser Seufzer und ein Fluch waren von ihr zu hören. Der Tag war von Anfang bis Ende scheiße gewesen. Dann erst drehte sie sich um und sah ihn im Schein der Lampe hinter dem Tisch sitzen. Aufrecht mit verschränkten Armen vor der Brust, sein Blick – wie gestern Abend, bevor er *die* Fotos machen wollte – beängstigend ernst. Sie erschrak sofort, hüpfte wie von einem Blitz getroffen und schlug sich mit einem lauten Schrei die Hand vor den Mund.

Sie war schön. Unglaublich schön. So schön hatte er sie noch nie gesehen. Das dunkle Haar offen, luftig und wohl mit einer Hand auf die linke Seite gekämmt. Dort streichelte es förmlich ihre nahezu nackte Schulter. Sie trug ohnehin höchstens zwei Kleidungsstücke. Ein extrem enges, ärmelloses, fast knöchellanges, petrolfarbenes Kleid aus dünner gerippter Baumwolle, mit schmalen Trägern, die wie enge und edle Unterhemden gewirkt waren, die Spitzen ihrer Brüste mit ihren sanften Höfen zeichneten sich weich unter dem Stoff ab und unter diesem – vielleicht – nur noch ein Slip. Sehen tat er diesen nämlich nicht. Auch nicht andeutungsweise. Für andere Abende eine eindeutige Aufforderung. Würde sie lächeln, das ideale Bild für das Handy. Aber ... vorbei. Dabei müsste er jetzt nur tief durchatmen, sich beruhigen, ehrlich lächeln, endlich dieses Foto machen oder wenigstens mal mit ihr sprechen. Richtig sprechen.

„Ein Dreivierteljahr, sagtest du", stellte er stattdessen bedrohlich kühl fest, ohne sich über die Konsequenz des Klangs seiner Stimme weiter Gedanken zu machen. Die schossen ohnehin in seinem Hirn wild geworden durcheinander. Er sah einerseits das Bild, das ihn verzauberte, andererseits stellte er sich *die zwei dabei* vor. Und sein Kopf pochte. Die Narbe am Hinterkopf ziepte. Als könnte er das beruhigen, legte er mit leichtem Druck eine Hand auf den Verband. Doch seine Nackenmuskeln blieben steif. Elena hatte zwar am Morgen den Verband gewechselt, der ihn nun wie einen Sportler aussehen ließ, aber der Mull zog und drückte gleichzeitig. Vielleicht schnürte er auch das Blut ab, das ihn klarer hätte denken lassen können. Im gleichen Moment, als er begann, sich über sich selbst und sein Benehmen zu ärgern, wusste sie, was er dennoch meinte.

„Es ist nicht so, wie du denkst", erwiderte sie leise und schüttelte ganz langsam dabei den Kopf. Die Tränen kamen und zerstörten nun vollends das betörende Bild. Zwei tropften auf das Petrol und fabrizierten einen langsam wachsenden dunklen Fleck. Er starrte ihn an und ihre Hand schwebte immer noch vor dem Mund.

„Es spielt, glaube ich, keine Rolle, was ich denke. Es spielt, glaube ich, keine Rolle, was ich jetzt oder in Zukunft darüber denke." Sein Kopf ähnelte dem Dröhnen einer drangsalierten Pauke. „Es spielt, glaube ich, vielleicht auch keine Rolle, was du dazu sagst. Denn dein ganzes Leben scheint ja nur aus Lügen zu bestehen und sicher werde ich gleich die nächste hören, vielleicht auch die Wahrheit, vielleicht auch nur jeweils die Hälfte davon und das dann doch nur durcheinandergemixt. So wie es gerade passt."
Miguels Stimme bebte. Leise, erschreckend ruhig und doch bedrohlich und unbekannt. Unbekannt, wie sein Verhalten gestern Abend, als er mit dem Handy in der Hand nach ein paar Minuten erkennen musste, dass die Idee, ein *solches* Foto von ihr zu machen, Blödsinn war und im Grunde genommen sogar einer Vergewaltigung

gleichkam. Er selbst wusste nicht, was er in diesem Moment machte und warum. Jetzt wusste er auch nicht, warum er so mit ihr sprach. Mit dieser latenten Aggressivität. Er fand einfach nicht das Bremspedal für die wütenden und brausenden Gedanken. Für das, was seine Fantasie im Kopf fabrizierte. Hatte er ihr nicht anderes versprochen und etwas von *langfristig aushalten* erzählt? Hatte er nicht behauptet, sie zu lieben?

Das Pochen in seinem Kopf veränderte sich in einen stechenden Schmerz, den er versuchte zu missachten. Elena starrte ihn bleich geworden an. Das kalte Deckenlicht machte ihre Haut noch fahler. Sie suchte etwas, um sich zu festzuhalten. Die tastende Hand fand jedoch nichts und sie schwankte deshalb nur hin und her. Dieser Scheißtag war wohl noch nicht zu Ende.

„Wann hast du ihn das letzte Mal getroffen?"
Jedes Wort dieser Frage wie ein Peitschenhieb, wie eine Ohrfeige. Kein Satz könnte ein Datum erklären. Keiner die Hintergründe. Es war bedeutungslos geworden. Es gab nichts mehr. Es war alles zerstört. Sie war selbst schuld. Das Kanu war unaufhörlich auf den Wasserfall zugesteuert. Die Fluten ließen kein Ausweichen zu. Nun würde der Absturz erfolgen. Nein, der Aufprall war längst schon da. Schnell noch den Koffer packen. Sehr schnell. Nur die Kleider und Schuhe. Alles andere konnte bleiben, war eh nichts mehr wert. Sie gab sich zehn Minuten. Höchstens fünfzehn. Es würden sicher die schwersten ihres Lebens. Gerade so lang wie ein Leben. Denn alles würde noch einmal an ihr vorbeirasen. Bei jedem Schritt, bei jeder Handbewegung. Nein, sie würde nichts mehr sagen. Nichts erklären. Nein! Was auch? Jetzt nur noch das tun, was getan werden muss. Und weg. Weit weg. Und vergessen! Ihn. Alles. Das Leben. Doch ihr Körper reagierte nicht sofort. Nur

schwerfällig folgte er dem Befehl im Kopf. *Kof-fer-pa-cken!* Sie ging an dem Tisch, an ihm, seinem starren Blick, den sie nicht sehen wollte und dem sie doch nicht ausweichen konnte, vorbei ins Schlafzimmer und zerrte von den Gefühlen geschüttelt den Koffer vom Schrank. Miguel war aufgestanden, drei Schritte gegangen, stehen geblieben und beobachtete sie nun von dort. Mitten auf dem Weg einer vielleicht gelogenen Liebe. Zwischen ihnen nicht nur diese fünf Meter, sondern ein Weltall und all die Verdächtigungen in seinem Schädel, die sich wie aus dem Nichts unaufhörlich ausbreiteten. Eine Tür des Schranks war schon offen, der erste Stapel Wäsche in ihrer Hand.

„Wann?", fragte er wütend und enttäuscht.

Elena verharrte, stieß einen lauten Seufzer aus, starrte an die Decke und anschließend zum Fenster hinaus, in dem es keine Lösung zu sehen gab, sondern nur das gegenüberliegende Wohnhaus, legte dann den Stapel in den Koffer und begann:

„Das Foto Ende Juli", damit bestätigte sie Eduardos Aussage, „das letzte Mal Ende August."

Das war neu. Und dennoch wieder gelogen. Sie wusste es im selben Augenblick. Teresa fragte nämlich noch, ob es ihr unter dem Tuch nicht zu warm wäre, das sie um den Hals gebunden hatte, und sie schüttelte den Kopf. *Muss nicht jeder den Knutschfleck sehen*, meinte sie. Teresa nickte und lachte. Aber der Knutschfleck war nichts, was Miguel nach einer wilden Nacht hinterlassen hatte, sondern ein Würgemal und auf ihrem Rücken breite Striemen. Zeugen abwegiger Sexualpraktiken. Das alles konnte Teresa nicht sehen. Das alles hatte auch nichts mit Miguel zu tun.

„Ende August. Das heißt, vielleicht eine Woche, bevor ich das erste Mal bei dir im Krankenhaus war?"

Elena nickte. Hätte die Woche noch korrigieren können. Eigentlich müssen. In wenige Tage. Aber wofür? Drei Tage früher? Vier Tage später? Die Flecken waren doch schon fast verschwunden und ihm im Dunkel der letzten Nächte demnach nicht aufgefallen. Selbst als sie gestern Nacht versuchte, sich so lasziv wie möglich für ihn auf dem Bett zu rekeln. Aber auch das spielte keine Rolle mehr. Als sie ihn fragte, ob es ihm so nun gefalle und sich dabei wie eine Hure vorkam, warf er plötzlich sein Handy auf den Boden und ging raus.

Nun legte sie ein paar ihrer Kleider wie ein Leporello über den Wäschestapel im Koffer und strich über den Stoff. Dann nahm sie die nächsten von der Stange. Bitte keine weiteren Fragen, schoss ihr durch den Kopf! Auch nicht eine! Bitte nicht! Grabe nicht weiter! Wie blöd war sie nur, dass sie dieses Foto nicht längst gelöscht hatte. Dabei hatte sie dieses Foto doch nur wegen dieses Abends, dieser Nacht – mit Miguel an diesem einen Strand. Auch wenn es aus ganz anderen Zeiten stammte, weil es kein anderes gab und weil der wahre Grund damit getarnt wurde.

Miguel kehrte an seinen Platz zurück. Es waren vielleicht sieben Minuten vergangen. Seine Frage hatte ihr Zählen der Sekunden durcheinandergebracht. So wie die Erinnerungen sowohl an die Nacht mit ihm als auch an den Tag, als das Foto entstand. Die Wunde war nun aufgerissen, sie schwärte und würde dicke Narben hinterlassen. So oder so. Lüge, Betrug, Misstrauen und Argwohn – wie auch immer diese Worte zu werten waren –, halbe Wahrheiten und Unehrlichkeit. Seine nächste Frage war eine Feststellung. Sie legte ein paar Schuhe auf die Kleider und schloss den Koffer.

„Du warst vor vier Tagen, also am 3., als ich noch im Krankenhaus war, bei ihm."

Wieder verharrte sie. Noch zu nicken war nicht nötig. Oder ihn mit Gabriela zu konfrontieren und deren ... Herumgemache, oder wie sie das nennen sollte. Sie hob den Koffer vom Bett, reagierte nicht weiter, schaute ihn nicht an und sich nicht mehr um und war ein paar Schritte später wieder an der Wohnungstür, schlüpfte in die Schuhe und nahm die Tasche.

„Was hat er gegen dich in der Hand, dass er so über dich verfügen kann?", Miguels schneidender Ton.
Die Türklinke in der Hand hielt sie inne. Er hatte nicht gesagt: *Kaum bin ich weg, treibst du es mit ihm* oder *Wie lang geht das schon so? Und du stellst dich an, wenn Gabriela mir einen Kuss gibt.* Sondern: *Was hat er gegen dich in der Hand, dass er so über dich verfügen kann?* Hatte er womöglich eine Ahnung? Wollte er es tatsächlich wissen? All die Zusammenhänge, die weit über das hinausgingen, was sie ihm letzte Woche über Glück und Trost, über das Dummsein als Dreizehnjährige, über ihren Papa erzählt hatte und was ihr Stief-Vater und Vasquez und Ruiz Castedo ihr angetan hatten? Weil sie ursprünglich nur zurückschlagen wollte, um genau diesem Vater und Vasquez zu zeigen, dass sie keine blöde Gans, kein dummes Weib zum Bumsen war und mit Bildern und Videos gefügig gemacht wurde? War er jetzt noch an ihren Sehnsüchten interessiert?

Wie auch? Längst war ja diese blöde Ziege Sanz und deren Vorhaben dazwischengekommen und das Karussell aus Sex, Sucht und Strafe begann sich weiterzudrehen. Das alles war nicht erklärbar, das passte nicht zusammen. Dafür gab es keine Logik, auch nicht oder gar erst recht nicht für einen Polizisten wie Miguel, sondern nur kaum glaubhafte Erklärungen, die schon seit Langem eher Lügen waren, die sie auch noch selbst glaubte. Was hatte sie Teresa gefragt? *Was würdest du sagen, wenn jemand impulsiv, mitunter aggressiv, hyperaktiv, nymphomanisch, unkonzentriert und nebenbei auch noch untreu ist, obendrein ständig aus der Reihe tanzt, vielleicht auch zu viel trinkt. Welches Krankheitsbild würdest du sehen?* Teresa sagte es, aber das Leben fragte nun mal nicht nach den Rollen, die man gerne besetzen wollte, nein, man hatte die falschen längst angenommen. Das bisschen Skript eines Drehbuchs, das man zu lesen bekam, um sich vielleicht doch noch anders entscheiden zu können, war scheiße und schon die erste Lüge. Dennoch stellte sie den Koffer ab, drehte sich um und riss unter ihrer Tasche etwas weg. Eine Art Lasche oder Ähnliches.

„Das hier." Sie hielt einen Stick in der Hand. „Und das hier." Sie tippte sich an ihren Kopf.

„Was ist das?" Miguel deutete auf den Stick in ihrer zitternden Hand, als wüsste er nicht, was man mit so einem Teil machen könnte.

„Ein USB-Stick. Mit Dateien. Alles Sequenzen, Formeln, Teile von Proteomanalysen, sogenannte Live Cell Imagings, Ergebnisse aller zytometrischen Messungen, mögliche Voraussetzungen für Spillovers, also Übertragungen zwischen unterschiedlichen Spezies und die katalogisierten Ausgangspunkte für die Immunantwort. Alles im sehr fortgeschrittenen Stadium. Diese Daten fehlen auf dem Rechner meines Stief-Vaters. Dort habe ich sie gelöscht und bin in derselben Nacht noch abgehauen. Das wirft seine Forschung um mindestens ein halbes Jahr zurück. Zu viel, um international noch eine Rolle zu spielen. Aber sie sind auch auf dem Stick nicht mehr komplett. Der Rest ist hier." Sie tippte sich wieder an den Kopf. „Keiner hat also etwas davon, mich zu überfallen, umzubringen und nur den Stick mitzuneh-

men. Die Kombination war bisher meine Lebensversicherung. Das war meine Rache für das, was er mir angetan hatte. Dafür musste ich ihn, Armando, auch später immer wieder ranlassen. *Mir kann es ja egal sein, was da oben in deinem Kopf los ist, aber dein Vater ist daran so interessiert. Also, ich sag nicht, wo du bist, und du gibst mir ein bisschen von dir. – Aber so, wie ich es gerne hätte.* Das war sein Geschäft mit mir. Er wusste von meiner Labilität – nenne es psychischen Schaden –, dieser Lust nach Schmerz, und von meinem Stief-Vater und Vasquez. Er sollte nämlich für sie ein Geschäft mit den beiden Krankenhäusern *Son Llàtzer* und *Son Espases* einfädeln. Für Virologen ist eine Insel wunderbar. Man sieht genau, wie sich ein Virus verteilt. Wohin er verschleppt wird. Ich war dagegen. Die Sanz dafür. – Was sie daraus gemacht hat, siehst du nun. Leider war ich da schon auf der Insel. Ich weiß, es klingt, wie alles andere, was ich dir erzählt habe, total bescheuert. Aber es spielt ohnehin keine Rolle mehr, was du darüber denkst. Denn wahrscheinlich bin ich für dich jetzt nur noch ein Fall für die Klapse oder das Gefängnis. Ich bin so gut wie tot. – Eine gefickte Leiche."
Miguel war bei ihren letzten Worten aufgestanden und riss ihr den Stick aus den Fingern, ging zu seinem Laptop und schaltete es ein. Sekunden später sah er auf Dinge, die er nicht verstand, aber spätestens diese Bilder, Statistiken und die riesigen unübersichtlichen Spreadsheets schienen ihre Aussagen zu bestätigen. Er ließ den Stick stecken, klappte den Laptop zu und zum ersten Mal in seinem Inspectorenleben öffnete er hinter sich die unterste Schublade in der Küchentheke so, dass er sie herausnehmen und an deren Rückwand die anmontierte alte Glock entfernen konnte. Mit einem Zug am Magazin kontrollierte er, genug Munition zu haben.

Er schubste die längst von einem Weinkrampf zitternde Elena zur Seite und knallte von außen die Wohnungstür zu und schloss diese ab.

7. Oktober, 21 Uhr 50

Die Inselregierung hatte sich angesichts zu erwartender Schäden durch einen erneut aus dem Nordwesten angerückten Sturm in Einsatzbereitschaft versetzt. Seit den Morgenstunden galt nach offiziellen Angaben deshalb der sogenannte *Índice de Gravedad 1*, der zweithöchste auf der sechsstufigen Skala. Dieses Mal wurden im Westen der Tramuntana sogar Windböen mit einer Geschwindigkeit von bis zu 140 Stundenkilometern erwartet. In höheren Lagen würde die Geschwindigkeit vielleicht sogar noch übertroffen.

Natürlich galt deshalb die Warnstufe Orange. Und mancherorts peitschte der Sturm das Meer bereits mit über fünf Meter hohen Wellen an die Küste. Und wie nur wenige Wochen zuvor tobten wohl schon auch einige Wasserhosen über das Meer. Natürlich wurde vor unnötigen Fahrten auf Landstraßen gewarnt und empfohlen, sich nicht unter Bäume oder vor einsturzgefährdete Mauern zu stellen. In Palma ließ man am Nachmittag die *Born* und auch die Palmenallee *Paseo Sagrera* in der Altstadt zumindest für den Abend und folgenden Vormittag sperren. Die Insel erlebte in diesem Jahr ein Sturmfestival, das niemand gebucht hatte. Morgen schon sollte das Wetter allerdings, wie nach dem letzten Orkan, wieder sommerlich werden und Temperaturen von weit über 20 Grad erreicht werden. Zum ersten Mal seit Wochen spielte in den Nachrichten nicht das Virus die erste Rolle.

Miguel saß im Wagen und hatte den Motor gestartet. Sofort war das Radio angegangen. Nun lauschte er der Meldung und starrte zur Frontscheibe hinaus. Links vor ihm schwankten tatsächlich die wenigen dürren Bäume vor der unsäglichen Ruine hin und her. Leider würde diese nicht einstürzen und daher morgen wieder einigen Suffköppen Unterschlupf gewähren, weil sie auf der anderen Seite des Baus längst ein Loch in den Zaun gerissen hatten. Hoffentlich waren nicht irgendwelche neugierigen Typen mit Handykameras dabei.

Er sah zum schwarzen Himmel hoch. Im Moment schienen ihn zu viele Stürme zu verfolgen. Er zog den Schlüssel ab und hieb mit einer Faust auf das Lenkrad. Wieder war er dabei, unüberlegt zu reagieren. Dabei hatte er Elena doch etwas anderes, Langfristiges versprochen. Wahrscheinlich war er nur in seinem männlichen Stolz getroffen. Nachdem ihn Inés – und das war gerade in diesem Zusammenhang sein Gefühl – abserviert hatte. Wahrscheinlich wüsste ein Psychiater auch darüber einiges zu berichten. Jedenfalls war die Idee, Ruiz Castedo aus dem Weg zu räumen, beziehungsweise einzubuchten, die schlechteste.

Er starrte nach vorne. Auf der Scheibe verteilten sich für Bruchteile von Sekunden die ersten abgerissenen Blätter, um sofort wieder fortgeweht zu werden. An der oberen Seitenscheibenkante zischte der Wind entlang. Als kleines Kind hatte er genau bei diesem Geräusch Angst bekommen und er suchte entweder seine Mutter oder versteckte sich in seinem Zimmer unter dem Fenster. Nach solchen Ängsten und deren Ursachen suchten die Psychiater, wenn sie helfen wollten, die schlimmeren Effekte von Ängsten abzubauen. Bei ihm nie geschehen. Er wurde auch ohne die erwachsen.

Elena schien nicht unbedingt aus Angst zu agieren, befand er. Oder sie war längst zu einem anderen Moment in ihrem Leben geworden, das sie Dinge machen ließ, die durch eine so tiefe Schädigung zustande gekommen waren, dass der Weg dieser Dinge inzwischen einfacher zu bewältigen war, als sich mit dieser Angst auseinanderzusetzen. So ähnlich glaubte er es in bestimmten Kursen und Seminaren der Polizeiausbildung gelernt zu haben. Und er? Tat nicht verständig, sondern spielte den großen Moralisten oder eifersüchtigen Macho oder Möchtegernhelfer. *Ich möchte dich gerne langfristig aushalten*, seine Worte.

Wieder schlug er auf das Lenkrad. Irgendwas, wahrscheinlich ein abgebrochener Ast, krachte gegen die Fahrertür. Er zuckte zusammen, beugte sich vor und sah zum Himmel. Die Wolken glichen riesigen Fäusten, die sich zusammenballten. Vor allem waren sie schwarz wie die Nacht. Das Zischen an der Scheibe hatte sich in ein Fauchen verändert. Mit einem Fluchen öffnete er die Tür, nahm die Glock und stieg aus. Kurz blieb er neben dem Wagen stehen und sah hoch zu seiner hell erleuchteten Wohnung. Elena stand nicht am Fenster. Mit dem Knauf der Glock hieb er eine Beule ins Dach.

7. Oktober, 21 Uhr 55

Keine zehn Minuten später stand er wieder an der Tür zur Wohnung und lehnte sich, wie nach einem Dauerlauf japsend und erschöpft wirkend, von innen gegen diese. Elena hockte immer noch kniend auf dem Boden und schüttelte sich vor Weinen. Sie sah hoch und beobachtete ihn kreidebleich, eingeschüchtert und mit zusammengekniffenen Lippen. Miguel starrte sie einen

Augenblick an, dann kniete auch er sich vor sie und nahm sie mit schlechtem Gewissen, aber ohne weitere Zärtlichkeiten, in den Arm. Fast eine Viertelstunde fiel kein Wort. Dann meinte er:

„*Lo siento*. Tut mir leid! Wenn ich dich loswerden und ich dich reinreiten wollte, müsste ich jetzt genau so vorgehen, wie ich es gerade vorgehabt hatte. Aber ich möchte das alles nicht."

Jetzt wäre der Moment, ihr zu sagen, dass er sie doch liebte und bräuchte und sich trotz allem eine Zukunft mit ihr vorstellen konnte. Egal welche Geschichte sie mit sich herumtrug. Wenn sie von nun an ehrlich zueinander wären, könnten sie diesen Mist doch sicher überwinden. Aber der Schlag auf den Kopf hatte nicht nur das Denken durcheinandergebracht, sondern auch seine Gefühle, oder hatte er ihr gegenüber keine mehr? Er konnte es gerade nicht beantworten und schluckte. So meinte er, emotionslos klingend:

„Denn ansonsten säßest du schnell bei Pelleter und den Oberen am Tisch und müsstest alles erzählen. Haarklein, bis ins letzte Detail. Wie alles zusammenhängt. Wie diese Wahrheit aussieht, die ich nicht verstehe. Und egal, wie du es schilderst, egal, wie wahr, du hättest keine Chance da herauszukommen. Sie würden alles verdrehen und dir zur Last legen. Ihnen wäre das mit der Paraphilie oder wie all das, was dich quält, egal. Du wärest mittendrin, hättest das mit dem Virus am Hals, ihn vielleicht tatsächlich zusammen mit der Sanz unter die Leute gebracht, um deine Experimente zu machen. – Okay, du könntest von Drohungen, Erpressungen und den ganzen Vergewaltigungen erzählen. Allerdings Vergewaltigungen, bei denen Aussage gegen Aussage stehen würde, weil die anderen die entsprechenden Anwälte haben werden, sie sind Männer und würden dich mit allen Tricks unter Druck setzen und genau da ansetzen, was du als deine Naivität bezeichnet hast, denn was jetzt als Virus tobt, reicht, du hättest wirklich keine Chance. So wie deine Freundin in den USA es dir erzählt hat. Sie hatte recht. Ich muss eine andere Lösung finden, um dir zu helfen. Und wenn ich eine finde, frage mich nie danach!"

Was für ein Monolog! Was für Durcheinander! Aber sein Kopf ließ keine Ordnung in seinen Gedanken zu. Er griff unter ihre Arme und hob sie auf, setzte sie auf einen Stuhl an den Tisch, nahm dann ihren Koffer und trug ihn zurück ins Schlafzimmer. Dann setzte er, auch um etwas Alltägliches zu tun, den Espressokocher auf und setzte sich ihr gegenüber. Ernst und nichts wissend schaute er sie lange an und überlegte, wie er es ihr nun sagen sollte. Er hatte aber nur den einen Satz, weil er immer noch nicht wusste, was er nun wollte:

„Heute Nacht schlafe ich hier auf der Couch, dann hast du deine Ruhe. – Morgen sehen wir weiter."

Elena nickte. Genauso wissend. *Es ist aus,* durchfuhr es sie. Er wollte mit ihr nichts mehr zu tun haben. Sicher hätte er doch sonst von etwas anderem gesprochen als von Pelleter, irgendwelchen Anwälten und diesem Scheiß rund um das Virus. Warum knallte er ihr nicht einfach eine? Sie hätte es verdient.

„Ich habe wieder mal alles an die Wand gefahren", stellte sie fest.

„Ich kann dich hier nicht einschließen, obwohl es vielleicht besser wäre, um dich vor dir selbst zu schützen." Er ging nicht darauf ein. „Ich weiß auch nicht, was du nun wirklich vorhast, was in deinem Kopf vorgeht. Vielleicht weißt du es nicht einmal selbst. Aber wenn du wieder abhauen willst, leg den Schlüssel auf den Tisch. Dann weiß ich, an was ich mich gewöhnen soll."

Sie sog die Lippen ein, begann wieder zu weinen und zu zittern, kramte kurz in der Tasche und schob ihren Hausschlüssel zu ihm rüber.

„Schließ mich ein. Am besten *du* schließt mich ein."

„Und? – Morgen? – Rufe ich im Krankenhaus an und melde dich krank? Was mache ich dann? An den folgenden Tagen? Dich hier festhalten und warten, bis du deinen Termin hast? – Du weißt, dass nichts davon gut gehen würde, denn ...", Miguel brach ab. Ja, was wäre? Würden sie sich schon nach Stunden streiten, weil Elena es in der Wohnung mit ihm nicht mehr aushielte? Oder würden sie im Bett die ganze Zeit versuchen ihr Glück zu finden? Vielleicht würden sie miteinander reden können? Und versuchen Lösungen zu finden? Wären sie ehrlich?

Miguel merkte, er hatte überhaupt keine Vorstellungen über ein Leben zu zweit, wenn Probleme vorhanden waren, wenn es Schwierigkeiten gab. Núria ahnte sie, wäre sie mit ihm zusammen nach Palma gezogen und Inés hatte am Tag eins ihrer Besinnungsphase sich in eine neue Beziehung geflüchtet. War nach vier Wochen die Verbindung mit Elena stark genug, um eine solche Krise zu meistern? Er stand auf, ging ins Schlafzimmer und holte sich eine Decke.

7. Oktober, 23 Uhr 25

An Schlafen war nicht zu denken. Schon gar nicht auf dieser Couch. Mehr als eine Stunde war es her, dass auch der Espressokocher keine Vorstellung davon hatte, was Miguel nun machen müsste. Mit dem Zischen, Puffen und den an Spucken erinnernden Geräuschen konnte er zumindest dieses Mal nichts anfangen.

So stellte er sich zwei Meter vor die geschlossene Schlafzimmertür und lauschte auf das Weinen und die Selbstgespräche von Elena. Diese waren zu leise, um etwas zu verstehen. Kurz übermannte ihn eine Art Mitleid oder Zweifel oder Zuneigung – er konnte es nicht benennen –, vielleicht war es auch oder doch ein Gefühl, das er für ein paar Wochen falsch interpretiert hatte. Warum sonst hätte er so gefühllos reagiert? Oder steigerte er sich gerade in etwas hinein? Wollte er ihr nicht zur Seite stehen? Der Kopf dröhnte und ließ kein vernünftiges Nachdenken zu.

So saß er, statt neben ihr, auf dem Balkon und stierte in das Dunkel der Bauruine gegenüber und trank den inzwischen kalten Kaffee. Drüben war es genauso leer wie in seinem Kopf. Nur der Wind trieb Unrat durch die Geschosse. Er sinnierte über die wohl veränderten Gefühle. Über Liebe, Vertrauen und Sorge. Darüber, wie er seinen Zustand und alles benennen sollte. Enttäuscht? Ausgenutzt? Belogen? Gar betrogen? Oder suchte er nur nach einer Entschuldigung, einem Grund, um das mit ihr zu beenden, und versank in Selbstmitleid? Um sich herauszureden aus Verantwortung und den eigenen Fehlern, nur egoistisch gewesen zu sein und zu viel bei ihr nicht gesehen zu haben. Vielleicht war es simpler und er war tatsächlich gekränkt und beleidigt. Bildete es sich zumindest ein.

Vielleicht verkaufte sie sich, mochte es, Männern den Kopf zu verdrehen, und ließ sich dafür bezahlen. Nein, jetzt fing er an zu spinnen. Elena hatte Probleme. Massive. Und er sah nicht hin.

Plötzlich nahm sie – immer noch in dem petrolfarbenen überlangen Shirt – neben ihm Platz. Er hatte sie nicht kommen hören. Nur aus den Augenwinkeln, ohne seinen Kopf zu bewegen oder sonst wie zu reagieren, hatte er dann ihren letzten Meter Weg verfolgt. Auch sie starrte auf die Ruine. Langsam drehte er sich zu ihr. Ihre Augen von den ganzen Tränen verquollen. Natürlich! Und ihr Gesicht im fahlen Licht der Straßenlaterne weiß wie ein Stück Papier. Die sonst unbeschwerten, mädchenhaften Züge waren verschwunden, die Wangen noch mehr eingefallen und die Nase ein harter, spitz ragender Fremdkörper in dem Gesicht, wie das Kinn und die Wangenknochen. Er spürte eine Träne an den eigenen hinunterlaufen und sah wieder zu dem maroden Neubau und den schwankenden Bäumen. Minuten verstrichen. Leise begann sie zu sprechen. Die Stimme versagte fast:

„Abends, an dem Tag, nachdem sie dich eingeliefert haben und ich noch mal bei dir vorbeigekommen bin, stand er mit seinem Audi vor dem Eingang des *Son Espases*. Ich blieb wie versteinert stehen und dachte nur: Was soll das jetzt, woher weiß er, dass ich da bin, gibt es etwa einen Zusammenhang zwischen dem Überfall auf dich und ihm? Natürlich hätte ich umdrehen können und auf der gegenüberliegenden Seite des Gebäudes rausgehen oder den Sicherheitsdienst holen können. Mein Gott, es hätte verdammt viele Möglichkeiten gegeben. Sehr viele. Aber mir fiel keine ein. Im Gegenteil, die alte Geschichte ließ von mir nur die viel zu eingeübte Reaktion zu, nämlich mich gefälligst in Gang zu setzen. So wie ich es immer tat, wenn er mich irgendwo abholte und mich zu sich nach Hause oder ins Büro nahm oder mein kranker Kopf in solchen Momenten von mir verlangte, wie eine dumme Aufziehpuppe zu ihm zu gehen. Deshalb habe ich mich an diesem Abend nicht mehr gemeldet, nicht mehr melden können. – Das wollte ich wenigstens noch sagen, bevor ..." Sie ließ den

Satz unvollendet. Vielleicht wartete sie seine Reaktion ab, die aber ausblieb. So fuhr sie fort:

„Mit diesem Kleid hier wollte ich dich überraschen. Auch das ging, wie alles nach kurzer Zeit in meinem Leben, gründlich daneben. Trotzdem möchte ich jetzt nicht allein schlafen. Ich hab' Angst. Und ich kann dir nicht sagen, wovor. Ich hoffe, du hältst wenigstens das nicht für gelogen." Ihre Hände lösten den Knoten und sie schob eine Hand auf einen Oberschenkel von ihm. „Und es ist viel zu spät, jetzt einfach unbeschwert weiterzumachen. Aber ich liebe dich wirklich und ich hätte es verdammt gerne langfristig mit dir ausgehalten ..."
Ein Aber, um den Satz zu vervollständigen, ein Aber für das befürchtete Ende blieb unausgesprochen in der Luft hängen. Wieder wartete sie auf eine Reaktion, die dem widersprach, wieder blieb diese aus. Sie schaute ihn an und sah seine Tränen, die genauso wie bei ihr seine Wangen herunterliefen. Wenigstens das. Doch spätestens ihr Handeln vor dem Krankenhaus und die damit verbundenen Lügen waren wohl die Axt, die alles zerstört hatte.

Nach einer Viertelstunde stand sie auf. Ihre Tränen waren versiegt. Es gab auch keine mehr. Sie beugte sich über die Brüstung und sah nach unten, als würde sie die Höhe berechnen wollen, dann schüttelte sie den Kopf, ging umständlich an ihm vorbei und Miguel meinte plötzlich:

„Das mit dem Stick war die eine Versicherung und ich als Schutzschild dafür die andere. Und somit auch für das, was du im Kopf hast. So in etwa hast du es mir auch selbst einmal erzählt. Aber Vertrauen hast du ihm, mir, dem Polizisten, nicht geschenkt. – Woher sollte ich es jetzt nehmen? Ich bin für das, was verlangt wird, ein

zu kleiner Polizist. Ein ehrlicher Freund wäre ich gewesen. – Aber wie kann ich der noch sein?"
Die Balkontür schloss sich leise hinter seinen frustrierten Worten. Er hatte recht und sie dachte die ganze Zeit, sie sei genug. Sie, ihre Art und ihr Körper. Sie, eine achtundzwanzigjährige Virologin, die zu forschen, aber nicht zu leben gelernt hatte. Sie, die wusste, wie man Männer anzuschauen hatte. Sie, die wusste, wie *das* geht. Sie, die wusste, dass ihr psychischer Defekt alles irgendwann nur noch schlimmer machte, und sie sich davor drückte ihn reparieren zu lassen. Sie, die wusste, dass das Leben eben nicht so einfach zu gestalten war. Denn es war nicht ein durcheinander gewordenes Spielzimmer, das nur aufgeräumt werden musste. Wenn nur eine Lüge darunter war, woher sollte dann tatsächlich das Vertrauen kommen. Dabei hätte sie nur eine Hand ausstrecken müssen.

Elena blickte durch die Scheibe zurück, betrachtete Miguel, der unverwandt auf die Ruine starrte, und das riesige Pflaster über seiner Narbe, das durch den Verband stoisch an Ort und Stelle gehalten wurde. Sie sog die Lippen ein. In einem See von Blut hatte es geheißen. Und sie war erst Stunden später gekommen und am nächsten Abend bei einem anderen gewesen. Mit den Fingern strich sie über die Scheibe, als sei sie Miguels Haut. Dann kehrte sie ins Schlafzimmer zurück. Morgen früh würde sie ihn bitten, sie gehen zu lassen. Nun spielte es doch ohnehin keine Rolle mehr, wohin.

Miguel wartete indessen noch eine halbe Stunde, dann ging auch er hinein, zumal der nun entstandene Sturm die Temperatur ungemütlich hatte werden lassen, und legte sich auf die Couch. Sofort schmerzte die Narbe und er versuchte mit den Kissen und seinen Händen eine akzeptable Position zu finden. Am Schmerz, der am Ende nicht nur die Narbe betraf, änderte es nichts.

Nach ein paar Minuten stand er auf, zog seine Hose aus und rollte sie zu einer Nackenrolle zusammen. Nun ging es besser und er starrte nicht mehr durch die Balkontür auf den Bau, sondern an die Decke, auf der von Laternen erzeugte Schatten der Bäume tanzten. Nach einer Viertelstunde übermannte ihn ein Schlaf, begleitet von einem Traum, in dem alles durcheinanderging. Die Decke wölbte sich ihm entgegen und aus deren Mitte drang Ruiz Castedo zu ihm vor und lachte. Neben ihm Elena, die dieser wie einen vollkommen verängstigten Köter mit seinen Händen würgte und auf den Boden drückte. Miguel sah sich die Hand mit der Pistole heben, als von hinten ... es konnte niemand anderes sein ... Gabriela wieder begann seinen Nacken zu massieren und dann über seinen Bauch strich.

8. Oktober, 3 Uhr 30

Die Hand wusste von der Wunde am Kopf, war vorsichtig, ja zärtlich. Glitt vom Nacken zuerst auf seine Brust, dann an seinen nackten Beinen hinunter und anschließend wieder hinauf. Zwischen seinen Beinen angekommen, wachte er vollends auf und hielt Elenas Hand fest. Sie hockte neben dem Sofa. Das Kleid hatte sie abgelegt, ihr Gesicht im Licht der fahlen Laterne von draußen nun vollends fremd, so sehr hatte der Schmerz es entstellt. Sie umschloss seine Hand, die ihre in seinem Schoß aufgehalten hatte und krallte sich regelrecht in deren Finger. Dann legte sie langsam ihren Kopf auf seine Brust. Sie weinte nicht.

„Was kann ich tun, damit du mich nicht fortschickst?", fragte sie flüsternd und mit fast erstickter Stimme. Und: „Was kann ich tun, dass du jetzt mit mir kommst und dich einfach zu mir legst? Ich will nicht allein sein. Ich habe so eine Scheißangst. – Ich weiß, ich kann nichts, was eine Frau sonst können müsste, aber trotzdem ..."
Wieder ließ sie einen Satz unvollendet, dessen Schluss Miguel aber auch nicht hätte sagen können. Seine Antwort klang wie ein Grunzen, dann zog er ihre Hand an seinen Mund und küsste die Finger. Nach ein paar Sekunden setzte er sich auf und sie hockte dadurch wie ein kleines Kind zwischen seinen Beinen. Sie schaute hoch, schüttelte leicht ihren Kopf und ihre Haare fielen nun auf seine Oberschenkel. Er zuckte mit den Achseln. Er hätte *Warum?* oder *Wofür?* fragen können und nicht gewusst, was er damit erfahren wollte. Er könnte auch einfach aufstehen und sagen: *Lass mich in Ruhe!* Ja, und sich weiter seinem Selbstmitleid hingeben, von dem er langsam wusste. Stattdessen sagte er:

„Vor ein paar Tagen habe ich dich vom Flughafen abgeholt, weil ich mir eingebildet habe, dich aus irgendwelchen Dingen befreien zu können, weil ich gedacht habe, mein Gott, das bisschen werden wir zusammen doch wohl überstehen. – Das bisschen ist nun unbestimmbar geworden. Ich weiß nicht, was noch folgen wird. Ich befürchte, ich habe auf etwas, das noch folgen könnte, keine Lust. Und – ich habe im Moment das Gefühl Elena schon lange verloren zu haben, und weiß nicht einmal, wer sie gewesen ist. Ich bin es aber auch selbst schuld, denn ich habe mich nicht gekümmert. Ich hätte wachsamer sein sollen. Eben doch ein besserer Polizist und ein noch besserer Freund. Aber ich war wohl auch nur ein Mann, der eine Frau ... Sag mir, was *ich* machen soll! – Ich kann es dir nämlich nicht sagen und weiß daher nicht, was ich tun kann."

„Vielleicht hättest du mich erst gar nicht zulassen sollen", meinte sie und spielte damit auf eine Aussage an, die er vor Wochen gemacht hatte. Miguel erinnerte sich, lächelte und erwiderte, nun aber wieder ernst geworden:

„Vielleicht brauchst du auch einen anderen Beistand als mich? Ich bin kein Psychiater."

Elena nickte. Teresa hatte nichts anderes gesagt, obwohl sie auch ihr nicht alles erzählt hatte. *Du brauchst Begleitung. Psychologisch. Die kann Miguel dir zwar nicht geben, aber zu Hause muss ja auch jemand sein, der dich auffängt. Und er liebt dich doch, oder?* Sie biss sich auf die Unterlippe und sah an ihm vorbei. Liebte sie ihn denn? Auch diese Antwort müsste warten. Umständlich setzte sie sich neben ihn. Ihr ohnehin mädchenhafter Körper, jetzt tatsächlich wie abgemagert, mit dem sie fast nackt vor Minuten noch etwas ganz anderes vorhatte, wirkte erschreckend fragil. Für die verführende, erotische Version einer Antwort ungeeignet. Ihre Hände wieder ineinander verknotet, legte sie ihren Kopf auf seine Schulter. Plötzlich sah sie den Berg ihres Lebens vor sich und sich vor diesem scheitern. Wenn, dann hatte sie nur eine Möglichkeit:

„Ich weiß. Würdest du mich trotzdem dabei begleiten?"

8. Oktober, 8 Uhr 55

„Sie hat versucht es mir zu erklären", begann Miguel. Wieder hatte er, ohne sich zu melden, sofort angefangen zu reden. „Es gibt dafür wohl spezielle Termini. Keine Ahnung. Allerdings würde ich behaupten, dass dahinter auch eine Art Erpressung steckt – ihr gegenüber –, wenn es stimmt, was sie mir gesagt hat."
Wieder die inzwischen schon übliche Stille, bevor Eduardo antwortete.
„Willst du zu ihr halten?"
Miguel war verblüfft. Jetzt war er es, der einige Sekunden verstreichen ließ. Scheinbar war er auf genau diese Frage nicht vorbereitet und hatte deshalb keine Antwort parat. War *Willst du zu ihr halten?* dasselbe wie begleiten? Er hatte zwar genickt, als sie ihn gefragt hatte, aber das Gefühl in diesem Moment konnte er jetzt nicht bezeichnen. Über Liebe hatten sie auch nicht gesprochen. Er stöhnte leise auf. Seine Antwort klang deshalb zumindest halbherzig.
„Ich bin bis jetzt davon ausgegangen."
„*¡Hombre!* Was soll das heißen? Klingt eher, als wärst du beleidigt und in deinem Stolz verletzt."
„Ich verstehe es nur nicht."
„Und im Schneckenhaus lebt es sich besser."
„Ich ..."
„Fang nicht immer mit ich an! Wenn du so weitermachst, ist es egal, welcher Frau du hinterherrennst. So rennt jede irgendwann vor dir weg."
Miguel prustete ins Telefon:
„Also ..."
„Willst du zu ihr halten?", unterbrach Eduardo seinen möglichen Protest mit väterlich scharfem Ton.
„Ja doch!"

„Das klingt bockig", stellte Eduardo nun fest.

„Was soll ich deiner Meinung nach machen?"

„Vor zwei, drei Wochen hast du noch verliebt geklungen. Wärst du es immer noch, würdest du anders reagieren und sie unterstützen und alle Hebel in Bewegung setzen. Solange du ihr aber misstraust ..."

„In der kurzen Zeit, die wir uns kennen, ist vielleicht zu viel Porzellan zerschlagen worden."

„Du tust nicht nur beleidigt, du bist es auch. Wenn ihr zusammen zu jemandem geht, der helfen kann, ist es für dich vielleicht auch nicht schlecht. Denn du klingst, als könntest du auch ein wenig Hilfe brauchen." Jetzt lachte Eduardo wie in alten Tagen laut auf. „Deinen Kopf scheinen sie jedenfalls gut getroffen zu haben."

„Ansonsten?"

„Wirst du sie verlieren."

„Hab' ich das nicht schon längst?"

„Du bist wirklich kindisch! Bis jetzt kam sie – soweit ich weiß – jeden Tag wieder zu dir. Sie braucht dich. – Und Hilfe. Nämlich deine!"

„Gut, das habe ich jetzt kapiert. Aber dieser Ruiz Castedo ..."

„... ist ein Ekelpaket. Und ein gänzlich anderes Problem. Kapierst du das nicht? – Was habt ihr gegen ihn in der Hand?"

„Wir? Gar nichts mehr. Der Fall *Más Mallorca* liegt zusammen mit dem toten Korte beim Zentralen Strafgericht. – Und bis es da weitergeht ..."

Sanchez Olivero zog die Augenbrauen hoch und schüttelte den Kopf.

„Versuch ihn aus dem Spiel zu nehmen."

„Das ist leichter gesagt als getan. Wenn ich mich jetzt da einschalte, werde ich sicher suspendiert."

„Dann lass sie Anzeige erstatten."

„Das ist ein ganz schlecht überlegter Tipp von dir. Du überraschst mich. Sie wird von ihm aufgefressen werden. Mit der billigsten Ausrede: Aussage gegen Aussage. Und dann kommt die ganze Noro-Scheiße sicher auch auf den Tisch. – Darüber weiß er nämlich ein paar ... geschäftliche Details und wird sicher plaudern."

„Dann werden wir uns etwas überlegen müssen. Sie darf nicht in seine Hände geraten."

„Was du nicht sagst." Miguel war immer noch verblüfft.

„Hab' dich nicht so! Normalerweise repariere ich keine Liebschaften, das solltest du eigentlich wissen, sondern Geschäftsbeziehungen. – Gib mir eine Woche."

8. Oktober, 9 Uhr 20

Für einige Minuten stand Sanchez Olivero noch am Ende der Brücke und sah zum *Bianco* hinüber. Unter ihm rauschte der von den Sturmschauern gefüllte *Torrent de sa Riera* durch, ansonsten eher ein Rinnsal, an dessen Rändern sich aber an manchen Stellen kleine Berge mit Unrat angehäuft hatten. Kaputte Kisten, Plastiktüten, verbogene Metallstangen, Äste und sogar ein verbeultes Fass waren neben anderem Dreck und Abfall in der Kurve auf der anderen Seite an den Büschen und Palmen hängen geblieben. Ein unwirkliches Bild.

Das gestrige Unwetter, das sogar als ungewöhnlich heftiger Wirbelsturm durch die Tramuntana gejagt war, hinterließ nun auch Spuren in Palma. Wenn auch ungleich schwächere. Denn in den Bergen hatte es laut den Nachrichten heute Morgen gewütet. Genau zwischen Port des Canonge und der Urbanización George

Sand hindurch. Er hatte die Bilder gesehen. Die Bäume in den Wäldern, Oliven- und Mandelhainen waren dabei einen bis anderthalb Meter über dem Boden wie abgedreht wirkend zerfetzt worden und ein paar von ihnen dabei mit voller Wucht auf den Dächern einiger Fincas gelandet. Schlachtfelder sahen ähnlich aus, hatte er gedacht. Hier spielte der Himmel über ihm hingegen erfolgreich das Unschuldslamm und wollte mit der vergangenen Nacht wohl nichts zu tun haben. Auch die Aufräumarbeiten waren schon im Gang und sorgten für ein sauberes Aussehen der Stadt.

Kurz hatte er daran gedacht, drüben anzurufen, aber er schob das Handy wieder zurück in die Hosentasche und versuchte auf der anderen Seite Gabriela zu erkennen, doch fünfzig Meter, die davor parkenden Autos, Bäume und Büsche und Menschen ließen nicht mehr als Bruchteile von Sekunden zu. In seinem Kopf ging es wie bei einem Jugendlichen zu. Unentschlossen pubertär. Er schüttelte über sich selbst enttäuscht den Kopf. Vermutlich waren Diego und auch Vicenç besser dran. Beide hatten zumindest Pläne. Dann drehte er sich um und ging hinüber zur Burg. Ablenkung war angesagt.

Vorne, am Anfang der Brücke, saßen dieses Mal zwei Männer und streckten ihm etwas ungelenk einen Becher entgegen. Wie vor Tagen bei dem anderen Bettler sprach er sie auf Spanisch an und erwartete wohl ein Kauderwelsch als Antwort. Doch sie nickten ihm zu und der erste meinte im perfekten Spanisch:

„Geben Sie mir irgendeinen Job und ich bin hier weg. Aber ein Euro tut's auch. Mehr ist in diesen Zeiten nicht drin. Leider. Sollte ich Ende der Woche jedoch nicht zahlen, habe ich meine Wohnung los. – Und wir sitzen auf der Straße. – Dank diesem Virus."

Sanchez Olivero kramte zwei Fünfeuroscheine hervor und beruhigte so sein schlechtes Gewissen.

„Du siehst aus wie der Typ in der Werbung für die MAPFRE-Krankenversicherung", lachte Andreu, als Miguel eintrat. „*Ihre Wunde braucht Pflaster, Ihre Zukunft Absicherung.* Gut, dass du eine Ärztin als Freundin hast. Die sorgt für dich."

Miguel schob die Geldbörse ein und tastete nach dem Verband. Unten hatte es mehr Mitleid gegeben: *Mann, was haben sie mit dir gemacht?* und Ähnliches. Er machte ein Ha-ha-ha und setzte sich an seinen Schreibtisch.

„Viel ist nicht passiert. Ein bisschen Sturm, ein paar Unverbesserliche, die alles besser wissen, und wenn man sie fragt, was man denn ihrer Meinung nach tun sollte, meinen, das sei nicht ihre Aufgabe. – Manchmal hätte ich Lust ... ach, lassen wir das. Hier fehlen auch die Ersten. Joaquin und Pablo hat's auch erwischt. Und von Inés – habt ihr eigentlich noch Kontakt? – habe ich gehört, dass ihre Mutter seit gestern im Krankenhaus liegt. Wohl aber nicht auf Intensiv."

Andreu schaute forschend zu Sanchez Olivero hinüber, der Andreus kleine Rede ohne einen Ton nur mit verschiedenen Gesichtsausdrücken verfolgt hatte. Jetzt gab er nur ein Grunzlaut von sich und fast undeutlich:

„Ich ruf sie nachher mal an. Dann wissen wir mehr."

Er nahm die wenigen Blätter vor sich und schaute sie durch. Illegale Partys, die aufgelöst worden waren, Kinder und Jugendliche, die durch die Stadt oder an den Stränden herumzogen, weil es sonst keine Beschäftigung für sie gab, Beschwerden über Ruhestörungen, denn in den abgeriegelten Stadtteilen wurden nun erst recht Partys gefeiert. Die Politik referierte täglich über die Erfolge ihrer Entscheidungen und die Leute zeigten ihr eine lange Nase, während verstorbene Einwohner eines Altenheims in Madrid in ihren Betten aufgefunden wurden – und das erst nach ein, zwei Tagen.

Dazu kam die schlechte Materialausstattung in den meisten Krankenhäusern und des medizinischen Personals. Die meisten arbeiteten dort wohl ohne jeglichen Schutz gegen das Virus an. *In keinem Land ist das medizinische Personal so schlecht geschützt*, las er, *wie infolge des Handelns der spanischen Regierung. Der Ministerpräsident empfindet wohl weder Scham, Empörung noch Angst ...* Sanchez Olivero zuckte. Darüber hatte Elena nie mit ihm gesprochen. Er hatte auch nie nachgefragt. Warum interessierte er sich nicht für ihre Arbeit?

Erst fast zuunterst ein Bericht über den Sturm der letzten Nacht, von dem er in Palma wenig mitbekommen hatte. – Elena und er hatten für andere Stürme gesorgt. Miguel überflog die Zeilen. Am schwersten war ein Gebiet weit über die Grenzen der Gemeinden Banyalbufar, Esporles und Valldemossa betroffen. Hagelkörner, groß wie Golfbälle, hatten flächendeckend Bäume abgeknickt und Dächer und Fahrzeuge beschädigt. Die Schäden gingen vermutlich in die Millionen. Nach bisherigen Schadensmeldungen waren allein in der Nähe von Port des Canonge zahlreiche Häuser durch umgestürzte Bäume so gut wie zerstört. Zurzeit gäbe es dennoch keine Meldungen über Verletzte oder gar Tote. Wenigstens das.

„Hast du davon was mitgekriegt?", wollte Miguel von Andreu wissen.

„Nee, sorry, hatte was Besseres zu tun. Ich meine ... wir ... Ximena und ich." Andreu grinste vieldeutig über seine Schulter zurück. „Du doch sicher auch, oder? Wenigstens das haben sie uns noch nicht verboten. Warum fragst du? Was soll passiert sein?"

Sanchez Olivero verdrehte die Augen und zuckte nur mit den Schultern. Darauf musste er wohl nicht antworten, daher erwiderte er nur:

„Na ja, der Sturm war ja angeblich heftig genug. Im Torrent vor der Burg ist jedenfalls 'ne Menge Dreck. – Die Natur weiß, wie man uns ärgern kann. Virus, Sturm und Wassermassen. Mal sehen, was noch alles kommt." Damit griff er zum Telefon, um tatsächlich Inés anzurufen.

8. Oktober, 9 Uhr 40

Der Flughafen war so gut wie leer. Lediglich vor drei Schaltern stand jeweils eine kurze Schlange. An jeder gingen Leute vom Bodenpersonal vorbei, um Zettel zu verteilen: *Bitte beachten!* In großen roten Lettern. Karin wusste Bescheid. Die Hygieneregeln kannte sie inzwischen in- und auswendig. Seit einer Woche las sie bei jeder Mahlzeit zu Hause nichts anderes sowie die Anordnungen, wie sie sich ab heute Nachmittag auf Mallorca zu verhalten hatte. Den nötigen Test, der inzwischen für die Einreise verlangt wurde, hatte sie gestern Abend machen lassen. *Das war vielleicht ein Gerenne*, erinnerte sie sich und schüttelte den Kopf. Zum bestimmt hundertsten Mal schaute sie nun in ihre Handtasche, ob sie alle Formulare wirklich eingesteckt hatte. Natürlich. Endlich hatte es sich auch für sie einmal gelohnt einen Bürojob zu haben, denn dieser Formulardschungel war für Normalsterbliche kaum zu durchschauen. Sie dachte an Familien mit Kindern, die dann diesen Papierkram in ihren Taschen haben mussten. Allein die Beantragung der sogenannten *Passenger Location Card* musste für jeden Reisenden gemacht werden und ergab wieder ein eigenes Formular. So war es kaum verwunderlich, dass hier kein einziges Kind zu sehen war. Augenscheinlich war sie sogar die Jüngste.

Dann war sie an der Reihe und stellte die beiden Koffer auf das Band am Schalter. Sekunden später waren diese verschwunden und sie hielt endlich ihren Boarding Pass in Händen. Abflug 13 Uhr 05. Sie war viel zu früh gekommen und kein Café oder Laden hatte hier im Gebäude offen, um sich die Zeit zu vertreiben oder herumzuschlendern.

Ob er sich tatsächlich freute? Immerhin wäre sie nun nicht mit ihm im *Citric*, also dem Hotel, in Port de Sóller, in Urlaub, wie ursprünglich geplant, sondern unter Umständen mehr als drei Wochen bei ihm. Er hatte zwar ein großes Haus und einen Garten und obwohl sie schon einige Abende, ja sogar drei Nächte – wenige genug – bei ihm verbracht hatte, zeigte sein Haus ein anderes Leben. Sie würde Zeit brauchen, sich einzurichten. Und wie es dann weiterginge, wusste sie noch nicht und das gleich in mehrfacher Hinsicht.

Die Buchung für das Hotel, das im Falle eines Falles einen Rückzug ermöglicht hätte, musste sie stornieren, erstens wegen des Virus und zweitens, weil sie ab dem nächsten Monat keine Arbeit und damit kaum Geld hatte. All ihre Bemühungen, schnell in einer anderen Firma unterzukommen, waren bisher gescheitert. Keiner wollte in diesen Zeiten eine Tippse? Ob er sich an den Satz noch erinnern würde, den er ganz am Anfang zu ihr gesagt hatte? *Sie schaffen also Ordnung. Nicht das Schlechteste, eine solche könnte ich brauchen.* Könnte er sie tatsächlich brauchen? Nicht nur als Urlaubsbekanntschaft und für … Sie unterbrach ihre Gedanken. Wer weiß, wie es ihm gerade erging? Er hatte zwar in den gefühlt tausend Telefonaten nichts gesagt – vielleicht auch, um ihr die Vorfreude nicht zu nehmen –, aber vielleicht hatte er selbst keine Arbeit mehr und somit keine Möglichkeit, sie zu beschäftigen.

Daran wollte sie jetzt lieber nicht denken. Daran, dass sie möglicherweise in drei Wochen wieder ihre Heimreise antreten musste, dass ein Traum sich als Seifenblase entpuppte und platzte. Denn von dem, wie es dann weitergehen sollte, hatte sie nicht den leisesten Schimmer. Lieber gab sie sich den Bildern hin, die entstanden waren, als sie seinerzeit am vorletzten Abend bei ihm geblieben war.

Fast schon trotzig stampfte sie ein wenig auf, während sie den kleinen Rucksack auf den Rücken schwang, den sie statt einer Handtasche bei sich trug. Dann suchte sie einen Platz, an dem sie bis zur Boarding Time warten konnte. Sie schaute sich um. Die Auswahl war groß genug. Kaum saß sie, zupfte sie ihr Handy aus der Jackentasche. Das aufleuchtende Display zeigte aus dem letzten Urlaub den Blick von ihrem Hotelbalkon auf die Leuchttürme von Port de Sóller. Am unteren Bildrand konnte sie die Dusche erkennen, deren Knopf er damals drückte, damit sie sich den Sand aus den Haaren waschen konnte, und er mit seiner rauen und gleichzeitig samtigen Stimme meinte: *Duschen Sie! – Ich drücke den Knopf.* Sie erinnerte sich an seinen Blick, in dem wie im Klang seiner Stimme nichts Anzügliches, nichts Aufdringliches gewesen war. Es war das Normalste der Welt. Auch seine Augen verrieten nichts Doppeldeutiges. Deshalb war sie jetzt wieder aufgedreht und aufgekratzt. Nach dem dritten Klingeln nahm er schon ab.

„Nur noch ein bisschen mehr als sechs Stunden", war ihr erster Satz und ihre Stimme kratzte, „oder soll ich vielleicht doch lieber hierbleiben, weil du mich nicht brauchen kannst?"

Hoffentlich hörte er die Freude in ihrer Stimme. Absichtlich ließ er eine Schrecksekunde verstreichen, bevor er mit strengem Ton meinte:

„Setz dich gefälligst in den Flieger und komm her! Was wir an Telefonrechnungen zu zahlen hatten, reicht langsam!" Nach einer weiteren Sekunde lachte er und meinte: „Ich habe hoffentlich alles gut vorbereitet. Nur essen gehen, das klappt nicht so richtig, aber der Pizzaservice funktioniert hier sehr gut."

Karin seufzte und entspannte sich.

„Uns wird schon was einfallen", erwiderte sie, „du glaubst gar nicht, wie ich mich freue."

„Mal sehen, ob du das noch tust, wenn du mich dann siehst. Vielleicht sollte ich mich vorher noch rasieren."

„Wenn das alles ist, könntest du so bleiben, wie du bist."

„Das ist unter Umständen ein unzüchtiger Wunsch." Wieder lachte er und Karin wurde am anderen Ende rot.

„Ich habe viel zu erzählen", lenkte sie ab, „ich hoffe, wir haben genug Zeit ..."

8. Oktober, 11 Uhr 30

Mutter geht es den Umständen entsprechend gut, hatte Inés gemeint und davon gesprochen, dass sie Gott sei Dank nicht auf der Intensivstation liegen würde. Fieber und zwei Tage Haft auf der Toilette. Sie lachte:

„Aber jetzt, wo sie allein lebt, ging es nicht anders. Das hätte zu viel durcheinandergebracht. Vielleicht

darf sie nächste Woche schon wieder raus. Dann nehmen wir sie zu uns."
Dann nehmen wir sie zu uns. Spürte er einen Stich, als er ihren Satz hörte? Lange musste er nicht überlegen, wenn, wusste er, warum. Wir. Uns. Wenn *er* früher hin und wieder von *wir* oder *uns* gesprochen und ein paar Pläne gemacht hatte, sah sie ihn nur erbost an und er erhielt regelmäßig die Abfuhr, Diego und Rafael wären noch nicht zur Adoption freigegeben. Er räusperte sich und erwiderte:

„Das wird wohl das Beste sein. – Ansonsten ist alles okay bei euch?"
Überraschenderweise kam ihre Antwort mit einer Verzögerung. Er kannte sie lang genug, um zu wissen, dass wohl nicht alles *todo va como la seda*, nicht alles in Butter war.

„Der neue Job ist mit dem in der Burg nicht zu vergleichen und die Situation im Moment – also die mit dem Virus – ist auch nicht gerade motivierend. Ich ..." Sie brach ab. Ihr Ton klang seltsam und er bildete sich ein, dass sie mehr als unzufrieden war. Bevor er einen vielleicht doch dummen Rat geben konnte, ergänzte sie aber ihren Satz:

„... bin aber froh, nun eine eigene Wohnung zu haben. In der haben wir alle mehr Platz und Freiräume. Die Jungs können sich zurückziehen und ich ... hab' keine Kinderzimmeratmosphäre mehr." Wieder lachte sie kurz auf. „Ich glaube, Ramon würde das sonst nicht mitmachen."
Wieder ein Stich. Fürs Kinderzimmer war er, Miguel, aber gut genug oder gerade noch ertragbar gewesen.

„Dafür hast du jetzt mindestens zwei Kinderzimmer", gab er mit deutlich säuerlichem Unterton zurück. Ohne dass er es sehen konnte, zuckte sie mit den

Schultern und fragte, weniger aus Neugier als aus Höflichkeit:

„Und bei dir? Beziehungsweise euch?"

Der Überfall auf ihn war also noch nicht bis nach Can Pastilla durchgedrungen. Warum sollte er ihr davon berichten? Sollte sie es erfahren, würde sie, wenn sie tatsächlich noch ein Interesse hätte, nachfragen. So blieb es bei einer kurzen Antwort von ihm.

„Ja. – Alles gut."

Inés ließ seltsamerweise nicht locker.

„Aber das Virus fordert seinen Tribut. Elena wird viel zu tun haben. Mehr als wir. Da bleibt gerade nicht besonders viel Freiraum, oder?"

Verwundert hielt er die Luft an. Die Nachrichten verkündeten zwar alles fein säuberlich oder man las es täglich genauso detailliert in den Zeitungen, aber Inés brachte es mit ihm zusammen.

„Andere leiden mehr unter dieser Situation", erwiderte er mit einem leisen Seufzer, „in den ... Problemvierteln ist das Leben gerade nicht spaßig. Kümmern tut sich ja da keiner. Für uns sind die Zeiten ungewöhnlich, aber machbar. Von daher geht es uns wirklich gut."

Miguel legte die Stirn kraus und hoffte, mit dem letzten Teil seiner Lüge gegenüber sich selbst nicht gelogen zu haben.

„Das stimmt. Ein Teil der Jugendlichen erlebt gerade die geilste Zeit ihres Lebens, weil sie alles machen, was sie sonst nie gemacht haben, und die anderen werden abgeriegelt und haben Schwierigkeiten ohne Ende. Diego und Rafael gehören eher zur ersten Gruppe."

Es klang erleichtert und Miguel dachte an die illegalen Partys an den Stränden. Wenn man es geschickt anstellte, bekam man keinen Ärger mit den Ordnungskräften. Von drei-, vierhundert, die dort herumtobten, hatte man auf den Wachen nur für ein Dutzend Randalierer Platz. Die anderen verabredeten sich derweil für den nächsten Tag an einen anderen Strand.

„Vielleicht ergibt es sich, dass wir uns alle mal treffen", meinte er und wusste gleichzeitig nicht, ob es eine gute Idee war. Womöglich säßen dann vier Scherben um einen Tisch herum und versuchten ein unverfängliches Gespräch zu führen.

Nun war es Inés, die kurz aufhörte zu atmen, und sie verzog ihr Gesicht. Sie schaute an sich herunter, glaubte schon den schwellenden Babybauch zu sehen und strich sich mit einer Hand darüber. *Prima*, dachte sie, *ich seh schon deinen Blick und das Fragezeichen.* So nickte sie still und erwiderte:

„Ja. Das wäre nett. – Nach dem Virus vielleicht. Wir haben ja alle irgendwie damit zu tun. Hoffentlich haben wir das endlich bald hinter uns."

Ohne dass sie es sehen konnte, nickte er und dachte: *Vielleicht komm ich dich da drüben mal auf einen Kaffee besuchen und checke ab, wie es dir geht.* Der Klang in ihrer Stimme war einfach zu seltsam. Stattdessen wechselten sie noch ein paar belanglose Worte und spätestens nach diesen war klar, dass sie beide, sollte nichts Außergewöhnliches passieren und entgegen ihren Aussagen, doch nicht so schnell zusammen einen Kaffee trinken würden. Die Leitung knackte und Miguel legte mit einer gewissen Enttäuschung, wenn nicht sogar Wut, den Hörer auf. *¡Vale!,* sagte er zu sich selbst, *alles nur verletzte Eitelkeit. Aber was hab' ich mir auch gedacht? Bring das zu Hause in Ordnung. Das ist ja wohl hundertmal wichtiger.*

Einen Moment starrte er das Telefon mit entsprechendem Gesichtsausdruck noch an. Dann gab er dem Schreibtisch einen Boxhieb, sodass ein paar Sachen auf ihm hüpften und Andreu sich umdrehte und ihn mit großen Augen ansah. *Is' was?* Miguel missachtete den Blick, atmete tief durch und wählte Elenas Nummer im Krankenhaus. *Bring das zu Hause in Ordnung*, zischte sein Hirn ihn an. Die Sekunden verstrichen und Miguel wollte schon wieder auflegen, als am anderen Ende unverkennbar Teresas Stimme vollkommen atemlos fragte: „*¿Digame?*"

„*¡Perdon!*" Auf einmal war Sanchez Olivero kleinlaut. „Bei euch geht es wohl drunter und drüber?!"

„Miguel? Bist du es? Du beliebst wohl zu scherzen? Nein! Alles bestens! Wir spielen nämlich gerade eine Runde *Hol das Taschentuch*. Ist ja sonst nichts los. – Aber Augenblick, ich hol dir deine Elena."

Deine Elena. Fast so gut wie ein Wir, schoss ihm durch den Kopf.

„Ja?" Elena klang gehetzt und auch ein wenig ängstlich. Hatte Teresa ihr nicht gesagt, dass er am anderen Ende ist? Vielleicht sollten sie alle aber auch mal für ein paar Tage in einem Krankenhaus arbeiten, um mitzubekommen, was los war. Eigentlich hatte ihm Elena – wenn auch immer nur in kurzen Worten – schon genug erzählt.

Sonderbarerweise dachte er ausgerechnet jetzt an ihr erstes Treffen nach seinem damals dienstlichen Besuch im Krankenhaus. Das war im *Can Matias*, dem Bistro, ganz in der Nähe des Krankenhauses. Sofort hatte er sie dort erkannt, wie jetzt ihre Stimme, nach nur einem Wort. Kaum, dass sie *Ja?* gesagt hatte und seinerzeit sofort, nachdem er ins Bistro hineingegangen war. Links an einem Tisch vor den großen Fenstern saß sie. Obwohl sie nicht die strenge Klinikkleidung trug und ihre Haare nicht nach hinten gebunden hatte, sondern dasselbe gelbe luftige Sommerkleid anhatte mit dem dezenten Blumenmuster, wie Tage später am Strand. Darüber eine kurze azurblaue Baumwolljacke und eine leicht getönte Strumpfhose darunter. Ihre langen glatten Haare offen und lediglich von einem Band gebändigt, das aus demselben Stoff war wie ihr Kleid. Sie stand auf, ging langsam auf ihn zu und er genoss diesen Anblick geschätzte acht Meter, dann begrüßte sie ihn mit ihrem sympathischen und fast verwirrenden Lächeln und einem Glänzen in ihren dunklen Augen. Als hätten sie sich bereits Jahre gekannt, aber erst nach langer Zeit wiedergesehen. In allem war nicht eine Spur Distanz, Angst oder irgendeine Furcht, die ihm schon damals etwas über ihr Leben hätte berichten können. Eine Furcht, die ihm aber jetzt mit diesem einen Wort *Ja?* nahezu aus der Leitung entgegenquoll. Und er war daran sicher nicht ganz schuldlos. Im Gegenteil, das verwirrende Lächeln in ihrer Stimme war in den letzten vielen Tagen auch verschwunden. *Schön, dass es geklappt hat*, meinte sie nämlich im *Can Matias* als Erstes. Und der Klang ihrer Stimme war alles andere als dienstlich. Nun hoffte er, das, was er spontan vorhatte, würde wie einst auch wieder klappen und vielleicht wieder genauso schön werden.

„Entschuldige. Ihr habt ganz anderes zu tun. Ich habe gerade wieder einiges darüber in unseren Informationen gelesen. Täte vielleicht allen mal gut, sich mehr damit zu beschäftigen, als klugzuscheißen. Tut mir leid, dass ich nie nachgefragt habe. – Aber ich ... was hältst du davon, wenn ich dich ... auch deswegen, heute Abend abhole und ..."

„Das wäre schön." Ihre Stimme plötzlich wieder warm und mädchenhaft. Er glaubte sogar ein erleichtertes Seufzen zu hören. Er schloss die Augen und sah sie auf sich zukommen, das wehende gelbe Kleid, ihre dunklen Haare und Augen und ihren entspannten Blick im *Can Matias*. Und nach einer ewig erscheinenden Sekunde fügte Elena hinzu: „... wäre wirklich schön. Du hast recht, es geht hier zwar fürchterlich zu, bei allen liegen die Nerven blank, aber gegen neun, denke ich, sollte es gehen."

8. Oktober, 16 Uhr 15

Der Flug kam nur mit einer leichten Verspätung an. Die Passagiere aus dem nicht ganz besetzten Flieger verloren sich in der Ankunftshalle. Von den Kofferbändern liefen nur drei. Für einen Flieger aus England, einen aus Norwegen und für Karins. Das Gepäck brauchte trotzdem genauso lange wie im Sommer. Und einfach so zum Ausgang gehen, um mit einem Bus oder Taxi ins Hotel zu kommen, ging auch nicht. Zwei Leute von einem Sicherheitsdienst kontrollierten – Karin redete sich ein, gewissenhaft und daher langsam – die Papiere. Prompt hatte ein Ehepaar, nicht weit vor ihr, nicht die nötigen Unterlagen der Tests dabei. Die lauter werdende Diskussion beschallte die riesige Halle. Statt die Leute zur Seite zu nehmen und mit ihnen später weiter zu verhandeln, wurde die gesamte Schlange aufgehalten. Die fing sofort an zu zetern, statt zufrieden zu sein, etwas zu dürfen, was anderen verwehrt geblieben war. Nämlich in Urlaub fliegen zu können.

Im Endeffekt waren es vielleicht nur zehn Minuten, aber ein paar mussten weiterhin ihre Kommentare lauthals loswerden. Wie zu Hause, immer das Maul aufreißen. Meckern war nun mal typisch deutsch und – alles besser wissen. Schon im Flieger hatte sie in der Reihe vor sich die einzig wahren Virologen der Welt sitzen.

Was für ein Einstieg in den Urlaub, dachte Karin. Der nächste Schreck kam nach wenigen Metern. Sebastian stand nicht in der Vorhalle. Sie überlegte anzurufen, verwarf die Idee aber und suchte draußen, wo ansonsten Dutzende Busse warteten und nun nur eine Handvoll stand, eine Bank, um auf ihn zu warten. Mit einem Mal kam sie sich hier draußen deplatziert vor und die Angst, die sie schon in den letzten Tagen zu Hause, wie ein kleines krabbelndes Tier, beschlichen hatte, kam wieder hoch. Das Gefühl, nicht richtig gekleidet zu sein, war noch das unerheblichste. Denn sie hatte das Kleid angezogen, das sie auch bei ihrem ersten gemeinsamen Ausgehen anhatte. Das enge, wie ein Etui-Kleid anliegende mit dem Blumenmuster. Hell, figurbetont und sie war sich sicher – jetzt viel zu kurz.

Kaum saß sie auf einer der Bänke, rutschte es genauso wie damals in seinem Auto die Schenkel hinauf, die, darauf war sie stolz, in den letzten Wochen nicht dicker geworden waren, trotz der Beschränkungen und des Lockdowns. Jeden Tag war sie joggen gegangen, hatte sie im Wohnzimmer den Tisch zur Seite geschoben und ein wenig Gymnastik gemacht. Bloß nicht zunehmen, mahnte sie sich, aß keine Schokolade und keine Chips, weil sie sich nicht wie sonst üblich bewegen konnte. Würde das helfen? Hatte er sie noch so in Erinnerung? Und in welcher Stimmung würde er dieses Mal sein? Sie schaute sich um und ergänzte im Kopf: *Wenn er überhaupt kommen kann.*

Obwohl sie die ganzen Zweifel seit den letzten Telefonaten immer gleich verworfen hatte, kamen sie jetzt prompt nach dem letzten – heute Morgen – wieder hoch. Nach nur einem Urlaub konnte sie nicht erwarten, da unbeschwert anknüpfen zu können, wo der letzte aufgehört hatte. Denn nun war sie nicht für nur ein, zwei Nächte bei ihm, sondern drei Wochen.

In den beiden Koffern waren noch Jeans, Blusen und Pullover. Sie stand auf. Die Toiletten waren sicher geöffnet. Irgendwie würde sie sich in denen umziehen können. Die Schiebetüren öffneten sich, als zwei Hände von hinten auf ihren Bauch krabbelten und sie festhielten. Fast hätte sie aufgeschrien, da spürte sie schon seine Lippen im Nacken.

„Wohin wolltest du gerade fliehen?", fragte Sebastians Stimme und seine Hände streichelten ihren Bauch. Ihr Herz raste, sie schnaufte, als käme sie von einem langen Tauchgang zurück an die Oberfläche, und zitterte wie nach einem Gruselfilm. Langsam drehte sie sich in seinen Armen um. Sie wusste zwar nicht, warum, aber sofort fing sie an zu heulen. Nach ein paar Sekunden meinte sie dann schluchzend:

„Scheiße, ist das schrecklich schön!"
Breithaupt ließ Karin nur ein wenig los und lachte. Und sie sah ihn an. Er hatte sich doch nicht rasiert. Seit mindestens drei Tagen nicht und sie fand es gut. Einen Anzug hatte er auch nicht an. Also gab es heute nichts Geschäftliches. Sie begann sich zu entspannen. Vielleicht gab es doch ein bisschen Urlaub. Trotz dieses bekloppten Virus.

„Hast du mich vermisst?" Er schaute sie forschend an und schob sie, ohne loszulassen, eine Armlänge von sich weg.

„Nein", antwortete sie. Ihre Augen waren immer noch tränennass, „ich bin nur aus Verzweiflung hier."

„Dann ist gut. Das passt. Lass uns das gemeinsam machen. Zufällig habe ich dafür länger Zeit."

8. Oktober, 17 Uhr 40

„Du bist da? Hat dich Elena wiederhergestellt? Gutes Mädchen! Dann schick ich dir mal was runter." In Ricardos Stimme glaubte er ein Grinsen zu hören.

Nur wenige Sekunden später meldete sein Rechner den Eingang einer neuen Nachricht. *Nach gestrigem Sturm. Leichenfund in zerstörtem Haus. Mann von Baum erschlagen*, stand im Betreff. Mit einem Fragezeichen. Darunter: *Hallo Bester, schau mal in den Anhang! Im Übrigen fein, dass du wieder unter uns bist. Elena sei Dank.* Dahinter ein blödes Smiley. Miguel verzog das Gesicht und öffnete den Anhang. Dessen Titel:
Paparrucha, Fake News, Falschmeldung und pathologischer Befund in einfacher Sprache, extra für dich. Auch dahinter wieder eines dieser dussligen Smileys:
... unter einer vorher noch stark blutenden Platzwunde am Hinterkopf – unterer Rand der Platzwunde mehr unterminiert – geformte Impressionsfraktur mit Splitterung, allerdings kein eingedrungener Fremdkörper sichtbar. Als Zweites, vermutlich durch Sturz, schwerer Schädelbasisbruch, schwerste Läsionen und Frakturen der Augenhöhlen, des Siebbeins sowie der Stirnhöhlen und Keilbeinhöhle. Felsenbein längs und quer gebrochen. Großer Bluterguss durch Einblutungen um die Augen herum. Sogenanntes Brillenhämatom. Augenboden zertrümmert, ebenso die Nasennebenhöhlen. Gehirnwasser konnte aufgrund der Lage nicht aus Nase, Ohr oder Mund fließen. Starke Ansammlung geronnenen Blutes im Schädel. Weiterhin multiple Schürfwunden, Unterarm bds., Schulter, Ellenbogen und Handgelenk jedoch frei beweglich. Es bestehen leichte Hämatom-Verfärbungen an beiden Oberschenkeln lateral. Vermutlich durch den beschriebenen Sturz. Hüfte und Knie im Grunde frei beweglich. – Wenn

du mich fragst, diese Wunde wurde nicht durch den stürzenden Baum oder die Ziegel herbeigeführt, sondern durch die stumpfe Seite eines Hammers oder schweren Kanteisens. So etwas lag aber nicht in der Nähe des Fundorts. Für mich riecht das nach Mord. Aber du bist der Polizist! Noch Fragen?
Miguel zuckte mit der Schulter und rief zu Andreu:

„Weißt du was davon?" Damit deutete er auf den Bildschirm, den Andreu nicht einsehen konnte.

„Klar! Hab' drei Stück davon bestellt. – Von was?"

„Der Leiche. Du Idiot."

„Von der, die an der linken Seite nur einen Arm hatte?"

„Von der im Haus bei Port des Canonge."
Nun wurde Andreu doch ernst.

„Nein. Ehrlich gesagt nicht. Eine Leiche?" Es klang dämlich. Dann schaute er über Miguels Schulter.

„Riecht nach Arbeit", stellte er im selben Ton fest und Sanchez Olivero griff zum Telefon.

„Da fehlt der Anfang", meinte er zu Ricardo. „Mann oder Frau, welches Alter, Name und so weiter …"

„… ich sagte ja, du bist der Polizist. Wüsste ich das alles, müssten wir uns nicht einschalten. Ich komme gleich mit den neuesten Ergebnissen – und Bildern. Die gebe ich dir nämlich lieber portionsweise. Kannst ja kein Blut sehen."
Keine fünf Minuten später stand Ricardo neben Andreu und Miguel und betrachtete dessen riesiges Pflaster auf dem Hinterkopf.

„Denen hast du aber wohl ganz gewaltig im Weg gestanden", meinte er deutlich vernehmbar amüsiert, „und erleichtert haben sie dich auch?"
Sanchez Olivero nickte und meinte schulterzuckend:

„Ich weiß nicht mal wie viel. Hundert hab' ich nur aus dem Automaten geholt. Wie viel ich noch hatte, weiß ich nicht. Die Geldbörse mit den ganzen Papieren hat man dann gefunden. Im Endeffekt 'ne dicke Beule für nix. – Was weißt du?"

„Inzwischen den Namen der Leiche und ein paar Sachen mehr." Damit legte er eine Mappe und auf diese einige Fotos vor Sanchez Olivero ab. „Juan Francisco Aguilar Torre, männlich." Jetzt lachte er genauso dämlich wie Andreu zuvor. „57, *Palmanyola,* ihm gehört *Cuidado Seguridad,* eine Sicherheitsfirma. Achtung! Er ist nicht durch den Baum, von dem du gelesen hast, erschlagen worden, sondern, das vermute ich, mit einem Kanteisen und das nicht während des Sturms, sondern circa zwei Tage zuvor."

Gleichzeitig tippte er mit den Fingerspitzen auf das Pflaster und meinte:

„Kannst froh sein, dass Gabriela da war, oder?"

Miguel sog die Luft scharf ein und tauchte mit seinem Kopf ab. Ricardo hatte genau die empfindliche Stelle getroffen.

„Ihr tut alle so, als wenn ich fast gestorben wäre."

„Auf dem Foto sieht es auch nicht besonders lustig aus", erwiderte Ricardo. „Die Kollegen haben es hier überall herumgezeigt. – Aber mit zwei Frauen als Betreuung ..."

Jetzt grinste er und zeigte auf die Blätter:

„Fragen dazu?"

„Juan Francisco Aguilar Torre." Sanchez Olivero war über den Themawechsel froh. Zwei Frauen als Betreuung. Nun ja. Nach dem heutigen Morgen hatte er eher das Gefühl, Elena bräuchte eine Betreuung durch ihn viel dringender und Gabriela hätte nach allem in gewisser Weise auch eine verdient. Prompt fiel ihm ausgerechnet ihr Kuss wieder ein. Erschrocken über sich selbst schüttelte er den Kopf, wiederholte halblaut und etwas nachdenklich den Namen *Juan Francisco Aguilar Torre* und nickte, als wüsste er allein durch die Nennung über alles Bescheid, dann meinte er jedoch:

„Sagt mir nichts. – Aber den Firmennamen habe ich schon mal gehört. Die haben so ein komisches Logo auf ihren Jacken. Sieht aus der Ferne wie ein amerikanischer Orden aus. Und jeder von deren Türstehern hat – so sagt man – zwei, drei Mädchen, die denen die Beine breit machen, um für die Gratisdrinks in die Spelunken reinzukommen, und dann die nächsten Kerle aufreißen. Wenn dieser Aguilar genauso einer war, weine ich nicht einmal."

„Seine Firma macht leider auch Geldtransporte, Objektüberwachungen und Personenschutz. Und sie hat einen guten Ruf. Jedenfalls besser, als du glaubst."

„Und du hast natürlich schon eine Ahnung, wer ihn nicht leiden kann, beziehungsweise konnte." Miguel zog die Brauen hoch.

„Genauso viele wie dich", grinste Ricardo. „Solche Leute haben mehr Neider um sich herum als Freunde, das solltest du langsam wissen. – Wenn sie überhaupt welche haben. Die meisten, die sich Freunde nennen, halten doch nur die Hand auf. Und immerhin waren es welche aus seiner Firma, die beim letzten Mal geholfen haben, die Handy-Schachtel-Chose aufzuklären. Das schafft unter Umständen schon genug Feinde."

Der Inspector zuckte nur mit den Schultern und blätterte die Fotos durch. Kein schöner Anblick. Das Gesicht als solches nur schwer erkennbar. Geronnenes Blut und die darin verklebten Haare sorgten für einen Gott sei Dank schlechten Blick in die Wunde. Diese war zu verräterisch. Die Leute vom Aufräumdienst hatten jedenfalls besonnen reagiert und die entsprechenden Stellen benachrichtigt, vielleicht wäre der Mord ansonsten unbeachtet in einer Grabnische verschwunden und auf dem Totenschein hätte *Sturmschaden* gestanden.

„Hätte glatt passieren können", meinte Ricardo treffend. Konnte er etwa Gedanken lesen? Sanchez Olivero schaute ihn fragend an.

„Na, wir wissen doch, dass genug Morde unentdeckt bleiben."

Er konnte Gedanken lesen.

„Vielleicht hat sich einer rächen wollen?", erwiderte Miguel.

„Wegen der Handy-Sache? Bestimmt nicht! Wollte ich dem sagen, was ich von seinem Verrat halte, mach ich *ihn* fertig und nicht den Chef."

„Also machen wir uns an das Leben von Aguilar, seine Beziehungen, seine Firma, sein Vermögen und was weiß ich. Willkommen im Alltag."

„Man könnte fast glauben, du wärest wieder genesen und hättest deinen Job gelernt."

8. Oktober, 21 Uhr 35

Aus der Bar im Parkhaus konnte man ein paar Speisen mit nach Hause nehmen. Sebastian schüttelte entschuldigend den Kopf. *Ich bin nicht der größte Koch und habe leider auch nichts vorrätig und die Restaurants haben fast alle wieder geschlossen.* Karin lachte amüsiert. Mallorca war nicht besser als Deutschland. *Click and collect* war dafür eine internationale Lösung geworden und hieß hier *para llevar*. Man sprach ja Spanisch.

„Ich ernähre mich seit Wochen auch schon wieder von Fertigprodukten und dem Zeug aus den Fast-Food-Ketten. Sieh mich an. Ich bin fett geworden."
„Ich sehe kein Gramm mehr." Breithaupt knuffte sie in die Seite.
Nun türmten sich auf seiner Veranda neben dem Tisch die leeren Verpackungen der längst kalt gewordenen Coca, Croquetas und Tortillas und in diesen steckten die Stäbchen von über einem Dutzend Pinchos. Karin hatte zugeschlagen, als hätte sie seit Tagen nichts zu essen gehabt, strich sich über den Bauch und trank einen Schluck Wein. „Von dem habe ich genug im Keller", meinte Sebastian lachend, „damit kommen wir über die Runden." Schon das erste Glas war ihr in den Kopf gestiegen, so aufgedreht war sie. Nun konnte sie es ihm sagen. Aus den ganzen Andeutungen, schon vor Tagen am Telefon gemacht, endlich eine Wahrheit machen. Vorsichtshalber trank sie noch einen Schluck und Sebastian sah ihr belustigt zu.
„In allem ausgehungert?"
Sie verschluckte sich fast und nickte mit glänzenden Augen.
„In allem", bestätigte sie und die glänzenden Augen klimperten, „und ... ja ... wir hätten, wenn du magst, für alles viel Zeit."
Karin machte eine bedeutungsvolle Pause. Auch weil sie ein wenig beschwipst war. Sie sah auf ihre halb entblößten Schenkel, stellte sich eine streichelnde Hand von Sebastian auf ihnen vor und nickte, als müsse sie sich für das Später Mut machen. Derweil vermischte sich in der warmen Luft der Geruch der kalten Reste in den Schachteln mit dem feucht-würzigen Duft der Pinien und des Lavendels und Rosmarins direkt neben der Terrasse. Mallorca roch, nein, duftete einfach anders als

der verlotterte Hof der ehemaligen Schlachterei bei ihr daheim. Auch ihr kleiner französischer Balkon in der Küche, der eigentlich gar kein Balkon war, bot alles andere als eine solche Aussicht. Und in ihrer engen, kleinen und billig eingerichteten Wohnung wollte sie jetzt lieber nicht sitzen. Wenn er also ... jetzt, wo sie ... Sie schaffte es nicht, die Sätze zu Ende zu denken. Plötzlich hatte sie das Gefühl, ungehörige Wünsche und Ideen zu haben. Sie kannten sich gerade mal drei Wochen. Eigentlich nur ein paar Tage und ganz wenige Nächte und durch die Telefonate und nun fantasierte sie sich schon eine Zukunft auf Mallorca zusammen.

Trotzdem schloss sie die Augen, sog die Luft, die allmählich frischer wurde, tief ein, sah sie sich als Kind in der Badewanne bei ihrer Oma sitzen, in der der Schaum fast denselben Duft hatte und lächelte in sich hinein. Jetzt würde es ihr leichter fallen, und sie meinte:

„Es ist nämlich so ... seit einer Woche bin ich ... ohne Arbeit. Sie brauchen keine Tippse mehr. – Die Firma ist pleite. Der Virus hat sie vollends ruiniert. Die staatlichen Hilfen kamen angeblich nicht rechtzeitig, aber im Grunde genommen war sie ohnehin hoch verschuldet. Das wäre spätestens mit dem nächsten Jahresabschluss rausgekommen. Und ..."

„... das trifft sich gut", unterbrach Breithaupt sie lachend, streckte eine Hand rüber und glitt mit ihr prompt auf einem der verlockend nackten Schenkel entlang, „vor ein paar Wochen habe ich mein Büro verkauft. Gerade noch rechtzeitig. Denn eine Woche später fing das Theater mit dem Virus wieder an und die nächsten Beschränkungen. – Ich muss zugeben, ich habe einen guten Schnitt gemacht. Ich bin raus aus dem Schneider."

Karin sah in entgeistert an. Vielleicht verstand sie auch nicht richtig. Jedenfalls bräuchte er sie jetzt nicht mehr, um Ordnung zu schaffen. Ein für sie in jeder Hinsicht finanzielles Desaster. Ohne ein Gehalt könnte sie sich nicht über Wasser halten. Da war auch noch ihr kleiner Kredit, mit dem sie die teure Reparatur ihres Autos bezahlen musste. Verwirrt hielt sie seine viel zu zärtliche Hand fest, bevor sie unter ihrem Kleid verschwinden konnte und fragte:

„Und jetzt?"

Seine Hand schwebte langsam wieder zu ihm hinüber und er lehnte sich in seinem Stuhl zurück, sah erst in den nächtlichen, wolkenlosen Himmel und dann schulterzuckend und lächelnd sie an.

„Nichts. Vielmehr erst mal nichts. Am Ende hat es einfach keinen Spaß mehr gemacht, wenn es überhaupt je einer war. Mein Kundenkreis war zu ..." Bis hierhin klang es zufrieden, doch dann runzelte er die Stirn und überlegte. Mit ernstem Ton fuhr er fort: „... anspruchsvoll oder glaubte, sich alles herausnehmen zu dürfen, weil er ja alles bezahlte. – Und dann kam in diesen Zusammenhängen auch noch der Tod von Regine hinzu. Seitdem ist klar, dass es sich dabei um Mord handelt, und ich mache mir Vorwürfe, daran nicht unschuldig zu sein." Mit den letzten Sätzen war Sebastian etwas in sich zusammengesunken, starrte in den Garten, schnaufte und sah gleich darauf wieder in die dunkle, am Horizont sanft leuchtende Landschaft. Mit einem Seufzer befand er für sich selbst: *Mehr musste nicht gesagt werden. Nicht jetzt.* Irgendwann käme die Zeit alles zu erklären. Konnte er es überhaupt?

Karin schlug eine Hand vor den Mund. Sie wollte etwas erwidern, aber Sebastian wollte das Letzte nicht so stehen lassen:

„Der Überfall auf mich im Sommer, am Tag deines Abflugs, war dann der Tropfen, der das Fass zum Überlaufen gebracht hat. Und jetzt bist du wieder hier. Glaub mir, das ist gut und viel wichtiger als alles andere. Deshalb habe ich dir am Telefon nicht immer alles erzählt. Es sollte eine Überraschung werden. Ich hoffe, sie ist jetzt trotzdem ein wenig gelungen." Sein Lächeln missglückte zwar, war aber sicher ehrlich gemeint, als er fragte: „Was hast du jetzt also vor?"
Die Frage kam jedoch bei ihr noch nicht richtig an. Denn in ihrem Kopf schwirrte nur das eine Wort herum. Mord. Also doch. Das bremste den Rest. Sie hatte es im Sommer nicht glauben wollen. Was für ein Schicksal! Karin zögerte, entschied aber, nicht eine alte Wunde aufzureißen. Regine war seit über fünf Jahren tot. Sebastian könnte sicher mehr über die ganzen Zusammenhänge erzählen. Aber genauso sicher gab es einen Grund, dass er damals und jetzt nur kurze Andeutungen gemacht hatte. Vielmehr machte sich nun eine andere Sorge breit, irgendwie unpassend und egoistisch, die sie aber schon die ganze Zeit mit sich herumtrug. Wenn auch aus anderen Gründen. Hatte sie überhaupt dann richtig Platz in seinem Leben? Oder war sie nur ein Deckel auf einem Topf, der ständig drohte überzulaufen. Sie sah auf ihre Schenkel und schüttelte unmerklich den Kopf. Nach allem, was sie im Sommer miteinander erlebt hatten, konnte das nicht sein. Sie blickte auf und kontrollierte seinen Blick.

Nein, sie war kein Deckel. Die Wunde schien genug verheilt. Wie sonst hätte er sie in der einen Nacht so lieben können? Mit einer Hand fahndete sie nach seiner, ergriff sie und legte sie wieder dorthin, wo sie nun hingehören sollte. Lieber wollte sie seine Frage beantworten. Vielleicht klärte ihre Antwort, die nur eine Erklärung sein würde, ihre Zukunft. Und wenn diese anders verlaufen sollte, dann sollten sie es besser jetzt klären. Was sollte sie also herumdrucksen? Die Bewerbungen waren alle ins Leere gelaufen. Wie auch anders? Solange dieses Virus immer wieder alles lahmlegte. Nur im Handwerk suchte man wie verrückt Leute. Tippsen suchte jedenfalls keiner. Computer machten solche wie sie inzwischen ohnehin hinfällig. Sie sah auf seine Hand, die plötzlich unsicher darin schien, was sie nun tun dürfte, und dann wieder in die dunkle Nacht, trank einen Schluck und dachte an die Stunden, die folgen könnten. Immer noch lächelnd zuckte sie mit den Schultern, seufzte – auch weil sie sich auf irgendeine Weise wohlfühlte – und erklärte:

„Ich hab's versucht. Keine Chance. Der Arbeitsmarkt in Deutschland dreht in manchen Branchen 'ne Warterunde. Mich will keiner", erwiderte sie leise.

„Das wart mal ab!", entgegnete Sebastian und schob die Hand auf ihrer Haut entlang. „Das heißt, du lebst jetzt von einem bisschen Arbeitslosengeld? Viel ist es ja nicht, bei euch Frauen sowieso nicht. Und die Kosten für die Wohnung laufen natürlich weiter."

„Noch nicht. Irgendwie haben die es trotz allem geschafft, mir eine Art Abfindung zu zahlen. Die reicht noch ein bisschen. Vier Wochen vielleicht, weil ich nun hier bin. Wenn ich dann wieder zu Hause bin und spare, sechs. Aber dann muss ich wohl gucken. – Wenn die das mit dem Virus endlich mal in den Griff bekommen, gibt es vielleicht irgendwo etwas. Von mir aus fülle ich Regale auf oder setz mich an eine Kasse. Meine Miete ist nicht hoch, will aber bezahlt werden. Und du weißt, wie alt ich bin. Bis zur Rente dauert das auch noch ein paar Jahre. – Ein paar viele."

Die Situation wollte ja keiner wahrhaben. Alle redeten sich damit heraus, alle seien bislang mit einem blauen Auge davongekommen. Stimmte auch. Fast. Aber dennoch gab es genug, die in prekäre Situationen gerutscht waren, während einige Konzerne sich bedingt durch die staatlichen Mittel die Hände rieben. Ihre Freundin hatte von denen nichts gesehen. Ihren kleinen Modeladen hatte sie vor ein paar Wochen zugemacht. Und sie durfte sich die ganze Zeit anhören, dass sie falsch vorgegangen wäre. Dann hätte sie sicher Geld bekommen. Hätte sie auch, aber erstens waren die Hürden zu groß, da ranzukommen, zweitens hätte das Finanzamt am Jahresende sicher etwas dazu gesagt und sie somit nichts davon gehabt und drittens war es so wenig, dass sie davon nicht eine Rechnung hätte bezahlen können.

„Die da oben gehen immer davon aus, dass wir im Notfall auch deren Klos putzen", meinte sie mit einem herben Lächeln, „aber sie haben schon genug Frauen, die das machen. Einige haben ja auch die Branche gewechselt, aber andere schauen trotz allem in die Röhre. Ich befürchte, der große Kollaps, vor allem im Handel und der Reisebranche, kommt zeitversetzt."
Seine Fingerspitzen drehten kleine Kreise auf der Innenseite ihrer Schenkel, als würden sie nachdenken. Lächelnd sah sie zu ihm hinüber und verfolgte seine wandernde Hand. In ihrem Bauch begann es zu kribbeln. Seine Stirn bestand währenddessen nur noch aus Falten. Er dachte tatsächlich nach, stellte sie nun schmunzelnd fest. Wahrscheinlich bedauerte er ihre Situation und überlegte, wie und womit er ihr – logischerweise – seine Hilfe anbieten könnte. Aber wie könnte die aussehen? *Was hältst du davon, wenn ich dir, bis du einen neuen Job hast, einen Kredit gebe oder die Miete bezahle oder ein paar Bekannte in Deutschland*

frage, ob sie etwas für dich haben. Sie seufzte über den ungesagten Vorschlag und wusste nicht, ob dieser gut war. Die Finger rutschten langsam wieder zurück, blieben kurz auf dem Knie liegen, bevor er es tätschelte, und sie sah ihn an. Seine Stirn glättete sich plötzlich und er schaute sie mit einem bubenhaften Lächeln an. Was hatte er sich jetzt ausgedacht?

„Ich sagte ja, das trifft sich gut. Dann kommt jetzt *mein* Plan." Sebastian klatschte in die Hände. Er freute sich sichtlich wie ein kleines Kind, machte eine bedeutungsschwangere Pause. Dann beugte er sich vor und schenkte ihnen beiden noch einen Schluck Wein ein:

„Was hältst du davon, hierzubleiben?"
Die Pinien und Kräuter rochen wirklich gut. Mallorca war einfach etwas anderes.

8. Oktober, 22 Uhr 15

Im Grunde genommen war sie den restlichen Nachmittag über arbeitsunfähig gewesen. Viel zu nervös rannte sie von Zimmer zu Zimmer, vom Raum mit den Medikamenten zu den Patienten, von Computer zu Computer, um die Werte zu vergleichen, Proben zu analysieren und bei jedem Wert, bei jeder Zahl, die vor ihr auftauchte, nicht zu wissen, was diese ihr sagte. Denn seit seiner Nachricht überfiel sie immer wieder eine seltsame Mixtur aus Lust, Erschöpfung, Ärger über sich selbst, ja sogar eine gute Portion Wut. Deshalb völlig aufgekratzt und gleichzeitig durcheinander hätte sie die ganze Zeit heulen können, so übermannt hatten sie ihre Gefühle. Die Folge: Sie war einfach unkonzentriert.

Teresa versuchte herauszufinden, was los war. *Ist was mit Miguel? Habt ihr euch gestritten? Ist jemand gestorben oder hat er schlechte Nachrichten erhalten?* Jedes Mal schüttelte Elena mit einem beschwichtigenden Lächeln den Kopf.

„Nein, im Gegenteil. Das war alles andere als eine schlechte Nachricht."
Teresa nickte und musterte sie.
„Dann freu dich doch und sei nicht so ... nervös. Man könnte glauben, heute noch ginge die Welt unter. So, wie du herumfegst."
Elena lachte und sie wusste im selben Moment, es klang etwas bemüht, also nahm sie Teresa in den Arm.

Für eine Sekunde stand sie nun mit dem Licht einer Laterne im Rücken neben seinem Wagen, schaute durch die Seitenscheibe und war für einen eigenartigen Moment tatsächlich mehr als glücklich. Er wollte mit ihr zum Strand. So, wie sie es sich nach dem Telefonat erhofft hatte, als er gefragt hatte: *Was hältst du davon, wenn ich dich heute Abend abhole und ...* Ein Korb mit Bocadillos und Obst, einer Flasche Cava und zwei mit Wasser stand auf dem Rücksitz. Daneben Badesachen, Handtücher, aber auch Pullover und dicke Decken. Er hatte an alles gedacht und sie hätte heulen können. Überschwänglich und mit inzwischen feuchten Augen begrüßte sie ihn. Die tiefe Traurigkeit, die sie am frühen Morgen fast nackt vor seinen Füßen kauernd noch empfunden hatte – *Ich befürchte, ich habe auf etwas, das noch folgen könnte, keine Lust* –, war verflogen. Vielleicht würde jetzt alles besser. Sie biss sich auf die Unterlippe, wischte Tränen aus dem Gesicht und ging um den Wagen herum, um einzusteigen.

Mit einem Mal war sie sich sicher, dort an *ihrem* Strand nun alles wieder reparieren zu können. Sowohl ihre beschissene Vergangenheit, den kaputten Kopf, als auch das zwischen ihnen zerstörte Terrain, die bösen und im Endeffekt sicher nicht so gemeinten Wörter und Sätze, ihre alten, gemeinsamen, nun geschundenen Gefühle und die ganzen Verletzungen, die dadurch verbeulte Liebe, die doch sicher noch irgendwo in ihnen vorhanden war und sich nur versteckte. Endlich würde sie statt all der Lügen, die sie ihm Tag für Tag aufgetischt hatte, nun endlich Wahrheiten ohne irgendwelche Hintergedanken sagen können. Sie fühlte sich stark und wollte gleich hier ungehörige Sachen machen.

Die ganze Fahrt über war Elena genauso aufgedreht. Foppte ihn mit Sprüchen und provozierte ihn, seine Hand auf ihren vom dünnen Kleid mittlerweile entblößten Oberschenkel zu legen, so wie er es *früher* immer gemacht hatte, wenn er sie vom Krankenhaus abholte. Tatsächlich tat er es und streichelte die Innenseite. Lächelnd. Zärtlich. Prickelnd. Nur wenn er schalten musste oder für ein paar Kurven beide Hände zum Lenken brauchte, nahm er sie wieder weg. Ja, für eine Sekunde sogar schlüpfte er wie in diesen alten Zeiten mit dem kleinen Finger unter den Stoff des Slips und sie hielt seine Hand dort fest, beugte sich zu ihm hinüber und küsste ihn auf die Wange. Lachend und mit Tränen in den Augen begann sie albernste Neuigkeiten zu erzählen:

„Stell dir vor, Teresas Papa hat wieder eine Freundin. Und das in seinem Alter."

„Wie alt ist der Gute denn?", fragte er amüsiert und neugierig.

„Ich glaube Anfang sechzig."

„Oh, ich dachte eigentlich, in diesem fortgeschrittenen Alter *dafür* noch fit genug zu sein."

Er grinste sie an, als hätte er damit tatsächlich etwas Ungehöriges über sich selbst preisgegeben und kniff sie daraufhin ein wenig in den Schenkel. Ein süßer Schmerz durchzuckte sie. Und sie stellte sich für eine Sekunde einen anderen vor, den er ihr nachher bereiten könnte, vielleicht sogar müsste, um alles Schlechte vollends abzutöten und auszulöschen. Für sie jedenfalls der Beweis der alten Normalität zwischen ihnen und sie streichelte seinen rechten Oberschenkel bis er ihre Hand, an dessen Ende angekommen, festhalten musste.

„Für eine neue Freundin?", fragte sie neckisch.

„Ich dachte bei *dafür* eigentlich an dich." Er nach einem kurzen Zögern.

„Dann bin ich nicht mehr neu", stellte sie geknickt fest.

„Ich ja auch nicht mehr. Was sagtest du? Und das in seinem Alter? Also sollte ich besser bis dahin wissen, wen ich will." Er lachte, deponierte ihre Hand auf ihrem Schenkel und bog in die schmale und vor allem steile Straße zum Parkplatz unten am Meer ab.

Überraschenderweise war dieser leer und er fuhr bis an den Rand des dann steil abfallenden Felsens. Erst als Elena erschreckt aufstöhnte, hielt er an. Sofort löste sie den Gurt und drehte die Seitenscheibe herunter. Unter ihnen donnerte das Meer dumpf gegen den Felsen, als schlage jemand mit einer Faust auf einen gefüllten Koffer. Um sie herum ansonsten Stille und absolute Dunkelheit. Sie beugte sich zu ihm rüber, streichelte mit der einen Hand durch sein Haar und öffnete mit der anderen die Knöpfe ihres Kleides.

„Lass es uns hier machen …", nuschelte sie zwischen all den Küssen, die sie währenddessen auf seinem Gesicht verteilte. Als sie eine Hand in seinen Schoß schob und anschließend ihr Kleid über den Rücken streifen wollte, hielt er lächelnd ihre Hände fest.

„Wir haben es gemütlicher verdient", meinte er und öffnete seine Tür. Das magere Lämpchen über ihnen ging an und beleuchtete ihr enttäuschtes Gesicht und den halb entblößten Oberkörper. Kurz zögerte er, gab ihr einen Kuss auf eine Brustspitze und meinte nur „Komm!" und stieg aus.

Unten am Wasser glänzte alles, als hätte jemand Minuten vorher alles eingeölt. Die Kiesel, die breiten Fäden des angespülten Neptungrases, die großen Steine und Betonklötze, die als Damm hinaus aufs Meer gestapelt waren. Das schwarze Meer glitzerte silbern. Mond und funkelnde Sterne spiegelten sich darin. Weit hinten, wie vor Wochen, ein paar Fischerboote, die mit ihren Lichtern ihren Fang anlockten. Miguel schlurfte kurz mit den Schuhen über die Steine. Öl war es nicht. Vielleicht hatte es hier geregnet und in Palma nicht. Das Meer war jedenfalls zu ruhig für größere Wellen. Er hob die Achseln, zog Elena an sich und schob kurz eine Hand über ihren Po. „Also denn", meinte er.

Nachdem sie die Sachen auf dem Kies hinter dem nach Meer und etwas nach Fisch riechenden Berg aus Neptungras ausgebreitet und sich umgezogen hatten, ging Elena bis zu den Knien in das noch überraschend warme Wasser. Drehte sich wackelig, wohl auf einem größeren Stein stehend, zu ihm um, ruderte mehr mit den Armen, als dass sie winkte, rief:

„Komm!" Und hoffte, er würde ihr trotz seines Verbandes um den Kopf folgen, sie dort im Wasser stehend wenigstens wieder in die Arme nehmen und vielleicht sogar etwas verführen wollen. Jetzt seine Wärme zu spüren, würde den Tag retten. Doch er blieb zurück und winkte ab.

„Wer weiß, was passiert, wenn die Narbe nass wird." Er ging ein paar Schritte vor, sah ihr beim Schwanken zu, hob hin und wieder eine Hand und sie konnte seinen lächelnden Blick nicht deuten und verzog deshalb den Mund.

„Feigling", erwiderte sie und dachte: *Vor zehn Minuten hattest du noch 'ne Hand auf meinem Po.* Trotzdem lächelte sie und hoffte, es sah nicht gequält aus. Dann ließ sie sich mit ausgestreckten Armen und einem Juchzer nach hinten fallen und für einige Minuten auf dem Rücken treiben und schaute in den nächtlichen Himmel mit seinen vielen Sternen.

Währenddessen ließ er seine Seele durchatmen und rätselte gleichzeitig, was mit Elena in den letzten Tagen und Wochen immer häufiger los war. Was für ein Leben hatte sie wirklich geführt oder welches ist ihr aufgezwungen worden? Ihr, die durch ihre Bildung, ihre Art eigentlich gegen solche Störungen gefeit erschien. Alles wohl nur Fassade. Nur diese hatte er gesehen, vielleicht sehen können oder gar wollen in seinem eigenen Frust und vermutlich deshalb nicht versucht dahinter zu schauen. Als Polizist hätte er allerdings von vornherein sensibler sein und einen besseren Riecher haben müssen. Doch Freundsein und Polizist ließ sich nicht immer vereinbaren. War jetzt noch etwas zu retten? Oder würde er sie mit seiner angebotenen Hilfe – wie könnte diese überhaupt aussehen? – am Ende doch nur abschrecken? Er kehrte zum Handtuch zurück, setzte sich und stützte sich mit den Ellenbogen etwas auf. Wieder winkte er zu ihr hinüber. Vor ihm dümpelte eine verschrumpelte Plastikflasche in der leichten Brandung auf den Kies. Viertels gefüllt mit einer mehr als schwarzen Flüssigkeit. An der Kante zum Neptungras lag eine weitere leere Plastikverpackung, ein Joghurtbecher oder Ähnliches. Wahrscheinlich würde er heute noch mehr solcher Dinge finden, die sie beim letzten Mal im Rausch ihrer Gefühle nicht bemerkt hatten. Er schüttelte den Kopf und hob wieder eine Hand. Sie stand mittlerweile auf einem Betonquader vorne auf der Buhne, zog sich ihr Oberteil aus und band es an der Seite um ihren Slip. Er sah sie von der Seite und, selbst aus dieser Entfernung, wie dünn sie geworden war. Trotzdem Verführung pur. Vom ersten Tag an.

Er könnte sich herausreden und sich damit zufriedengeben, sie hätte es provoziert, mit der Geschwindigkeit ihres Zusammenkommens und dem vielleicht viel zu frühen intimen Miteinander. Dabei war er daran genauso schuld gewesen, nachdem sie seinerzeit bei Raul gemeint hatte: *Lass uns gehen! Okay?* Vielleicht war er der Ausgehungerte und nun kamen bei ihm unbekannte Seiten hoch. Er stand auf, winkte zum dritten Mal und versuchte sich an diesen Abend zu erinnern. Wie sie aus dem Bad kam. Alles an ihr, jeder Quadratzentimeter, war absolut verführerisch. Er sah ihr an, dass sie es wusste. Nackt. Schön. Lächelnd. So hatte sie sicher nicht seine Hilfe provozieren wollen. Zumal sie dann nicht – zumindest nicht sofort – miteinander geschlafen hatten, denn sie war Minuten später bereits eingeschlafen und er hatte sie nur angeschaut und wurde sogar philosophisch: *Es gibt Momente im Leben, die als solche erhalten bleiben oder zur Geschichte werden. – Das weiß man im Augenblick des Momentes aber noch nicht, sondern erst irgendwann in der Zukunft.*

Andererseits, auch wenn es abstrus klang, wie viel Schmerz, wie viel Groll und Frust, wie viel Gekränktheit hatte er durch das mit Inés in sich selbst, und versuchte all das durch Elena nur zu kompensieren? Sie quasi als Werkzeug für die Reparatur des eigenen verletzten Stolzes zu missbrauchen?

Elena ließ sich vom Wasser schaukeln und plötzlich hatte sie das Gefühl, es würde sich wie eine glibberige schwarze Masse um sie legen und nach unten ziehen. Etwas ängstlich geworden, schwamm sie zurück. Für die höchstens dreißig Meter brauchte sie zu lang. Zurück am Strand schnaufte sie durch, schüttelte sich ein wenig und zog sich Sekunden später langsam und tropfend und ohne irgendwelche Albernheiten über ihm stehend nun auch ihren Slip aus und beobachtete dabei seine Reaktion, mit dem beruhigenden Gefühl von seinem Blick abgetastet und mehr als zärtlich berührt zu werden. Die Stoffteile in der Hand kniete sie sich über seinem Schoß, betrachtete nun ihn in der mondbeschienenen Dunkelheit und stellte fest, dass ihr nackter Körper – wenigstens heute noch – seine Wirkung bei ihm nicht verloren hatte. Langsam beugte sie sich vor und streichelte mit einer Hand über seine Brust und glitt anschließend, ohne ihn aus den Augen zu lassen und von ihm genauso beobachtet, auf ihr bis zu seiner Badehose hinunter. Seine wachsende Erregung darunter fühlte sich gut an. Sie knetete sie ein wenig und zog Miguel mit einem Glucksen die Badehose nach unten und legte sie hinter sich. Gleichzeitig nahm sie die zwei dicken Decken, breitete sie mit den Armen aus und bedeckte sich und ihn mit ihnen, während sie sich auf ihn legte. Griff zwischen ihre Beine und spürte ihn bald in sich, inzwischen hart und sogleich im erhofften, ja ersehnten Rhythmus, spürte seine Hitze, spürte ein Verlangen aufkommen und auf sie überspringen. Ungeduldig jagte sie ihm hinterher. Genau damit wollte sie alles reparieren, die geschundenen Gefühle, die ganzen Verletzungen, die dadurch verbeulte Liebe.

Sie schloss die Augen und sah kurz die lustvollen Bilder, die sich vor nur wenigen Wochen hier an diesem Strand wie von selbst ergeben hatten, sah seinen Blick in ihrem forschen, sah Lust in seinen Augen glimmen und wartete doch vergebens, dass diese sie endlich vollends wie eine Welle erfasste, fortriss und am Ende erlöste und ihr das bescherte, was er sich selbst tief in ihr mit einem warmen Strom schenkte. Aber ihr Höhepunkt blieb am Ende so weit entfernt wie der Horizont hinter ihnen über dem sanft wogenden Meer. Beides schien heute unerreichbar. Fehlte doch der Schmerz, den sie sich nach seinem Kniff erhofft hatte? Als könnte sie ihn dazu provozieren, biss sie ihn zwischen Hals und Schulter und nagte dort an der Haut herum. Und er lachte nur. Sie konnte nicht alles erzwingen.

Trotzdem lächelte sie wieder und er küsste sie wie damals, dann rollte sie von ihm herunter und blieb mit einem Bein über seinen neben ihm liegen. In den Himmel schauend kaute sie auf ihren Lippen herum. Über ihnen eine sternenklare Nacht. Sie glaubte die Kassiopeia zu erkennen. Das W ein wenig zur Seite geneigt. Ihr Papa hatte ihr deren Geschichte erzählt, die auch von Bestrafung handelte. Denn um Kassiopeias Eitelkeit zu bestrafen, wurde ihre Tochter Andromeda an einen Felsen im Meer gekettet und sollte das Opfer eines Meeresungeheuers werden, eines Walfischs. Doch Perseus besiegte das Tier, rettete Andromeda und erhielt sie dafür zur Frau. Der ganze Mythos war dort oben festgehalten. Sie drehte ihren Kopf zu Miguel. Wenn, war sie Andromeda und ihre Mutter diese eitle Kassiopeia. Ihr Papa kannte wohl die Geschichte. Auch das Ende? War Miguel Perseus? Sie sah wieder hoch. Das Sternbild war nun verschwunden und sie seufzte.

„Bitte lass uns noch eine Weile hierbleiben", bat sie ihn, in der Hoffnung, alles, was in den letzten Minuten gefehlt hatte, nachholen und den Schutt in ihr endlich loswerden zu können.

„Ich hatte nicht vor wegzulaufen", antwortete er leise. Sie hoffte, den Klang seiner Stimme richtig zu deuten, nickte und fuhr mit ihren Fingern wieder über seine feuchtwarme Haut.

9. Oktober, 2 Uhr 25

Gegen Mitternacht war es zu frisch geworden. Elena wickelte zunächst noch eine der Decken um sie beide herum und neckte ihn ein wenig. Aber nach einer weiteren Viertelstunde fragte sie ihn dann doch, ob sie nach Hause fahren könnten. Sie hatte tatsächlich *nach Hause* gesagt, stellte sie fest und musste prompt weinen. Sie lachte deshalb und weinte noch mehr.

„Ich bin eine blöde Kuh", meinte sie und wunderte sich über sich selbst. Miguel streichelte ihren Porzellanpo und versuchte sie zu trösten. Dann standen sie auf, zogen sich an und er meinte:

„Hab' Vertrauen in uns!"
Sie nickte, schüttelte den Kopf, nickte wieder und weinte weiter. *Vertrauen. In uns.*

„Hab' ich ja ..." Plötzlich hämmerte sie sich mit den Knöcheln beider Hände an die Schläfen. „Aber vielleicht nicht genug in mich selbst?!"
Sein *Ich bin doch da* fand er Sekunden später albern. Doch sie lächelte ihn genau deshalb an und hatte den Korb schon mit den Resten gefüllt. Dann begann sie zu zittern.

Zu Hause schaute sie sich in der Wohnung um, als müsse sie sich erst wieder an diese gewöhnen. Was war nur los mit ihr? Wieder kamen die Tränen. *Ich bin nur überspannt*, dachte sie, *ist das ein Wunder?* Aber sie war auch angeheitert, vielleicht sogar ein wenig betrunken. Die Flasche Cava hatte sie fast allein getrunken und der Schwung des Alkohols hatte sie gierig auf ihn und seinen Körper gemacht, auf Lust und Schmerz. Beides sollte das Glück bescheren und die Erlösung, die dann doch ausgeblieben war. Und vielleicht machte sie der Alkohol für das, was sie sich sonst noch vorgenommen hatte, auch redselig.

Miguel beobachtete sie dabei, wie sie den übrig gebliebenen Bocadillo auspackte und diesen begann hastig und nahezu mampfend, als sei sie vollkommen ausgehungert, zu verspeisen, während sie die anderen Sachen aufräumte. Anschließend machte sie in einem Topf Wasser heiß und bereitete sich einen Tee, den sie in einer der Schubladen gefunden hatte. Jetzt stutzte er.

„Tee?", fragte er, rollte eine der Decken zusammen und sie zuckte nur mit den Schultern und verschwand im Bad. Dann ging sie wie all die Nächte zuvor nur mit Slip ins Schlafzimmer, zog auch diesen aus und krabbelte unter die Decke. Kaum mehr als fünf Minuten waren bis dahin vergangen.

„Kommst du?", fragte sie durch die halb offen stehende Tür. Und er seufzte und setzte sich doch Augenblicke später mit der heißen Tasse Tee, die sie stehenlassen hatte, und einem fragenden Blick neben sie auf die Bettkante.

„Es überfällt mich manchmal", begann sie unvermutet und mit einem langen Seufzer. Wie ernst sie auf einmal klang, stellte er verwundert fest, und sie drehte sich zu ihm und streichelte ihm inzwischen tränennass über die Wange. „So, als würde ein kleines Männchen in meinem Kopf einen Schalter umlegen oder befehlen, es zu tun." Sie lachte seltsam auf, fast hysterisch klingend. „Dann gehöre ich eigentlich in einen Käfig. In den musst du mich stecken und wegsperren. Oder wir müssen von hier weg. Weit weg. – Blödsinn. Ich weiß. Du kannst nicht so einfach weg. Eine Virologin kann überall arbeiten, und sei es als Ärztin. Krankenhäuser gibt es auf der ganzen Welt. Da kann man auch so etwas wie mich brauchen. Dich aber nicht als Polizisten. Denn überall herrschen andere Gesetze. Das ist der Scheiß. – Wie willst du das mit mir hier also aushalten?"

„Es geht nicht ums Aushalten ..." Auch er klang nun fürchterlich sachlich und ernst.

„Sondern?", fragte sie deshalb nervös. „Du hast es selbst so gesagt."

„... was kann ich tun? Für dich? Für uns?"

„Halt mich fest. Hier. Sperr mich ein!" Ihre Stimme bebte ängstlich.

„Du weißt, dass das nicht geht", nun schon sanfter, „du weißt, dass du ausbrechen würdest. Und du weißt, dass du ein ganzes Stück auch selbst ändern musst. – *Du* musst es wollen und tun."

„Ich habe dich gewollt."

„Was von mir?" Sein Blick forschte in ihrem. Elena zuckte die Schultern und schaute an ihm vorbei in den anderen Raum. *Glaub mir, nicht nur deinen Körper*, schoss ihr durch den Kopf. Über dem Tisch brannte die Lampe und schuf um seinen Kopf von dort einen merkwürdigen Schein. Doch sein Gesicht blieb dunkel. Sie setzte sich etwas auf, um es besser zu sehen.

„Du bist so ruhig. So beherrscht. Rastest du nie aus? Warum sagst du jetzt nicht einfach *Hör auf damit!* oder *Schluss jetzt! Hau ab!* oder schleppst mich zu einem

Therapeuten, damit ich endlich anfange normal zu werden. Aber nein, du bleibst still. Manchmal denke ich, dich interessiert nichts und manchmal habe ich Angst, weil ich das Gefühl habe, dass du schon längst alles von mir weißt."
Miguel schnaufte und starrte ins Leere. Das würde wieder eine lange Nacht werden. Allerdings eine andere. Eine ganz andere als die, damals nach dem langen warmen, ja, heißen Abend am Strand. Nun auf eine andere Art erschöpfend und sicher nicht so glücklich machend. Er schüttelte den Kopf.

„Ich weiß aber nichts von dir und kenne dich nicht."

„Vielleicht ist das manchmal auch besser so." Fatalismus war eine neue Seite an ihr.

„Vielleicht solltest du mir erzählen, warum. Von allem weiß ich immer nur ein bisschen. Von dem, was man dir angetan hat und wie, aber warum du es hast zulassen müssen, davon habe ich keine Ahnung und erst recht keine Vorstellung. – Selbst nach all den Fällen, die ich schon auf dem Schreibtisch hatte."
Ihren Blick konnte er nicht einsortieren. Sie sah ihn an oder auch nicht, schien eher durch ihn hindurchzusehen und etwas auf einer imaginären Leinwand hinter ihm zu verfolgen. Tonlos begann sie zu erzählen:

„Für meine Art von Experimenten hatte ich mir für mein Labor zusätzlich eine Glove Box angeschafft, so nennt man Handschuhkästen, in denen man einen sterilen Raum erzeugen kann, damit schützt du die Umwelt vor dem, was in einer solchen Box ist, und das, was in der Box ist, vor Einflüssen von draußen. Durch überlange Handschuhe kannst du in diesen deine Experimente machen. Jedenfalls bist du durch diese Handschuhe wie gefangen, wie gefesselt an und in dieser Box. Mein Labor war ein kleiner Raum, nur für mich, und du kannst dir nach allem, was du weißt, vorstellen, wie Vasquez und mein Stiefvater die Situation ausgenützt haben. Nach dem ersten Mal habe ich noch gelacht, weil Vasquez nur gefummelt hatte, beim zweiten Mal zog er mir die Hosen aus und ... beim dritten Mal hatte ich mir deshalb einen Schutzanzug angezogen. – Ich sage dir nur, ich hatte einfach Pech gehabt. Und das, seit ich dreizehn war. Dann wird Pech alltäglich. Es gibt Mädchen, die fangen deshalb das Saufen an, nehmen Drogen, hauen ab oder ritzen sich. Und jede Narbe trägt den Namen eines anderen Scheißtags. Immer soll der eine Schmerz den anderen übertünchen. Der eine Schmerz ist deiner, der andere gehört den Arschlöchern. Ich hatte aber keinen *eigenen* Schmerz. Und fürs Ritzen war ich nicht mutig genug, also hab' ich mir den Schmerz durch andere zugefügt, denn eine Glove Box für mein Leben gibt es nicht. – Bevor du Glück teilen kannst, das dir zuteilgeworden, das dir geschenkt worden ist, musst du es annehmen, in Händen halten und für einen Moment wenigstens auch festhalten. Mir ist es aber nicht nur entglitten, sondern ich habe es wie eine heiße Suppenschüssel fallen lassen. – Aber Glück in Scherben bringt nix. Ständig wischst du nur auf, bekommst irgendwann eine neue und bist doch genauso blöd wie vorher. – Ich habe dir erzählt, warum ich mich nicht gewehrt habe oder zur Polizei gegangen bin. Und ihr, das Mädchen in Amerika und du, hattet recht. Zu klein und schwach. Schau mich doch an! Ein *enclenque*, ein schwächlicher Mensch und das nicht nur körperlich. Keine Chance! Was hab' ich davon, hübsch zu sein, mit diesem blöden Kopf. – Also bin ich weggelaufen, als ich es konnte, und doch nur wieder bei denselben Arschlöchern gelandet, weil ich genau solche gesucht habe. Auch weil ich zu feige war, mich zum Beispiel zu

ritzen. Das hat alles funktioniert. – Bis ich dich gefunden habe und wieder nur feige war. Und nun verspiele ich meine letzte Chance mit dir. Ich sage dir, sperr mich ein. Lass mich nicht mehr raus."
Er reichte ihr den lauwarmen Tee und sie trank die Tasse wie eine Kranke leer. Die Decke rutschte an ihr herunter und Miguel betrachtete sie verschämt und erwiderte leise, aber bestimmt:

„Das ist doch Blödsinn. Die Wohnung hier wird in wenigen Tagen dann nur die nächste, gefühlte Glove Box für dich sein, weil sie ein Gefängnis geworden ist. Übermorgen hast du den Termin. Warte diesen doch ab und dann sehen wir weiter. Wenn der Mann gut ist, wird er eine Empfehlung haben."
Elena sah ihn erschrocken an, nickte, schüttelte den Kopf und nickte wieder, dann begann sie wieder zu zittern und zog sich das Leintuch bis zum Hals. Übermorgen. Es schüttelte sie durch. Wie viele Lügen hatte sie ihm noch aufgetischt?

„Mir ist kalt und spät es ist auch. Magst ... was hältst du davon ... du könntest mich noch ein wenig wärmen. Ja? Mehr muss auch gar nicht sein. – Wenn du nicht willst. – Einfach nur festhalten."

9. Oktober, 8 Uhr 10

Enrique, Andreu und Ricardo schauten ihn mit einem alles sagenden Blick an. Es war zu offensichtlich. Die letzte Nacht war wieder einmal eine kurze gewesen. Tatsächlich hatte er nur eine Stunde geschlafen. Wenn überhaupt. Sie hatten noch über eine Stunde lang über alles Mögliche gesprochen. Über den Termin, vor dem sie Angst hatte, und über Glück. Elena schien froh zu sein, als sie deshalb das Thema wechseln konnten, und erzählte von ihrem Papa, dem echten, von dem, was er ihr bezüglich Glück beigebracht hatte, und was innerhalb von wenigen Tagen nach seinem Tod durch ihre Mutter zerstört worden war.

„Da war ich gerade mal fünf. Die Jahre danach waren ein stetiges Umprogrammieren. Ich hab' es viel zu spät kapiert. Doch spätestens nach der zweiten oder dritten Nacht mit meinem Stiefvater galt für mich nur noch ein Sprichwort: *La guapa desea la suerte de la fea,* die Schöne wünscht sich das Glück der Hässlichen – ohne irgendeinen Schmerz. Dann hätte ich meine Ruhe gehabt. Aber so ist das nun mal."

„Und an unser Glück glaubst du nicht." Es war keine Frage, sondern eine Feststellung.

„Es geht nicht um glauben. Wenn es drauf ankommt, vertraue ich mir selbst nicht mehr. Dann kenne ich mich genauso wenig wie du mich. Dann bin ich nichts. Nur in deinen Armen ahne ich für einige Momente, wie es sein könnte. Du bist nur zu selten in meinem Leben." Daraufhin hatte er sie in den Arm genommen und sie ihn Minuten später auf sich gezogen. Der Moment dieses, ihres Glücks, Augenblicke später, musste jetzt nur noch ihre Seele und Herz erreichen, dort könnte es konserviert werden. Doch war dies ein Konjunktiv.

„Wir haben dir ein paar Sachen über Aguilar auf den Tisch gelegt. War nicht schwer herauszubekommen. Er war vor ein paar Jahren fett im Geschäft." Andreu musterte ihn. „Alles klar?"
Sanchez Olivero schaute auf und nickte. Sein Lächeln war aufgesetzt.

„Alles klar. Das Virus hat leider seine Eigenheiten. Und Uhrzeiten sind ihm scheißegal", philosophierte er an der nächtlichen Wahrheit vorbei und sah auf die

Blätter. Leider war Elena nun nicht das Wichtigste. Das Blatt von Ricardo mit den Daten legte er beiseite. Nur das Wort Kanteisen fiel ihm dabei noch mal auf.

„Woher weißt du, dass das keine Axt oder etwas anderes war?", wollte er wissen.

„Es sind die Spuren, die solche ... Werkzeuge hinterlassen. Kantig, fast glatt, breitere Aufschlagsfläche, verhältnismäßig geringes Eindringen ins Schädelinnere und so weiter. Die Wucht ist auch eine größere, weil die Kontaktfläche größer ist. Daher auch die massiveren Gesichtsverletzungen. Du fällst nicht nur, sondern wirst ... wie ein Ball beschleunigt. – Okay?"

Wieder nickte Sanchez Olivero nur. Hatte er doch das Gefühl, nicht gut genug zugehört zu haben.

„Ja. – Okay. – Aber leider hat dieses Ding jemand verschwinden lassen."

„Eher nicht mitgenommen. Aguilar ist dort nicht umgebracht worden, sondern man hat ihn unter dem eingestürzten Dach stilvoll drapiert. Wären die Aufräumarbeiten nur ein wenig anders verlaufen, hätte der Plan Erfolg haben können. Vom Baum erschlagen."

„Deshalb die komische Headline *Fake News*", erwiderte der Inspector, „die, die sein Mörder sich vermutlich gewünscht hatte, *Mann von Baum erschlagen*, kam deshalb nicht zustande."

Sanchez Olivero blätterte die Seiten durch und startete gleichzeitig seinen Rechner. Eines der nächsten Blätter war eine Kopie eines Verhörprotokolls.

„Habt ihr das gewusst? Der war schon mal zu Besuch hier."

„Nee, tut mir leid, ich bin auch erst seit zehn Minuten hier und schau das alles durch. Ricardo war allerdings schon früher da und weiß, warum der Tote nicht mehr lebt." Andreu lachte auf und der Inspector verzog das Gesicht. Sein Computer war hochgefahren und er gab die Daten dieses Aguilar ein. Wie immer war ihm das System zu schnell, denn prompt zeigte es alle zur Verfügung stehenden Unterlagen an. Miguels Blick ging zwischen den Papieren vor ihm und dem Bildschirm hin und her.

„Das Zeugs ist ja zum Teil schon über zwölf Jahre alt", stellte er fest.

„Und er saß nicht einen Tag im Gefängnis. Schau dir mal an, was alles mit ihm Verbindung gebracht worden ist. Allein einskommazwei Millionen Steuerschulden. Einfach vergessen worden, oder wie siehst du das?"

„Bin noch nicht so weit. Aber wenn's stimmt, siehst du, wie die da oben miteinander verflochten sind. Sieh dir doch die Scheiße mit Bartolomé Cursach an. Da haben einige Kollegen gemeint, in seiner *Tito's Disco* Orgien feiern zu müssen. Die haben aus Dank dann mehr Augen zugekniffen, als sie haben. – Und was ist? Inzwischen gibt es immer mehr, die Seife in der Hand haben, um ihn reinzuwaschen." Miguel tippte auf eines der Blätter. „Dieser Aguilar scheint mir nicht viel besser."

„Und überall hat er seine Türsteher. Die sieben aus, wissen, wen sie reinlassen können und wen nicht. So bekommt man einen guten und illustren Freundeskreis zusammen."

„Den er dadurch gut bestimmen kann. Das kann sich im wahrsten Sinne des Wortes auszahlen. Du siehst ja, wie viel unbearbeitet, also ... bei den untersuchenden Behörden liegen bleibt. Wir haben zu viele Zuständigkeiten. Nach der dritten Stelle, die etwas übernimmt, verläuft zu viel im Sand. Wir räumen den oberflächlichen Dreck weg und die anderen gehen in die Disco."

„Lass das nicht die anderen hören." Andreu hielt sich einen Finger vor den Mund.

„Wer soll das hier sein?"

Andreu schaute zu ihm hinüber.

„Der ist schon länger tot. – Den hab' ich dazugetan, weil Autounfälle mich immer skeptisch machen. Pepe Sanchez. Ist aber wohl nicht mit dir verwandt." Andreu lachte. „Hat mit Aguilar vor vielen Jahren zu Beginn seiner Karriere eine Kneipe gehabt. Dann kam er, wie gesagt, bei einem Autounfall ums Leben. Überhöhte Geschwindigkeit steht im Unfallprotokoll und zweikommazwei Promille. Okay, klingt plausibel, kommt mir in solchen Zusammenhängen aber zu häufig vor. Denn kaum war der weg – guck dir das Datum an – wurde Aguilar immer reicher."

„Hmh", knurrte Sanchez Olivero nachdenklich, „gibt wohl genug ... illustre Leute, die einen Grund gehabt hätten."

„Oder hatten. Aber schlussendlich war es sicher nur einer. Ich glaube nicht an mehrere Täter."

„Wenn wir etwas über den Tatort erfahren könnten, wäre das natürlich super." Der Inspector schaute Ricardo fragend an.

„Ich bin dabei", antwortete der, „der Fundort ist auf jeden Fall nicht der Tatort. Das ist sicher."

9. Oktober, 10 Uhr 40

„Fangen wir bei der Wunde an." Ricardo hatte Wort gehalten. „Rückstände von Motorenöl ..."

„Motorenöl? Wie das?", unterbrach Miguel.

„Wie das? – *¡Dios mío!* Mein Gott, das war an dem Kanteisen, der Mordwaffe. Wenn du einem so ein Ding auf den Kopf donnerst, gibt es nun mal Rückstände. Die haben wir in ..."

„Dann könnte er aber auch von einem Motor ..."

„Hör auf, mich ständig zu unterbrechen und zu fantasieren. Ein Motorteil oder anderes Metallteil hinterlässt eine anderes ... wie soll ich sagen ... Trefferbild am Kopf. Zumal an der Kleidung neben den paar Piniennadeln, Rindenrückständen des Baumes und einer höchstens Handvoll Erdresten des Fundorts auch andere, darunterliegende Substanzen zu finden waren, und ich wette, die sind vom Tatort. Er hatte eine zu schöne Jacke an, als dass ich davon ausgehen könnte, er hätte sich mit der auf den Boden einer Werkstatt gelegt."

„Also noch mehr Öl", stellte Sanchez Olivero kleinlaut fest.

„Gut kombiniert. Aber auch Abriebrückstände von Reifen, Benzin, Lacke und kleinste Metallspäne, wie sie beim Schleifen entstehen. Und damit du nicht glaubst, man hätte ihm die Jacke nachträglich angezogen, sag ich dir, dass nichts davon auf seinem Hemd, aber alles auch auf seiner Jeans zu finden war."

„Dann können wir von einer Werkstatt ausgehen. Okay. Schränkt bei der Liste, die wir haben, vielleicht schon ein. Vielleicht ist es in der passiert, in der seine Fahrzeuge stehen."

„Das könnt ihr gerne untersuchen."

„Wenn wir da Proben ..."

„Vielleicht mache ich es lieber selbst", es klang wie ein Stöhnen, „ist doch eher was für Profis. Interessant könnte noch sein, der Täter war entweder fast zwei Meter groß oder stand erhöht. Letzteres wird der Fall gewesen sein. Ich nehme an, auf einer zweiten Stufe. Jede ist im Schnitt 18 Zentimeter hoch. Somit dürfte der Täter – vielleicht auch die Täterin – um einsfünfundsechzig, plus minus fünf Zentimeter, groß gewesen sein.

Leider. Dadurch werden viele zu möglichen Tätern. Ist nämlich ziemlich genau die Durchschnittsgröße."

„Kannst du einengen, auf was man stehen müsste?"

„Keinem Eimer, keinem rollbaren Tritt, keiner Hebebühne oder so, und ich würde sagen, auch auf keiner Haushaltsleiter. Eher auf einer Stufe, etwas Festem – also Treppe. Ich wüsste nicht, was sonst in einer Werkstatt um die fünfunddreißig Zentimeter hoch ist."

„Du gehst von einer Werkstatt aus", stellte Sanchez Olivero fest.

„Ja. Alles, was wir gefunden haben an Rückständen, lässt nahezu nur einen solchen Ort als Tatort zu. All die Öle, Abriebe und Lackpartikel."

9. Oktober, 22 Uhr 55

Eine für Anfang Oktober viel zu schwüle Nacht kündigte sich an. Sanchez Olivero hatte einige der Unterlagen mitgenommen und es sich auf seinem schmalen Balkon gemütlich gemacht. Vorher lauschte er dem Blubbern seines Espressokochers, der aber auch heute zu faul war, ihm irgendwelche Neuigkeiten zu vermelden. *Keine schlechten Nachrichten sind gute Nachrichten*, dachte er. Und Elena würde sowieso erst gegen acht nach Hause kommen, hatte sie gemeint. *Wir wissen gar nicht mehr, wo wir all die Eingelieferten noch unterbringen sollen.* Jetzt war es schon weit nach zehn. Wahrscheinlich erstickte sie in Arbeit und der Espressokocher hatte ihm hoffentlich nichts verschwiegen. Zunehmend unkonzentrierter las er in den Schriftstücken. Dachte eher an Elena und ließ sich daher ablenken. Er schob die Blätter zusammen und legte eine Hand dazwischen, damit er nachher wusste, was er als

Letztes gelesen hatte. Vielleicht sollte er mal mit Ricardo unter vier Augen sprechen. Als Pathologe hatte er vielleicht einen Tipp, vielleicht kannte er auch jemanden. Gab es nicht so etwas wie Paartherapien? Könnte so etwas helfen? Kannte er Elena dafür gut genug oder bestand die Gefahr, dass etwas aufgerissen würde, was zu noch mehr Problemen führen würde?

Er ärgerte sich, dass Ricardo ihm einen Mordfall auf den Schreibtisch gelegt hatte und es nicht bei einem Unfall belassen konnte. Beziehungen und schon gar nicht so etwas wie Liebe konnte man wie einen Kriminalfall behandeln. Emotionen waren bei polizeilichen Untersuchungen zu unterdrücken. Bei Problemen in der Liebe konnte man niemanden wegsperren und alles würde gut werden. Vor Gericht wurde man geschieden. Basta! Und wenn es Kinder gab, wurden diese zugeteilt. Er merkte, wie er abschweifte, und schüttelte den Kopf, dann sah er wieder einmal zur dunklen Bauruine hinüber und musste an Elenas Schilderung mit der Glove Box denken. *Beim zweiten Mal zog er mir die Hosen aus.* Er stellte sich die Situation vor, sah Elena sich erfolglos wehren und wie sie danach wahrscheinlich vor dieser Glove Box auf dem Boden lag, zitterte, sich schämte und wie ein Stück Scheiße vorkam. Er hörte sich fluchen, zog die Blätter wieder auseinander und versuchte wenigstens in diesem Wust vorwärtszukommen.

Nachdem er die letzten drei Dokumente drei- oder viermal durchgelesen hatte, entstand langsam ein Film vor seinem geistigen Auge, der zwar irgendwann in einer Werkstatt endete, aber dann die üblichen kriminellen Vorgehensweisen beinhaltete. Drogen, Prostitution, Diebstahl, Hehlerei, Glücksspiele und Bestechung. Aguilar hatte für keinen dieser Punkte bisher vor Gericht gestanden. Nicht eine Anzeige lag gegen ihn vor.

Vielleicht hatte er gute Rechtsanwälte? Doch dazu fand er nichts. Was er in Händen hielt, waren Zeugenaussagen, die ausnahmslos Aguilar gemacht hatte und die allesamt nach der dritten oder vierten, die er gelesen hatte, ähnlich klangen. *Ich habe Ihnen dazu ja ein Zertifikat vorgelegt und schauen Sie sich unsere Referenzen an. – Meine Leute werden nur von öffentlich anerkannten, wenn nicht sogar staatlichen Stellen ausgebildet. Jeder von ihnen hat Bestnoten erzielt. – Und würden Sie uns anfordern, wenn Sie den leisesten Zweifel hätten? – Gerne helfe ich Ihnen Verbindungen zu schaffen.* Genau diese Verbindungen hatte Aguilar wohl hergestellt. An der Front der Beschuldigungen ihm gegenüber blieb es nämlich still. Man hatte sie auf beiden Seiten kampflos sauber gehalten.

Hinter sich hörte er ein Geräusch. Er drehte sich um und schaute durch das Fenster ins Zimmer. Elena war gerade gekommen und dabei, ihre Schuhe wie immer neben die kleine Garderobe zu kicken und ihre Handtasche daneben zu stellen. Er musste schmunzeln. Dann zog sie eine dünne Jacke aus und warf sie achtlos in Richtung eines Stuhls. Darunter hatte sie wieder nur eines der kurzen Kleidchen an, die zwar bedeckten, aber nichts versteckten. Nicht nur die Haut auf ihren Beinen glänzte wie Samt. Die Wohnung war hell erleuchtet. Kurz dachte er an die Fotos, die Jacinto damals von Diego und Luisa gemacht hatte. Indes sah Elena der Jacke hinterher und verfolgte deren Flugbahn. Allerdings stürzte sie einen guten Meter vorher ab. Sie starrte weiterhin auf den Stoff am Boden. Es sah nach Hypnose aus. Vielleicht würde er sich von selbst über den Stuhl hängen. Nach einer Handvoll Sekunden wanderte ihr ungewohnt ernster Blick durch die Scheibe zu ihm.

Ohne eine große Veränderung darin und ohne eine Reaktion kam sie nach draußen zu ihm, zupfte die Blätter aus seinen Händen und kauerte sich wortlos, als sei sie ein kleines Kind, auf seinen Schoß. Langsam legte er die Arme um sie und presste sie ein wenig an sich. Im Wissen, einfach still sein zu müssen. Immerhin weinte sie nicht. Nach bewegungslosen Minuten begann sie zu reden:

„So ein Scheißtag. Inzwischen liegen sie schon wieder in den Gängen und ... vier sind heute gestorben. – Stell dir vor! Vier. Unfassbar! Dieses Scheißvirus. – Ich fühl mich wie eine Mörderin. – Ich könnte kotzen." Sie zog die Nase hoch. „Dabei hätte es ausnahmsweise mal ein guter Tag werden können, aber der Brief meines Profs ändert daran jetzt auch nichts mehr. – Im Gegenteil. – Jetzt hab' ich sogar noch einen Doktortitel dafür bekommen. – Ich hoffe, du hattest einen besseren Tag." Miguel seufzte und küsste sie auf die Stirn.

„Gratuliere, Frau Doktor", flüsterte er leise und hörte ein Brummen. Sonst nichts. „Freu dich doch! Du hast einen solchen Haufen Arbeit in deine Forschungen investiert. Warte, ich hol uns eine Flasche ..."

„Nein, keine Belohnung! Ich hätte bei meinem Thema bleiben sollen, anstatt die Infektiosität eines Virus zu verändern. – Und? Wie war nun dein Tag?" Miguel seufzte und strich ihr über den Rücken.

„Normal. Ich bin Polizist. Ein schlechtes Gewissen, wegen der Taten, die sich auf meinem Schreibtisch türmen, habe ich nicht. Bisher konnte ich mich damit beruhigen, eine erkleckliche Anzahl von Übeltätern hinter Gitter gebracht zu haben. – Du hattest im Übrigen gerade einen *echten* Mordfall in Händen." Er deutete auf die Unterlagen, die Elena neben ihn auf den kleinen

Tisch gelegt hatte. An seiner Schulter spürte er ihr Nicken. Dann schob er nach: „Du weißt, du bist für den Tod der vier nicht verantwortlich."

„Mein Wissen und mein Gefühl haben seit jeher ein gestörtes Verhältnis. Deshalb bin ich ja ein Fall für Psychos."

Miguel ahnte, mit jedem weiteren Einwand noch mehr Opposition aufzubauen. Er beließ es daher bei einem undeutlichen „Quatsch!", das sie mit einem „Tut mir leid" beantwortete. „Ich bin total kaputt. Ich geh schlafen. Mach ruhig weiter. Heute bin ich nur eine gefühlt ... mörderische Belastung für dich."

Damit stand sie auf, ging hinein und er sah nur noch, wie sie sich das Kleid über den Kopf zog und über den Stuhl hängte. Dann bückte sie sich, hob die Jacke auf und ging ins Bad. Obwohl sie wieder einmal nur einen Slip anhatte, fehlte der sonst vorhandene Reiz in diesem Bild. Sie wollte ihn wohl auch nicht provozieren. Nach einigen Minuten sah er sie wieder herauskommen. Als wollte sie seine Vermutung bewahrheiten, hatte sie als Schutzschild einen Pyjama von ihm angezogen. Einige Minuten später folgte er ihr und sie war wie damals wohl sofort eingeschlafen und das, was selten in den wenigen gemeinsamen Wochen vorgekommen war, auf ihrer Seite. Morgen würde er ausgeschlafener zur Arbeit gehen.

10. Oktober, 11 Uhr 35

Ungewohnt früh hatte er eine Bewegung neben sich gespürt, dachte, Elena müsste vielleicht aufs Klo, und er war daher wieder eingenickt. Entscheidende Minuten zu lang. Als der Wecker seines Handys ihn aus dem zweiten Schlaf riss, musste sie schon eine Weile weg gewesen sein. Der Schlafanzug lag hingeworfen auf ihrer nicht mehr warmen Bettseite und in der Wohnung war es still. Er machte das kleine Licht an und schaute zum Schrank, dessen Türen normal geschlossen, der Koffer noch da und auf ihrem Nachtkästchen lagen eine Kette und eine Uhr. Mit beiden Händen rubbelte er sich übers Gesicht, stand auf und sah zur Garderobe. Die High Heels und die hellblauen Sneaker standen dort wie die ganzen Tage zuvor. Miguel schnaufte und ging zur Kochzeile. Auf dem Tisch ein Zettel mit ihrer Handschrift, etwas fahrig: *Hatte es vergessen, musste heute früher los.* Es musste gegen 4 gewesen sein.

Er seufzte, schüttelte den Kopf und machte sich fertig. Ohne Kaffee, ohne den morgendlichen Bericht des Espressokochers. Über eine halbe Stunde früher als sonst saß er deshalb an seinem Schreibtisch. Neben ihm ein Kaffee aus der Maschine im Gang. Längst kalt geworden, weil allein der erste Schluck, obwohl heiß, ungenießbar war. Vor ihm die Unterlagen von gestern Abend, in denen er einige Zeilen mit einem Marker gelb gekennzeichnet hatte, und auf dem Bildschirm die Ergebnisse seiner Suchen im Internet.

Aguilar besaß ein Geflecht an Firmen. Die Dachgesellschaft war diese *Cuidado Seguridad*. Zu dieser gehörten *Servicio de Seguridad, Vigilancia de Seguridad, Ingeniería de Seguridad* und mindestens fünfzehn weitere Firmenteile, die ihre Namen aus einem Wörterbuch zu haben schienen und größtenteils in den letzten sechs Jahren dazugekommen waren. Lediglich das Logo, ein Auge mit einer Lupe davor, das tatsächlich wie ein Orden aussah, war bei allen gleich. Ein Firmenkonstrukt, das in seinen Augen nur eine Sicherheit bot: Undurchschaubarkeit. Gerade war er dabei, eine Art Organigramm zu erstellen, als Andreu das Büro betrat und erstaunt vor seinem Schreibtisch stehen blieb.

„Sie ist weggelaufen", stellte er mit einer Miene zwischen Grinsen und Mitleid fest. Sanchez Olivero erstach ihn mit seinem Blick.

„Ich mein ja nur", begann Andreu sich zu rechtfertigen, „wir ... also Ximena ... mein Gott, wir machen es auch nicht jede Nacht. – Falls es dich beruhigt."

„Setz dich!", erhielt Andreu als Antwort. „Sie musste nur früher raus."
Dann deutete er auf die Unterlagen vor sich.

„Das hat in diesem Haus scheinbar niemanden interessiert. Bei diesem Geflecht von Firmen und Subunternehmen ist Schmu doch vorprogrammiert. Auch bei der Steuer, die nicht gezahlt wurde."
Andreu hatte immer noch ein leichtes Grinsen im Gesicht, das zu Miguels Feststellung nicht passte. Ebenso wenig wie seine eigene Bemerkung:

„Er hat sich halt noch nie etwas zuschulden kommen lassen."

„Quatsch nicht! Die Steuerschulden sind ja noch das wenigste. Wenn du die Liste der sogenannten Angestellten durchschaust, arbeiten die je nach Lust und Laune ihrer Vorgesetzten mal in der einen, mal in der anderen Firma. Man könnte aufgrund der Vielzahl der Jobs einer solchen Firma denken, er hätte Hunderte Angestellte. – Es sind aber gerade mal 26."

„Und? Wir haben mal 'ne Leiche, mal 'nen Diebstahl. Und oft dasselbe Personal. Worauf willst du hinaus?"
Sanchez Olivero schob ihm vier Blätter hin und deutete auf diese. Andreus Augen vollführten eine seltsame Gymnastik. Er selbst war wohl noch nicht ganz wach.

„Sieh dir die Namen an. Der hier zum Beispiel ist Türsteher, Fahrer von Geldtransporten, Personenschützer und nachts manchmal Wachmann. – Da fallen mir eine ganze Menge Möglichkeiten ein. Da muss ich nicht mal einen schlechten Roman lesen. Da reicht meine mittelmäßige Fantasie als kleiner Inspector."

„Ich weiß, dass das in anderen Firmen, die so etwas machen, auch so ist", gab Andreu zu bedenken.

„Mag sein. Aber ich habe mir den Tagesablauf besorgt. Morgens holt der zum Beispiel die Tageseinnahmen des Vortages bei drei Supermärkten hintereinander ab, weißt du, wie viel Geld das sein kann? Gleich anschließend hat er den hier zu einer Tagung gefahren und am Abend nach der Rückkehr hier den Einlass zu einer Disco gefiltert. – Wo ist das Geld?"

„Wo ist das Problem? Das gibt er vorher in der Zentrale ab, die leiten die nächsten Schritte ein und er nimmt einen anderen Wagen. Was weiß ich? Der Chef fährt es dann auf die Bank, denke ich. Und Discos sind zurzeit ja nicht offen. Aber sein Arbeitsplatz dafür sicher. Warum soll er sich Gedanken machen?"

Wieder Andreus Augengymnastik.

„Gut. Ich habe mit Leuten von *Prosegur* vorhin telefoniert. Die machen nichts anderes als Geldtransporte oder Ähnliches. Keine Mischgeschäfte. Gerade deswegen. Jeder hat dort seine fest zugeteilten Aufgaben. Der eine ist Fahrer, der zweite holt das Geld. Fertig. – Und jetzt schaust du dir mal die Namen der Supermärkte an. Kennst du einen davon? Warst du schon mal in einem? Nein? – Höchstens, wenn du irgendwo an einem Strand herumliegst. Das sind nämlich ausnahmslos alles kleine Shops, die du an den Promenaden von Cala Ratjada oder Port de Sóller oder Magaluf findest. Da kannst du deinen Dosenvorrat an Bier und Alcopops auffrischen,

Sandwichs kaufen und, ja, auch ein paar Lebensmittel. Von allem ein bisschen."
Nun stutzte Andreu und kratzte sich am Kopf.
„Du meinst, die schieben die Sachen hin und her?"
„Unter anderem."
„Und keiner kontrolliert das groß, weil die Läden irgendwie dazugehören und keiner die überprüft."
„Sagen wir, weil keiner glaubt, Anlass zu haben, sie überprüfen zu müssen. Die Umsätze sind im Endeffekt zu gering und das Lager zu klein. Deren Steuerberater sind gewieft und schneller als die in der Behörde. Die verliert nämlich den Überblick dabei. Und die, die das jetzt alles glauben, lässt man mit einem freundlichen Grinsen in die Discos, denn der Geldtransporteur vom Morgen macht ja abends einen auf Personenschutz, verwaltet vielleicht noch die Immobilie von einem dieser möglichen Prüfer oder spielt sogar den Hausmeister und schaut, dass diese ... Immobilie ... nun ja ... anständig benutzt und hinterlassen wird. Das ist ein Rundumgeschäft."
„Ich verstehe so langsam. Alles wandert im Endeffekt in eine Kasse. Aber statt der eigentlich tausend Euro kommen nur hundert rein. Und wenn das jeden Tag passiert, sind's schon 'ne halbe Million oder so."
„So in etwa. Jedenfalls schauen wir uns so einen Supermarkt mal näher an. Und in der Zeit dürfen Ivan und Enrique mal die 26 Leute durchleuchten. Sag ihnen Bescheid. – Also komm! Jacke an!"

10. Oktober, 12 Uhr 40

Was hältst du davon, hierzubleiben, war ihr natürlich schon in der ersten Nacht als ständige Wiederholung durch den Kopf gesaust. Zu Hause hatte sie noch genau diesen Satz erhofft und ihn dort schon wie ein Mantra vor sich hergesagt mitsamt der einzig möglichen Antwort: Ja. – Ihre kleine, enge Wohnung mit dem Ausblick auf den ehemaligen und immer noch nicht aufgeräumten Schlachthof war ihr logischerweise zuwider und fremd zugleich. Jetzt aber, nach der zweiten Nacht, hatte dieser Satz seltsamerweise immer noch nicht seine ursprüngliche Kraft entfaltet und sie das Ja sagen lassen. Inzwischen fragte sie sich, ob sie vielleicht von falschen Vorstellungen ausgegangen war. Sie spürte seine Hand auf einem Schenkel und verdrängte, was in ihr hochkam. Stattdessen dachte sie: *Mein Gott, wie oft war ich hier, es sind zwar nicht deine Möbel, es ist nicht deine Heimat, aber alles ist hundert Mal schöner als ...* zu Hause verschluckte sie und dachte: *... in Deutschland.* Vielleicht war alles also nur eine Frage der Zeit.

Er sah sie an und lächelte. Seine Hand forschte nicht mehr auf ihrer Haut weiter. Es war offensichtlich, sie dachte über irgendwas nach. Haderte sie damit, hierhergekommen zu sein? Machte sie sich Sorgen, ihm schon nach wenigen Tagen auf den Wecker zu fallen? Immerhin war dies kein *normaler* Urlaub. Aber seinen Satz hatte er ernst gemeint. *Was hältst du davon, hierzubleiben?* Endlich könnte er nach vorne schauen, ein schlechtes Buch zuklappen, ein neues beginnen, einen Haken an diese eine alte Sache setzen und damit die Schuld, an Regines Tod mitverantwortlich zu sein, endlich abstreifen. Mit Karin hatte er wieder ein großes Ziel und ein anderes Leben vor Augen.

„Kaum bist du da, fühle ich mich wieder wohler. – Ich würde mich freuen, wenn es dir …", begann Sebastian, zögerte und suchte ihren Blick, „… nicht erst in drei Wochen auch so ginge."
Karin sah zu den kleinen Mallorca-Palmen in seinem Garten. Kilometer dahinter links der Gipfel des *Tossals* rechts des *L'Ofre*. *Wenn du Lust hast, steigen wir mal hoch. Die Aussicht von dort oben ist einfach klasse.* Bis dorthin ein paar weitere Häuser, eigentlich eher große Anwesen, Macchie und Wald. Sebastian wohnte in einem Paradies. Über die Büsche wehte gerade wieder ein warmer, duftender Wind in den Garten. Egal, woher dieser bei ihr daheim kam, dort roch es nur nach Staub. Sie kniff die Lippen zusammen und sah ihn an. Er studierte ihr Gesicht mit gerunzelter Stirn. Ihres hatte wohl zu viel verraten. Gegenüber wem musste sie sich bislang auch verstellen? Die letzte Beziehung – war es eine? – war gescheitert, und was Gefühle anbelangte, lange her. So was wie Mitteilsamkeit konnte man leicht verlernen. Ihr Blick ging wieder zu den Bergen und ihre Schultern zuckten.

„Danke! – Zu Hause bin ich in Gedanken an hier und dich immer ins Wasser gesprungen, wie im Sommer an dem Strand. Manchmal habe ich deshalb sogar fantasiert. Aber jetzt sollte ich dann auch anfangen zu schwimmen." Sie schaute auf und versuchte zu lächeln. „Und plötzlich habe ich Angst davor. So ein Blödsinn." Jetzt lachte sie, belustigt klang es allerdings nicht. „Dabei möchte ich alles andere als untergehen."

„Dann lass es uns gemeinsam versuchen. Und falls dir hier zu viel Vergangenheit ist, können wir alles neu gestalten. Mach dir darüber keine Gedanken. Für mich ist hier auch zu viel mit Altem verknüpft. Du sollst dich hier wohlfühlen."

Karin fuhr sich durch die Haare, lächelte und zögerte. Mit einem Mal überfiel sie das Gefühl, schon zu sehr in sein Leben eingedrungen zu sein, ohne selbst zu wissen, welche Ansprüche sie an ein Leben mit ihm stellen dürfte. Welche Ansprüche sie bezüglich des Hauses und der Einrichtung, allein welche Ideen sie dafür hätte. In ihrem Alter war eine neue Liebe wohl mit zu vielen Erfahrungen befrachtet, die glaubten, Einsprüche und Bedenken erheben zu können. Vielleicht fehlte es ihr auch am nötigen Selbstbewusstsein. Die einst fast jugendliche Unbeschwertheit und die Neugier wurden jedenfalls nun von den ersten Zweifeln genährt. Denen wollte sie sich aber keinesfalls unterordnen und ergeben.

„Wir haben Zeit. Und wir sind alt genug." Sie stand auf und trat neben seinen Stuhl. Dann streckte sie eine Hand aus und streichelte ihm über das Gesicht, glitt mit den Fingerspitzen von seiner Wange langsam über die Schulter, den Stoff seines Hemdes über der Brust hinunter zu seiner Taille, um sie leicht zu umfangen. Nach einer Sekunde legte sie ihren Kopf gegen seine Schulter und meinte leise: „Vielleicht sollten wir wieder zusammen schwimmen gehen. Soweit ich weiß, darf man ja inzwischen wieder an die Strände. Was hältst du davon, wenn wir noch einmal an diesen einen Strand fahren, an dem wir im Sommer waren." Sie schob sich wieder auf eine Armlänge von ihm weg. „Ein anderer Horizont, das Wasser, sogar die Sonne ist noch auf unserer Seite. Wir haben uns noch viel zu erzählen. Vielleicht sollten wir damit anfangen, bevor du dein Haus veränderst. – Magst du das dann in drei Wochen immer noch, mag ich dabei mitmachen wollen. Aber wer weiß, und der Hunger aufeinander ist schneller vorbei, als wir beide dachten. Auch wenn ich mir genau das nicht vorstellen kann."

10. Oktober, 13 Uhr 05

Auch am Tag war es noch mindestens genauso warm wie in der Nacht zuvor. Vor der Promenade tummelten sich trotzdem nur ein paar Handvoll Leute am Strand. Die klassischen Touris, mit entsprechender Ausrüstung an Matratzen, Schirmen und einer Wochenration an Handtüchern, waren nicht zu sehen. Die Bestimmungen des Inselrats und der anderen europäischen Regenten hatten zu erneuten Einschränkungen und einer allzu bekannten Angst geführt. Eine Nation nach der anderen wechselte sich darin ab, mal ganz Spanien, mal nur einzelne Regionen als Hochrisikogebiete zu bezeichnen. *Wenn ihr überleben wollt, geht bloß nicht auf die Insel.* Eine Satirezeitung fabrizierte die Headline: *Kackt euch zu Hause zu Tode.* Jedenfalls war die Insel ein weiteres Mal zu einer Art Geisterbahn geworden. Man fuhr mit desinfizierten Händen auf Abstand in den nächsten mutierten Gräuel und hatte dabei auch schon Angst vor dem nächsten Ungeheuer.

Die Rollläden der meisten Geschäfte waren bis auf ein paar wenige Bars, die alles nur *para llevar* anboten, wieder geschlossen. Nur ein paar ältere Leute, vermutlich Residenten, spielten Urlaub. Grüppchenbildung gab es unter ihnen nicht. Zwei jugendlichere *Versammlungen* hatten die Kollegen in der Nacht aufgelöst. Mit den üblichen Schlägereien. Wie schon in der Nacht zuvor. Die größte dieser Partys hatte auf der anderen Seite der Bucht von allem etwas hinterlassen, vor allem viel

Arbeit. Betrunkene Jugendliche, eine ganze Straße voller Scherben, zwei abgefackelte Müllcontainer, drei Mädchen zwischen fünfzehn und achtzehn Jahren, die ihre Kleider vermissten und nun im Krankenhaus bezüglich Missbrauchs untersucht wurden, weil sie selbst nicht mehr sagen konnten, was passiert war. Vier junge Kerle hatten sich geprügelt und für gebrochene Knochen und teilweise schwere Schnittverletzungen gesorgt. Einem von ihnen musste eine halbe Flasche mitsamt den Splittern aus dem Bauch gezogen werden. Es stand nicht besonders gut um ihn. Auf jeden Fall würde sein Urlaub einige Wochen länger werden. Und in der Stadt hatten aufgebrachte Jugendliche sich mit den Kollegen eine Schlacht geliefert. Sie dachten wohl alle, was an ihren Computern beim Spielen gelang, konnte im wahren Leben nicht viel schwieriger sein. Sie sollten recht behalten. Es ging alles ganz leicht. Nur mit den Konsequenzen hatten sie nicht gerechnet. Verglichen mit der Anzahl der Randalierer, die Geschäfte plünderten, Autos in Brand setzten und andere Unbeteiligte damit noch tiefer in die Krise stürzten, war die Anzahl der Inhaftierten danach allerdings unbedeutend. Miguel und Andreu schüttelten darüber diskutierend den Kopf und beobachteten derweil einen dieser Supermärkte.

„Ist das hier nicht auch das Revier von Inés? Hat sie dir mal was erzählt? Oder weißt du, ob sie heute Nacht im Einsatz war und etwas mitbekommen hat?", wollte Andreu wissen.

Sanchez Olivero schnaufte und schüttelte mit verzogenem Mund den Kopf.

„Nein. Ich hab' seit dem Telefonat nichts mehr von ihr gehört. Und selbst da habe ich ziemlich wenig erfahren."

„Unter den Kollegen erzählt man sich, sie sei wohl schwanger."
Der Kopf des Inspectors flog herum und er sah Andreu ungläubig an. Der machte einen auf *Kommt nicht von mir*, stand auf und lenkte mit der nächsten Frage vom Thema ab:
„Was hast du eigentlich hier vor?"
Doch Sanchez Olivero ließ sich nicht ablenken.
„Schwanger?", entgegnete er etwas laut und dachte daran, dass sie nicht begeistert war, als er ein Treffen vorgeschlagen hatte. *Ja. Das wäre nett. – Nach dem Virus vielleicht ...* Das würde einiges erklären.
„Kommt nicht von mir, frag mal ihre neue Kollegin Valeria, mit der ist sie, glaub ich, inzwischen ganz dick."
„Und du hast wohl die besten Kontakte", stellte der Inspector fest und kratzte sich schnaufend mit beiden Händen durch seine Haare. „Schwanger! Das ging ja wirklich schnell."
Andreu zuckte mit den Achseln. *Entweder habt ihr nie oder sie hatte es zu verhindern gewusst*, wollte er sagen, stattdessen holte er tief Luft und wiederholte seine Frage:
„Und ... was hast du jetzt vor?"
„Ist vielleicht ein bescheuertes Vorhaben", seufzte Miguel, „aber wir kaufen was und jeder von uns beobachtet den Typen hinter der Theke."
„Ob Kassenzettel oder nicht ..." Andreu verdrehte die Augen. „Machen wir jetzt einen auf Kontrolle?"
„Nicht offiziell. Wir besorgen uns ein Mittagessen."
Andreu nickte, dann schlenderten sie in den kleinen Supermarkt und schauten sich um. Sie waren allein. Das Vorhaben war in Zeiten des Virus vielleicht tatsächlich bescheuert. Und die Auswahl an Waren deshalb offensichtlich reduziert. Der Typ hinter der Theke schaute

nur kurz hoch. Zwei Leute waren kein Ansturm und das vor ihm liegende Handy erforderte seine ganze Konzentration. Wahrscheinlich waren die Mädels ziemlich hübsch und ... Miguel nahm sich eine große Flasche Wasser und ging an den Tresen. Auf diesem stand eine durchsichtige Acrylbox mit Bocadillos.

„Den linken, bitte", sagte er und der Mann sah nur kurz zur Box, nahm mit einer Hand sein Handy, starrte weiter auf das Display und fummelte im Nebenbei den Bocadillo heraus. Sanchez Olivero streckte sich ein wenig vor, konnte aber nicht sehen, was den Mann so fesselte, denn der legte ein Stück Alufolie darüber, um den Bocadillo nun einzupacken.

„Dreisechzig", sagte er nur und tat das Geld daraufhin in die offene Kassenschublade. Miguel tippte sich an die Stirn, flüsterte ¡Gracias! und ging hinaus. Als Antwort erhielt er ein Grunzen. *Okay*, dachte Miguel, tat, als schaute er sich Grußkarten in einem der Drehständer an, und beobachtete dabei Andreu, der seine Flasche Wasser auf der Theke abstellte, zwei Äpfel danebenlegte und den anderen Bocadillo haben wollte.

„Vierachtzig." Und das gleiche Spiel.

Auf dem Mäuerchen an der Promenade sitzend resümierte Sanchez Olivero:

„Kein Kassenzettel. Weder bei dir noch bei mir. Nicht mal eingetippt hat er's." Er zögerte und fuhr mit säuerlichem Ton fort: „Schwanger also." Er schüttelte den Kopf: „Das ging doch echt schnell, oder? Mal sehen, wann die Hochzeit kommt."

Andreu wusste nichts darauf zu sagen, biss schulterzuckend in sein Bocadillo und grummelte etwas vor sich hin. Dafür schien Miguel richtig verärgert, enttäuscht oder – Andreu fiel kein besseres Wort ein – angepisst zu sein.

„Okay. Soll so sein! Jetzt essen wir das Teil, warten ab und zählen die Kunden. Ich sag dir, die kleinen Beträge wandern so in die Kasse. Nur wenn die alte Gonzalez oder Oma Flores kommt, muss er eintippen. Mehr als drei oder vier Zahlen kann der nicht zusammenrechnen. Die Mädels auf seinem Display lenken ihn ab."

„Waren keine Mädels", gab Andreu kauend und mit vollem Mund zurück, „sondern die Website von *Milanuncios*, einem Autoverkaufsportal. Vielleicht will er seine Karre verkaufen, weil ihm das Wasser bis zum Hals steht. Und die paar Einnahmen am Tag, die er nicht tippt, ihn nicht retten. In der Kasse war nicht ein größerer Schein. Ich denke eher an Schutzgeld, Drogen und Mädels, die nicht nur in Handys herumtanzen."

„Was heißt, kein größerer Schein? Ich hab' mit 'nem Zwanziger bezahlt."

„Der war nicht drin. Ich konnte ja problemlos reinschielen, während er die Autos durchcheckte."

„Du glaubst, das ist sein Laden?"

„Nee, nicht unbedingt. Muss nicht sein. Kann ja so 'ne Art Filialbetrieb sein. – Warte mal!" Andreu sah zum Eingang und bewegte seinen Kopf hin und her, dann stand er auf.

„Da ist grad eine rein. Die seh' ich nicht mehr. Rausgekommen ist sie auch noch nicht. Ich kauf noch mal was. Einen Boca oder so. Willst du auch noch was?"

„Kann doch seine Freundin gewesen sein", widersprach Sanchez Olivero.

„Hast du die grad nicht gesehen? So, wie die aussah? Ich weiß nicht. Kommt mir irgendwie komisch vor."
Der Inspector schüttelte den Kopf, Andreu war schon drüben. Nach ein paar Minuten kam er wieder zurück. Unter seinem Arm zwei Flaschen Wasser und eine Tüte

Chips. Zwei Schritte vor Sanchez Olivero warf er ihm diese zu.

„Die gab's in der Ecke. – Und neben dem Regal eine Tür. Pech für den Typen, die war nur angelehnt und er immer noch in sein Handy vertieft. Ich sag dir, einen Stock höher verdient das Haus anderes Geld."

„Warum? War sie nackt?" Der Inspector grinste.

„¡*No!* Aber sie hatte High Heels an und nur noch durchsichtige Leggins, die sie sich über ihren netten Hintern geschoben hat."

„Die hat sich umgezogen. Vielleicht übernimmt sie seine Schicht. Elena trägt auch so was."

„Scheiße, dass du die vorher nicht gesehen hast. Das war keine mit Style. Die sah so aus, wie die, die wir immer wieder aufgabeln."

„Was machen wir?"

„Den hier mal überprüfen. Mit Vorwärts- und Rückwärtsgang. Der hat sicher 'ne Video-Überwachung, die schauen wir uns dann an. Würde mich wundern, wenn wir da nicht etwas finden würden. Apropos Elena, ist wenigstens bei euch alles klar? – Du scheinst mir in letzter Zeit nicht mehr ... ganz in Form. Die Power fehlt. Normalerweise sind doch meine Sprüche sonst alles deine Sprüche."

Miguel sah Andreu eine Sekunde mit zusammengekniffenen Augen zu lang an. So ein Jungspund: *Die Power fehlt*. Was wusste der schon? Inés: neuer Freund, neue Wohnung, schwanger. Elena: eine Woche eitel Sonnenschein, nun Doktorandin mit einer verkorksten Lebensgeschichte und daher nun irgendwie fertig. Scheiße! Dann sah er zum Supermarkt. In den letzten Minuten war niemand anderes als die junge Frau hineingegangen. Kundenschwemme konnte man das wahrlich nicht nennen. Vielleicht war es tatsächlich sein Laden und er versuchte sich mit den paar Cent aus der Kasse über Wasser zu halten. In diesen Zeiten war das fast noch zu verzeihen, oder?

Währenddessen wartete Andreu auf Miguels Antwort und sah ihn forschend an. Er war sich sicher, hätte Miguel das Mädel gesehen, hätte er sicher anders reagiert, es gab wohl tatsächlich noch andere Probleme.

„Das mit der Video-Überwachung kannst du vergessen. Wenn du ihn danach fragst, weiß in der Sekunde drauf jeder andere Bescheid. Und als Bulle bist du dann auch aufgeflogen. Nein, das machen wir auf klassische Weise. – Und um mein Privatleben mach dir mal keine Sorgen, das krieg ich schon allein hin."

„Also doch nicht alles klar", stellte Andreu deshalb prompt fest. „Als Jungspund habe ich natürlich keinen passenden Tipp parat."

Ein verzogenes Gesicht musste auf so etwas als Antwort genügen. Miguel biss in seinen Bocadillo, allein schon, um Zeit zu gewinnen. Was hatte Eduardo vor ein paar Tagen gesagt: *Ich sagte ja, sie wird es dir erklären können.* Und was machte er, statt mit ihr darüber richtig gesprochen zu haben? Saß auf einem Mäuerchen und betrieb eine stümperhafte Bastelstunde in Sachen Leichenfund, nur weil sein Kopf irgendeinen, nicht mal komischen, Verdacht hatte. Sowohl in Elenas *Fall* als auch in diesem hier. Richtig darüber nachgedacht hatte er also nicht. Weder über Elena noch über das Vorhaben hier. Und jetzt war Inés auch noch schwanger? Er hatte den Überblick verloren! Wie aus dem Off meinte Andreu:

„*Lo sabemos por dónde anda la cosa*, wir kennen doch inzwischen unsere Pappenheimer. Und die da fällt genau in die Rubrik. Warte ab, in spätestens einer Viertelstunde geht einer durch den Seiteneingang und dann einen Stock höher."

„Das Leben hält sich nicht immer an die Drehbücher, die wir uns wünschen – oder gerade meinen, verfassen zu müssen. Was willst du machen, wenn es so wäre? Hineingehen und sie befreien? Die dreißig Euro in seiner Kasse beschlagnahmen? Und ihn hopsnehmen wegen ... ja, wegen was?"

Miguel war über sich selbst überrascht, hatte er dies doch in aller Ruhe aufgezählt. Weiter meinte er:

„Ich sag dir: Wir rechnen hoch, was in diesem Mini-Supermarkt an Geld auf diese Weise zusammenkommen könnte, und schauen uns dann den nächsten an. Von mir aus beobachten wir noch eine Weile, ob wir einen potenziellen Freier sehen. – Aber eingreifen werden wir sicher nicht. Dann ist unser Vorhaben sofort geplatzt. Ich sag dir, wenn eines funktioniert, dann deren Nachrichtenkette und dann kannst du deine Verdachtsmomente da vorne am Strand suchen."

Andreu stöhnte und stand auf. Zappelte dann vor Sanchez Olivero hin und her.

„Aber ...", versuchte er einzuwenden.

„... aber was?", unterbrach ihn der Inspector. „Was willst du machen? Sag es mir? – Vor allem *machen* im Zusammenhang mit unserer Leiche? Videos angucken? Wir haben einen Mordfall am Hals. Nicht die Hübsche in Seidenstrumpfhose. – Schau dich in den ... sozialen Netzwerken um, da findest du Millionen Nackigkeiten auf Facebook, TikTok und Co."

„Also gut. Zehn Minuten abwarten."

„*¡A ver!* Sag ich doch!"

Miguel nickte und zupfte sein Handy aus der Hosentasche. Dann tippte er eine kurze Nachricht an Elena ein:

Na du? Alles in Ordnung? Wir spielen gerade Räuber und Gendarm. Allerdings bis jetzt nicht besonders erfolgreich.
☺ *Ich bring heute Abend Pizzas mit. Könnte nämlich etwas später werden.* Er drückte auf *Senden* und Andreu rempelte ihn an.
„Da guck! Wenn das nicht so einer ist ..."
„Merk ihn dir! Morgen machen wir die Welt besser."

10. Oktober, 15 Uhr 05

„Was wissen wir inzwischen?", fragte Pelleter ohne falschen Unterton und knetete seine Hände.

„Nun, nicht nur, dass immer noch und weiterhin ohne Kassenzettel gearbeitet wird, was ja eigentlich die Steuerbehörde interessieren müsste, sondern ziemlich öffentlich ... zweifelhaften Geschäften nachgegangen wird. – Ich habe es einmal hochgerechnet. Wir haben uns drei der Supermärkte, die Aguilar mit seinen Sicherheitsfirmen betreute, angeschaut. In keinem haben wir eine Quittung erhalten. Okay, wie haben sie auch nicht nachgefordert. Wer tut das in so einem Supermarkt? Die Touristen sicher nicht. Zumal gerade nicht allzu viel unterwegs sind. In allen drei wurde zudem mit offener Schublade kassiert. Deshalb wäre für mich klar, dass das die billigste Masche ist, den offiziellen Umsatz an der Steuer vorbei klein zu halten. Gewinnmaximierung nenne ich so etwas."

„Wenn die zuständigen Stellen mehr Leute hätten, würden sie das sicher besser eindämmen können", relativierte Pelleter mit hochgezogenen Brauen.
Sanchez Olivero holte tief Luft und sah zu Andreu hinüber, der wusste sofort, was kommen würde. Die Auseinandersetzung hatte er schon hinter sich.

„Bei allem Respekt. Das ist Quatsch!"
Andreu zuckte und war überrascht. Vor einer halben Stunde hatte Sanchez Olivero ihn deshalb fast angeschnauzt, als er nochmals die Video-Überwachung ansprach und meinte: *Dann hättest du sicher den ein oder anderen Beweis.* Miguel fauchte nur: *Für den Mord etwa?!* Jetzt aber hatte er zwar deutlich, doch ganz ruhig und mit einem Lächeln Pelleter geantwortet. Derweil fuhr der Inspector fort:

„Wir haben uns deren Unterlagen kommen lassen. Genau diese Supermärkte sind das letzte Mal vor mehr als einem Jahr kontrolliert worden. In allen drei Fällen sind in dieser Zeit Boutiquen, Panaderías und andere Läden – sogar der McDo nebenan – bis zu zweimal im Jahr geprüft worden. Und damit es besonders gut auffällt und schwer nachzuvollziehen ist, mit ständig wechselndem Personal."

Pelleter zog dieses Mal erstaunt die Augenbrauen hoch und schnaufte. Er hatte verstanden. Das passte nicht in sein Berufsverständnis, denn er zischte:

„Dazu kann uns die Behörde sicher etwas sagen. Einer muss das ja entscheiden, dass so verfahren wird."

„Dann können Sie über ein halbes Dutzend fragen. Zumindest habe ich so viele unterschiedliche Unterschriften unter diesen Berichten gefunden. Und damit Sie sich noch ein wenig mehr wundern: Vier von denen sind nicht mehr in diesen Behörden tätig."

„Also hat man dort schon herausbekommen, was läuft."

„Nein! Diese vier waren gar nicht an entscheidender Stelle, sondern – wie soll ich sagen – auf Durchreise in den Abteilungen."

„Und sind jetzt wo?" Pelleter schüttelte den Kopf und sah ihn mit schmalen Augen an.

„Interessiert mich nicht. Wahrscheinlich haben sie sogar noch Karriere gemacht. Womöglich deshalb. Die wissen doch ganz genau, wenn wir anfangen würden, das zu untersuchen, kostet uns das zu viel Zeit. Wer hat zu wenig Leute? Die oder wir? Der Umstand ist denen auch klar. Wahrscheinlich fänden wir bei jedem anderen Laden, die durch Aguilars Männer versorgt und betreut werden, die gleichen Tricksereien. Auch auf die Gefahr hin, dass ich mich wiederhole, das sind ganz billige Tricks."

„Ich ... also ...", Pelleter suchte nach den passenden Worten, „... mir erscheint ..., wenn es sich tatsächlich um einen solchen ... Sachverhalt drehen sollte ... ein zu einfaches Konstrukt."

„Genau das soll es sein. Dahinter gibt es sicher Dutzende weitere. Ich lass mir – soweit wir überhaupt Zugriff darauf haben – die Personallisten zukommen. Die gleiche ich genauso einfach mit unseren ab."

„Mit der unserer Leute?" Pelleters Stirn lag in Falten.

„Mit allen. Auch mit denen in unseren Dateien."

„Wissen Sie, welche Bombe Sie vorfinden könnten?"

„Fände ich wunderbar! Endlich könnte ich mal etwas erfolgreich entschärfen."

„Die Bombe lassen die aber unter Ihrem Stuhl hochgehen, sag ich Ihnen. Und das Durcheinander will ich dann nicht aufräumen müssen. Diese Abteilung kennt uns nicht als Freunde", war sich Pelleter sicher.

„Hat denn jemand schon mal angebissen?"

„Um so einen ...", Pelleter tippte auf das Foto von Aguilar, „... hat sich demnach bisher niemand gekümmert. – Falls Sie recht haben sollten."

„Also musste Aguilar aus dem Weg geräumt werden, um endlich neugierig zu werden? Wer könnte daran ein Interesse haben?"

„Ich befürchte, dass das nicht unbedingt der Plan war. Mit dem Sturm hoffte man sicher, es unerkannter machen zu können."

Sanchez Olivero schüttelte den Kopf.

„Dann hätte ich ihn im Meer versenkt."

„Wie wollen Sie weiter vorgehen?" Pelleter atmete laut durch und war unschlüssig, ob er bei dieser Art Katz-und-Maus-Spiel mitmachen wollte. In den meisten Fällen hatten sich seine Leute bei solchen Untersuchungen aufgerieben.

„Einem war daran gelegen, dass er verschwindet, und ich behaupte, dem waren das Netzwerk oder irgendwelche Verbindungen egal. Derjenige war vielleicht nicht mal Bestandteil von so etwas. Gründe dafür sind doch meist ganz simpel. Aguilar hat dem – oder vielleicht ihr – ins Gesicht gespuckt. Und das war zu viel. Der hat gar nicht daran gedacht, einen Köder damit auszulegen. Der fand das von dem Sturm einfach toll, Aguilar so entsorgen zu können. Das Einzige, womit der nicht gerechnet hat, war, trotz dieses schönen Fundorts, der alles zugelassen hätte, dass eine Autopsie gemacht wurde, in der Ricardo herausgefunden hat, dass Aguilar bereits einen guten Tag vorher und auch nicht durch den Baum erschlagen worden ist. Ich glaube, wir werden eher in der Familie, in seinem direkten Umfeld fündig."

Pelleter prustete, lehnte sich in seinem Stuhl zurück und schaute an die Decke. Dann schüttelte er wieder den Kopf und meinte:

„Mir wäre lieber, Sie hätten eine Theorie zu seinem geschäftlichen Netzwerk. Dann könnten wir mit mehr Unterstützung rechnen. Aber so ..."

„Oder mit noch mehr Verwirrung."

Noch war er nicht ganz überzeugt. Pelleter schaute daher zu Andreu und bemerkte mit einem Lächeln:

„Sie haben noch gar nichts gesagt. Lassen Sie sich von Sanchez so einwickeln?"

„Ich habe mir deshalb bereits blaue Flecken eingefangen. Aber je länger ich darüber nachdenke, muss ich Miguel recht geben. Hätte einer aus diesem ... Netzwerk oder einer seiner Getreuen ihn loshaben wollen, hätte der es wie die Mafia gemacht und ihn auf offener Straße hingerichtet. Und das viel spektakulärer als mit einem Kanteisen oder Beil oder so."

„Ach, ihr habt euch doch schon längst abgesprochen", grinste Pelleter, „und wollt den Erfolg nur wieder ganz allein einstreichen. Weil ansonsten euch der Fall abgenommen wird."

Sanchez Olivero hielt den Atem an und strich sich mit einer Hand sinnierend über das Kinn.

„Sagen wir so: Falls hier ein Netzwerk – wie ihr es immer nennt – tätig sein sollte, haben wir hier ganz schnell einen kleinen Krieg unter diversen Lieferanten. Ich sehe aber beim besten Willen, bei dem, was wir bisher herausgefunden haben, keinen Ansatzpunkt für so etwas. Vor allem in diesen Zeiten. Feindliche Übernahmen, werden anders ... verhandelt. Und nicht schon zu Beginn mit einem Mord angefangen."

„Okay", Pelleter nickte, „machen wir es kurz. Ist es ein Netzwerk, wird die Sache ohnehin kompliziert. Ansonsten könnte es schnell gehen. – Wie meistens."

10. Oktober, 15 Uhr 45

„Danke für deine Unterstützung", sagte Sanchez Olivero und klopfte Andreu auf die Schulter. Der lächelte mühsam. Eigentlich hoffte er, dass sich seine Version von einem Netzwerk mal als die richtige herausstellen würde. Auf Dauer im Bugwasser von anderen – so sehr er Sanchez Olivero auch schätzte – nur Beiwerk in den Untersuchungen zu sein, war nicht unbedingt karrierefördernd. Trotzdem meinte er mit einem Seufzer:

„Ich arbeite ja mit dir zusammen und nicht mit Pelleter. Also will ich mir nicht den Alltag versauen." Wieder ein Seufzer, dann lachte er herzhaft. „Nee, schon in Ordnung. Je länger ich darüber nachdenke, ist es so, wie du gesagt hast."

„Was mich auch interessiert, ist, in diesen mageren Unterlagen habe ich nichts über Aguilars Privatleben gefunden. Nicht mal, ob er verheiratet war. Das hab' ich erst durch eine Nachfrage herausbekommen. Kinder hatte er demnach keine. Offiziell. Und die Ehe, die es gab, wurde schon nach nur zwei Jahren geschieden. Danach war wohl Schluss, was offizielle Beziehungen angeht. Mehr war nicht zu finden. Ziemlich seltsam, oder? – Vielleicht auch nicht."

„Oder er hatte immer eine neue."

„Könnte sein", Miguel zuckte mit den Schultern, „und eine davon fühlte sich nicht nur in ihrer Liebe betrogen."

„Also könnte es auch eine Frau gewesen sein."

„Warum nicht? Aguilar war nicht besonders groß und schwer. Trotzdem müsste sie sehr kräftig gewesen sein oder einen Kompagnon gehabt haben. Alleine hätte eine Frau ihn nicht fortschaffen können. Ein starker Mann schon eher."

„Oder es waren zwei Männer, die er beschissen hat."
„Da fehlt mir noch die Idee zu einem Motiv. Wie auch immer, ich tippe auf Rache, zerstörte Liebe, verlorener Einsatz, verlogene oder verschwiegene Beziehungen oder Fischen in falschen Gewässern. Ich behaupte, ein Netzwerk war es tatsächlich nicht."
„Die hätten ihn anders abserviert."
„Genau! So ein Netzwerk spielt für mich deshalb keine Rolle. Wir schauen uns sein privates Umfeld an. Ich wette, da werden wir fündig. Das Ganze hat unter Umständen einen feinen Nebeneffekt. Andere werden etwas mitbekommen und nervös. Also wissen die lieben Finanz-Kollegen von nebenan sicher schnell, was zu tun ist. Die können den Rest aufräumen und unsere Finger bleiben sauber. Die freuen sich sogar. Ohne viel Aufwand haben die einen Mörder, den sie für ihre Arbeit wieder brauchen können. Die ganzen Steuerschulden brauchen ja eine Heimat. Aber wie gesagt, da lassen wir unsere Finger aus dem Spiel."
Sanchez Olivero grinste und boxte Andreu gegen den Oberarm. Der zog nur wie Pelleter die Augenbrauen hoch und meinte:
„Alles klar. Dann wollen wir mal, oder?"
„Sag Ivan Bescheid, er soll mal die Fahrzeugdaten der Geldtransporter durchchecken. Wenn die gemeldet sind, müssen die auslesbare Fahrrouten haben. Enrique darf mal nachsehen, welche Beziehungen er gehabt hat. Irgendwo müssen ja Kontakte festgehalten sein. Und wir machen uns in diesem Zusammenhang auf die Suche nach dem möglichen Tatort. Vielleicht sind wir dann schon ganz dicht dran."

10. Oktober, 16 Uhr 55

Fahrzeugdaten, Lebensläufe, Handelsregister-, Steuer- und, wenn vorhanden, Eintragungen und Meldungen aus dem Polizeiregister. Eine halbe Stunde später klebten alle verfügbaren Informationen aus den Servern auf der riesigen Glasscheibe zwischen den Büros. Enrique sah mit hochgezogenen Augenbrauen das Sammelsurium an und zählte etwas ungläubig die vielen Zettel.

„¡Hombre! Wer hätte das gedacht? Eine ganz schöne Ausbeute, oder? Und keinem ist das aufgefallen?!"
Allein 93 Zettel für die 26 Angestellten aus dem Teil der Firma, der für Sicherheit zuständig war, hingen dort an der gläsernen Wand und ein paar weitere für die vier Frauen und zwei Männer, die sie im direkten Umfeld von Aguilar gefunden hatten.

Nun standen sie zu fünft davor, Sanchez Olivero, Ricardo, Andreu, Ivan und Enrique. Alle mit der gleichen nachdenklichen Miene und jeder mit einem Marker in der Hand. Jeder hatte den Kopf hin und her gewiegt und jeweils bei den Namen sein Zeichen gemacht. Ein Kreuz für unverdächtig und ein Ausrufezeichen für verdächtig. Bei keinem der Namen waren fünf Ausrufezeichen zu sehen. Sanchez Olivero schnaufte. Wenn es so weiterginge, würde es eine Nachtsitzung werden.

„Bogdana Gabor ...", begann Ivan mit seinem typischen dozierenden Ton, „... schaut sie euch an. Auch wenn das schon ein älteres Foto ist. ¡Hombre! Bei der wüsste ich sofort, was ich zu tun hätte. Ist seit über drei Jahren an seiner Seite. Er fast sechzig und sie gerade mal sieben- oder achtundzwanzig. Ist wie bei dir Miguel. So junge Dinger halten einfach fit", grinste er genau in dem Moment, als Sanchez Olivero wieder neben ihm stand und auf die zugeklebte Glaswand starrte.

„Ich bin gerade mal über vierzig und Elena achtundzwanzig", zischte er und verpasste ihm eine Nuss, „lass die flapsigen Sprüche. Was ist mit der?"
„Nun ... ich sagte ja ... seit drei Jahren an seiner Seite. Die hat ihre Ansprüche. Könnte doch gut sein, dass ... zudem kommt sie aus Rumänien, also ..., wenn du mich fragst ... Im Übrigen ... ist wohl noch keinem aufgefallen ... wo sind eigentlich unsere ganzen Frauen hin? Wir sind ein reiner Männerverein geworden."
Sanchez Olivero seufzte, zog das Blatt mit dem Foto dieser Bogdana und deren Daten vom Glas.

„Geh in die Krankenhäuser, Altenheime oder schau in den Familien nach. Irgendjemand muss sich ja in diesen Zeiten um die ... Mitmenschen kümmern."
Der Inspektor zog die Brauen hoch, tippte auf den Zettel in seiner Hand und sah Ivan an:

„Und Vorurteile hast du keine, oder? Die Gabor ist in Segovia geboren. Solltest du eigentlich am besten wissen, hast du nämlich selbst recherchiert. Auch, dass ihre Eltern schon zu Franco Zeiten nach Spanien kamen. Wäre interessant, warum! – Woher kommen deine? – Ivan."
Die Stimme des Inspectors hatte einen absichtlich ernsten, fast drohenden Ton. So gut Ivan in seinen Recherchen war, so gut er aus Verdächtigen die kleinsten Details herausquetschen konnte, so gut er vor Ort nach dem letzten Fitzelchen eines möglichen Beweisstücks suchte, das den Täter überführen würde, und es häufig genug auch fand, er nervte zu oft mit seinen Vorurteilen und seinem Getue bezüglich Frauen. Ivan schluckte, blieb vorsichtshalber still und zuckte nur mit den Mundwinkeln, bis ein schales Lächeln zu erkennen war. Kleinlaut meinte er dann:

„Ich meine ja nur. Wir kennen doch die Brut aus dem Osten. Die ist schlimmer als die Mafia!"

„Ivan!" Sanchez Oliveros Blick glich einem Messer. Wieder schnaubte er und fragte unvermutet ruhig in die Runde:

„Wer sind die anderen Frauen?"

„Seine Sekretärin", schaltete sich nun Enrique ein, um die Stimmung zu beruhigen. „Chiara Romero, Mitte dreißig, verheiratet, zwei Kinder, wohnt in der Nähe des *Mercat Pere Garau*. Für mich nicht verdächtig genug. Ich mach höchstens ein halbes Ausrufezeichen. Auch wenn sie sicher über manches Bescheid weiß. Aber ... ich weiß nicht ... Sekretärinnen sind loyal."

Der Inspector nickte, was einer Zustimmung gleichkam. Vielleicht auch, um Ivan zu zeigen, wie man vorzugehen hatte – nämlich mit einer gewissen Neutralität.

„Okay. Einverstanden", lobte er daher wohlwollend, „und weiter?"

„Paola Moreno. Wir haben nichts weiter gefunden. Sie nimmt ab, wenn man bei ihm zu Hause anruft. Immerhin zweimal bei mir. Vielleicht auch Zufall, vielleicht ist sie die Haushälterin. Drei Ausrufezeichen. Solche Leute verheimlichen oft mehr, als man denkt. Da haben die Fernsehkrimis ausnahmsweise mal recht. – Dann Fernanda Hernandez. Um die dreißig. Unterschreibt alle Einzahlungsbelege in der Buchhaltung dieser ... Firma. Alle! Nicht nur die der Einnahmen. Kann natürlich auf Anweisung geschehen. Also ohne große Überprüfung. Aber reicht das, um in einer Buchhaltung tätig zu sein? Ich finde, dazu gehört mehr. Wohnt zudem im Stadtteil *Costa d'en Blanes*. Nicht unnobel, find ich. Vier Ausrufezeichen, wenn du mich fragst. Wir könnten ihr Konto überprüfen lassen. – Und die vierte,

Carmen Lopez. Knapp über fünfzig. In der Logistik. Komische Frau. Schau sie dir an. Ein Blick zum Fürchten, oder? Ist aber kein Fahndungsfoto. Kräftig genug, ihn allein aus dem Weg zu räumen. Aber in meinen Augen nicht sexy genug, um ihr ein kaputt gegangenes Verhältnis mit ihm anzudichten, das sie rächen wollte. Auch nicht in einer Position, zu der mir ein Motiv einfallen würde. Logistik. Was macht man da, außer Sachen verpacken und verschicken? Was könnte sie also ausgepackt, eingepackt oder verschickt haben, um ihn unter Druck zu setzen und ihm eine Abfuhr zu verpassen? Welches Geschäft wollte sie nicht mitmachen?"

„Drogen?", antwortete der Inspector sofort.

„Ja. Stimmt. Natürlich. Aber wer in dieser Firma arbeitet, weiß von vornherein, dass nicht alles koscher sein kann. Warum also dieses Druckmittel? Und wir haben dir noch nicht die Männer vorgestellt."

„Ich wusste, es wird 'ne Nachtsitzung. Dann mal los. Wird also nicht ganz einfach werden. – Ich hatte wohl die falschen Vorstellungen."

„Fangen wir mit dem an. Rodrigo Navarro. Ein Alleskönner. Das ist mir von vornherein suspekt. Die zwei sind Geschäftspartner und beliefern die Supermärkte mit Lebensmittel und anderem Zeugs. Ich hab' den Schriftkram überprüft. Wenn alles sauber abgelegt wurde, ist alles geliefert und alle Rechnungen sind bezahlt worden. Lieferant bringt Kunden um. Da fällt mir jetzt in diesem Zusammenhang nichts ein."

„Wir checken die letzten Vorgänge", meinte Sanchez Olivero, „Aufträge, Einnahmen, Überweisungen, Rechnungen und sein Telefon. Vielleicht fällt uns was auf."

10. Oktober, 17 Uhr 10

Sie riss sich die Maske runter und ging zum Fenster. Fünf Minuten frische Luft schnappen. So viel Zeit musste sein. Das Virus war kurz davor, aus allen auf der Station wieder Sklaven zu machen oder Roboter, irgendwelche Maschinen, die nur noch von Zimmer zu Zimmer hetzten, um Fieber zu messen, Windeln zu wechseln, Danebengegangenes aufzuwischen, irgendwelche Beruhigungsformeln aufzusagen, Sedativa oder Analgetika zu verabreichen. Dann ging sie an den Rechner und ließ die Liste noch einmal heraus. Genau in diesem Moment kam Teresa herein.

„Na du?", sagte sie, ohne damit eine Frage zu stellen. „Wenn das noch Monate so weitergeht, frage ich in einem Hospiz nach, ob die dort nicht Leute brauchen." Sie ging zum Fenster und streckte den Kopf raus. „Die Luft da draußen ist auch nicht besser."

„Aber es ist leiser. Das Gejammere und Gestöhne von den Kranken geht einem wirklich auf den ... durch Mark und Bein", erwiderte Elena.

„Sprich's ruhig aus: Auf die Nerven."

„Hoffentlich gibt es irgendwann mal was dagegen."

„Habt ihr nicht an einem Impfstoff geforscht?"

„Den gibt es ja schon lange. Allerdings nur gegen zwei Subtypen. Und die Seroresponse ist nicht so, wie man es sich erhofft. Die Virusstämme sind so vielfältig und verändern sich zudem auch ohne unsere Manipulationen dermaßen schnell, dass man kaum ansetzen kann. Wir haben es auch damit versucht, sogenannte Capsidgene zu verwenden. Wie es vor Jahren schon geschehen ist. Aber die Mutationen, die wir gezüchtet haben, entwickelten sich von allein zu schnell."

„Und die haben die Mutation im Darm", stellte Teresa fest. Die Kombination *eure Mutation* hatte sie wohl vermieden.

„Zumindest eine der vielen", erwiderte Elena und hatte dieses *eure* doch gehört. Sie beobachtete Teresa und schielte gleichzeitig zum Rechner.

„Und ..." Teresa nahm ihre Thermoskanne, füllte ihre Tasse mit Tee und schaute aus dem Fenster als suche sie da draußen etwas. „... bei euch ... also ... ich meine Miguel und dir ... alles in Ordnung ... jetzt?"
Elena zupfte aus dem Drucker die Liste und stellte sich neben Teresa. Mit einer Hand schlug sie gegen das Papier.

„Ich hab' eine Adresse. Da gehe ich mal hin. Miguel will mir helfen. – Find ich ... großartig."
Begeistert darüber sein, klingt anders, dachte Teresa, drehte sich um, trank einen Schluck und taxierte über den Tassenrand mit zusammengekniffenen Augen ihre Kollegin.

„Du klingst allerdings nicht ganz so überzeugt."
Elena betrachtete das Blatt, als sähe sie es zum ersten Mal. Was sollte sie antworten? *Weißt du, ich bin gerade dabei, es zu verbocken, denn ich habe ihn von Anfang an belogen. Jetzt hat er auch noch ein Bild von mir auf meinem Handy gesehen, das er nicht gemacht hat, und ich habe ihn wieder angelogen.* Nichts davon konnte sie sagen. Und wusste nicht, warum. War Teresa nicht so etwas wie eine Freundin? Sie ging an ihr vorbei, machte mit ihren Händen eine unbestimmte Bewegung und sah zum offenen Fenster hinaus. Ein Schwall warme Luft kam herein und ließ sie an vorgestern Abend denken. Warum konnte ein so ungewöhnlicher Abend – zwei erwachsene Menschen lieben sich im Schutz der Dunkelheit fast in aller Öffentlichkeit an einem Strand –,

eine solche Nacht, nicht heilsamer als ein Medikament sein? Miguel gab ihr doch alles. Liebe vor allem! Oder zweifelte sie daran? Was war ihr nicht genug? Was erwartete sie? Mit jeder Frage, die sie sich selbst stellte, spürte sie die Leere in ihrem Kopf und dieses eigentümliche Ziehen in ihrem Körper. Andere Mädchen würden sich jetzt tatsächlich ritzen oder auf irgendeine andere Art bestrafen; den einen Schmerz mit einem anderen übertünchen. Aber sie schloss die Augen, biss sich auf die Unterlippe und sehnte sich nach diesem Körper, den sie so hasste und gleichzeitig begehrte, weil er ihr sozusagen diese Arbeit abnahm und auf diese unerhörte Art den Schmerz bescherte, der sie für wenige Sekunden eigentümlich glücklich werden ließ.

„Vor allem muss ich lernen ehrlich zu sein", war stattdessen Elenas knappe Antwort und sie runzelte die Stirn. Kurz überlegte sie, ob es reichte, was sie gesagt hatte, und fand es gut. „Ansonsten könnte ich ihn verstehen, wenn ..."

„... er Schluss machen würde."

Teresa klang wissend. Wahrscheinlich ahnte sie eine nahende Krise.

„Ich sag ja, ich könnte ihn verstehen."

„Aber ... diese eine Sache ... die ist doch vorbei, oder? Dann könnte doch alles wieder gut werden?!"

„Ja", erwiderte Elena mit einem trotzigen Lächeln sofort und ließ damit offen, auf welchen Teil von Teresas Aussagen sie das Ja bezog, die *Sache* oder *alles*.

„Und was hast du jetzt vor, wo doch dein Doktor-Praktikum zu Ende ist? – Wir könnten dich hier gut gebrauchen. Miguel kann ja auch nicht so ohne Weiteres weg. – Oder willst du wieder nach Madrid zurück?"

Statt einer Antwort faltete Elena den Zettel zusammen, schob ihn ein und lachte nervös auf. „... ich muss wieder. Die nächsten Windeln warten. – Wir haben im Übrigen höchstens noch welche für zwei Tage."

10. Oktober, 17 Uhr 35

Die Hälfte der Männer hatten sie durch. Bei jedem hinterließ Sanchez Olivero ein rotes Kreuz und erntete von zumindest einem der anderen vier einen Widerspruch. Bei jedem verzog er seinen Mund und meinte nur: „Ich weiß nicht, irgendwie fehlt mir was für einen Verdacht. Ich kann's ja noch durchstreichen." Jetzt war die Konzentration weg und er wollte eine kurze Pause. Dafür erhielt er ein Lob. *Endlich. Wir dachten schon, du peitschst uns so noch durch die Nacht.* In einer Viertelstunde wollten sie weitermachen.

„Alles in Ordnung?" Pelleter stand plötzlich wieder neben ihm, sah ihn an und studierte gleich darauf die Zettel auf der zugehängten Glasscheibe.

„Wohl noch keine heiße Spur, wie ich sehe."

„Wir sind noch nicht bei allen durch. Ich gebe zu, von denen da überzeugt mich niemand so richtig. Ich hoffe, das ändert sich noch. Sonst könnte es eine zähe Sache werden. – Ich suche halt immer einen Ansatz. Muss ja nicht der Mörder sein. Aber ... irgendwie ..."
Er schnalzte mit dem Daumen, während Pelleter unverwandt das Zusammengesammelte wohl analysierte.

„Darf ich?", fragte er und nahm sich zwei Marker. Miguel nickte.

„Ich mache, damit es auffällt, dicke Punkte." Nun grinste Pelleter. „Gebe aber zu, aus dem Bauch heraus."

„Das ist bei mir nicht viel anders", erwiderte der Inspector und beobachtete Pelleter.
Nach einer halben Minute waren bei der Sekretärin, der Logistikerin und drei Männern, über die sie noch nicht gesprochen hatten, dicke schwarze Punkte. Er betrachtete sie und nickte:
„Die sind für mich alle verdächtig. Wenn es um Geheimniskrämerei geht, kommt bei so einem Konstrukt doch jeder infrage. Wer weiß, was der eine vom anderen weiß. – Was meinen Sie?"
Sanchez Olivero wischte sich übers Gesicht und zuckte mit den Schultern.
„Ich hoffte, die Zahl der Verdächtigen etwas mehr einengen zu können. Aber warum die Sekretärin, Chiara Romero?"
„Aus genau dem gleichen Grund, warum Sie sie ausgeschlossen haben. Sie wird hochgradig loyal sein, da gebe ich Ihnen recht. Aber wissen Sie, was das heißt? Meistens wissen solche ... Damen mehr, als sie zugeben werden. Die machen ihren Chefs oft genug sogar die privaten Termine. – Ich würde sie wenigstens in die Mangel nehmen."
Der Inspector lachte auf.
„Entschuldigung! Aber bei *in die Mangel nehmen* muss ich an Ivan denken. Für diese Art der Inquisition ist er ja unser bester Mann."
„Ich weiß, was Sie von seiner Art halten. Aber warum nicht? Es geht um Mord. Lassen Sie ihn das mal in die Hand nehmen. Ich bin mir sicher, er kommt nicht mit leeren Händen zurück. – Wissen Sie eigentlich, ob diese Gabor schon Bescheid weiß?"
„Ja. Die *Policía Local* war schon zwei Stunden danach bei ihr. Mehr weiß ich nicht. Ich glaub; ich schick Enrique hin."

Pelleter klopfte ihm auf die Schulter.

~~~

Die ersten drei Männer, die sie nach der Pause in Augenschein nahmen, erhielten schnell fünf Kreuze.

„Als Fahrer der Transporte würde mir etwas Besseres einfallen, als meinen Chef umzubringen." Enrique kratzte sich am Kopf. „Dann doch lieber abwarten, bis die Karre voll ist, und den Typen auf dem Beifahrersitz irgendwo ins Meer werfen."

„Wie viel schätzt du, haben die drin gehabt? Du hast das doch mal überschlagen", wollte Ricardo wissen.

„Unterschiedlich. In den besten Zeiten kann das sicher eine halbe Million und mehr gewesen sein", erklärte Sanchez Olivero.

„Das ist für manchen armen Schlucker – und das in diesen Zeiten –, als würde er die Welt besitzen", befand Andreu.

„Ich sehe schon, heute Abend haben wir nur noch potenzielle Mörder an der Wand kleben", seufzte der Inspector. „Wen haben wir noch?"

„Darf ich auch mal wieder?" Ivan spielte den Beleidigten. Alle nickten belustigt.

„Also, mein Topfavorit ist tatsächlich der hier. Rodrigo Navarro. Hat nämlich eine ganz dubiose Rolle im Unternehmen. Wohnt in der Altstadt. Der fährt, steht im Laden, macht Personenüberwachung und begleitet. Letzteres ist sehr neutral ausgedrückt. Die letzte ... Person, die er eskortiert hat, ist die hier." Ivan deutete ausgerechnet auf seine weibliche Favoritin, Bogdana Gabor. „Ich würde ihn gerne fragen, wohin."

„Du darfst fragen", gab Sanchez Olivero zurück. „Sogar eine der Damen, nämlich die Sekretärin, Chiara Romero."
Ivan sah zur Wand und zupfte einen Moment später den Zettel herunter. Dann ging er zu einem Rechner und tippte etwas hinein. Nach Bruchteilen von Sekunden war der Bildschirm mit Fotos gefüllt.
„Okay. – Fein. Zweiter Platz. Wie ...", er räusperte sich, „... hart darf ich sie anfassen?" Nun grinste er über beide Backen. Sanchez Olivero schmunzelte und sah die anderen Gesichter.
„Ich glaube, ich spreche für alle. Du wirst nicht mit leeren Händen zurückkommen."
Dann klopfte Sanchez Olivero ihm auf die Schulter und Ivan grinste ihn an.
„Manchmal denk ich, du bist ein Arsch. Und manchmal bist du auch eins. Aber jetzt ...", seine Mimik zeigte seine Überraschung, „... bekommst du ein ganz fettes Ausrufezeichen auf meiner Beliebtheitsliste. – Wann soll ich los? Gleich oder sofort?"
„Es reicht morgen. Machen wir eben die Liste durch. Vielleicht ergibt sich noch etwas."
Weiterhin schmunzelnd machte er mit seinem Kopf eine auffordernde Bewegung in Richtung ihrer Sammlung. Aber eine Stunde später waren keine weiteren vor allem überzeugenden Punkte hinzugekommen, sondern nur eines war klar: Es konnten alle sein, wenn man nach möglichen Gründen suchte. Denn bei keinem weiteren machten sie mit Überzeugung fünf Kreuze. Aber vier Namen hatten nun doch fünf Ausrufezeichen: Bogdana Gabor, die Geliebte, Rodrigo Navarro, der Alleskönner, Chiara Romero, die Sekretärin, und Carmen

Lopez, Logistikerin. Als wäre plötzlich in ihm ein Verdacht hochgekommen, tippte Sanchez Olivero auf zwei Namen:

„Wir knöpfen uns gleich Navarro vor und du interviewst die Gabor", beschloss er. Andreu verzog das Gesicht, aber Enrique machte grinsend eine zweideutige Bewegung mit seinen Händen.

„Ich werde auch nicht mit leeren Händen zurückkommen."

10. Oktober, 18 Uhr 50

„Du hattest etwas anderes vor?" Miguel schaute Andreu mit schlechtem Gewissen an. Der hob nur die Schultern und schnaufte. Ximena musste wieder mal warten. Was könnte er sonst schon vorhaben.

„Ist schon in Ordnung."

„Wir sind schneller zu Fuß. *Carrer de Sant Sebastià*. Und ein paar Schritte werden uns guttun. Sobald wir fertig sind, lass ich dich springen."
Statt die kleine Brücke beim *Bianco* zu nutzen – Andreu blickte Miguel überrascht von der Seite an –, gingen sie die *Avenida de Jaume III* entlang. Das Shoppingparadies wirkte gegenüber den Zeiten vor dem Virus wie ausgestorben. Einige Läden hatten sogar zu, statt die erlaubte Anzahl von Kunden hereinzulassen. Somit kein Gedrängel vor dem *El Corte Inglés* oder den anderen Geschäften. Andreu blieb nur kurz vor dem Laden von *Women·Secret* stehen. „Ey, musst du doch zugeben, ist 'n geiles Plakat." Miguel verdrehte die Augen. Von Einkaufsbummel war nichts zu sehen. Lediglich ein paar Touristen trugen Einkaufstüten, und diese waren eher schmal gefüllt. „Ich sag dir, wenn diese Scheiße

rum ist, bleiben 30 Prozent der Läden zu." *Die Luft ist raus*, hatte vor ein paar Tagen Erika, eine Deutsche, die seit über zwei Dutzend Jahren eine kleine Boutique zusammen mit einer Aushilfe in der Innenstadt führte, zu ihm gesagt. Er war mit Elena durch die Stadt geschlendert, sah Erika in dem eigentlich geschlossenen Laden herumsortieren und klopfte gegen die Scheibe. Erika, zudem Frau eines Kollegen, unterhielt sich mit ihm über das aktuelle Debakel, während Elena sich ein paar Sachen raussuchen durfte.

„Über 80 Läden haben schon zugemacht. Rollladen runter, ausgeräumt, fertig. In Deutschland gibt es Überbrückungen. Okay, hier auch, aber die hier helfen überhaupt nicht weiter. Noch ist Isabel in Kurzarbeit, aber lang halte auch ich nicht mehr durch. Und was macht sie dann?"

Miguel nickte mit verzogenem Gesicht und Elena legte drei Teile auf die Theke. Erika hob jedes Teil anerkennend in die Höhe, *Du hast wenigstens das Figürchen dafür*, und faltete es sorgsam zusammen, währenddessen erklärte sie:

„Die meisten leben vom Tourismus. Ist doch klar. Dieses Jahr kommen im Vergleich angeblich höchstens sechzig Prozent. Dann weißt du, was uns fehlt. Und ich halte die Zahl für übertrieben. Da können die von den Einzelhandelsverbänden noch so viel Hoffnung verkünden. – Und glaub ja nicht, dass die Zeiten besser werden."

Miguel erzählte die Episode Andreu und nun war er es, der sein Gesicht verzog und stumm nickte. Keine zehn Minuten später waren sie am *Plaça Rei Joan Carles I*. Am Schildkrötenobelisken, auf der *Plaça de las Tortugas*, das nahezu gleiche trostlose Bild. Eine Handvoll

Leute posierten und grinsten in eine Kamera. Die Außenbestuhlung der Bar *Bosch* war weit auseinandergezogen, aber dennoch saßen kaum Leute an den Tischen. Selbst der Autoverkehr hielt sich in Grenzen. Ohne die übliche Anzahl von Touristen wirkte der Platz wie leer gefegt. Wie zuvor in der Einkaufsstraße mit ihren Kaufhäusern war der Andrang überschaubar.

Dann wurden sie schon von den engen Gassen der Altstadt verschluckt. Nach der *Carrer de Can Brondo* und *Carrer de Can Danús* mit ihren kleinen, häufig uralten Geschäften, von denen nach der Zeit mit dem Virus sicher auch viele geschlossen bleiben würden, und nach den lang gezogenen Stufen der *Costa d'en Brossa* standen sie auf der *Plaça de Cort* vor dem Renaissancebau des *Ajuntaments,* dem Rathaus mit dem auffallend breiten Dachgesims. „Hat wohl ein Schiffszimmermann geschnitzt", wusste Sanchez Olivero und deutete nach oben. Andreu verdrehte die Augen und sah auf seine Uhr. Geschichtsunterricht brauchte er nicht.

Nur wenige Meter später bogen sie in die *Carrer de Sant Sebastià* ein. Zerfall und Renovierung grenzten hier dicht aneinander. Im Portal eines der Häuser aus dem 17. Jahrhundert standen ein paar Bauarbeiter, sahen auf den bröckelnden Putz und beratschlagten wohl die nächsten Schritte. Gegenüber, hinter der feudal erscheinenden Fassade eines Stadtpalastes einer längst verstorbenen Kaufmannsfamilie hatte Navarro in dem verschachtelten Häusergewirr eine kleine, kaum von Tageslicht verwöhnte Wohnung.

„Hier wohne ich, seit ich auf der Welt bin", meinte er erklären zu müssen, als er die Tür öffnete und die beiden hereinbat, und fügte gleich darauf hinzu: „Viel Zeit habe ich nicht. Heute Abend habe ich noch Schicht beim Objektschutz."

„Als Türsteher?", fragte der Inspector sachlich.
Navarro stülpte seine Lippen und schaute Sanchez Olivero etwas verächtlich an.

„Nennen Sie es, wie Sie wollen. Aufpasser, Gorilla, Türsteher oder Filter. Wir nennen das Einlasser, Zutrittskontrolle oder Wachpersonal. Sie wissen ganz genau, wer sonst alles dort hineinkäme. Und bevor Sie meinen, es kommentieren zu müssen, ja es gibt leider auch schwarze Schafe unter uns. Aber gucken Sie sich um, glauben Sie, hier könnte ich ein ... Mädchen reinlocken? – Kaffee?"
Sanchez Olivero seufzte und nickte genervt. Das, was er sah, war auf einfachste Weise eingerichtet, aber sauber. Ein paar der Möbel standen wahrscheinlich auch schon seit Navarros Kindheit. Sie folgten Navarro in die kleine Küche. Schränke gab es keine. Nur offene Regale, die mager gefüllt waren. Der einzige Luxus ein chromglänzender Kaffeeautomat.

„Der ist veraltet und hab' ihn daher aus einer unserer Bars mitnehmen dürfen. Für mich tut er es noch."
Navarro stellte die erste Tasse darunter, sogleich fing der Apparat an zu brodeln. Es klang anders als Sanchez Oliveros Espressokocher.

„Okay. – Und wie geht es jetzt weiter?", wollte er wissen und sah dem dampfenden Schauspiel zu.

„Von 21 Uhr bis Mitternacht stehe ich für gewöhnlich an der Tür. Es dürfen ja nur Gecheckte rein. Das sind nicht besonders viel. Um Mitternacht ist Schluss. Morgens um sechs ist die Nacht zu Ende, dann bereite ich die ersten Lieferungen vor. Viel ist es nicht. Das weiß ich auch. Wenn ich danach das Geld einsammle, bin ich meist um zwölf schon fertig. Im Sommer ist das klasse, dann bin ich schnell am *Antoni* und schwimm 'ne Runde. Und weil Sie wieder fragen werden, da seh' ich mehr schöne Mädchen als abends an den Türen."

„Ich meinte eigentlich, nach dem Tod von Señor Aguilar ..."

Navarro hob die Achseln, seufzte und gab dem Inspector die erste Tasse. Sanchez Olivero nippte, war überrascht und schaute auf das Typenschild. BFC. So viel wusste er: Alles andere als billig. Vielleicht sollten sie doch Navarros Kontobewegungen durchchecken, von wegen *mitnehmen dürfen.*

„Der hat doch schon lange nichts mehr mit dem laufenden Geschäft zu tun. Das müssten Sie doch inzwischen wissen. Der hat nur noch manchmal ein paar Kontrollen gemacht und uns bei seinem Rundgang auf die Schulter geklopft. Die Hernandez und sein Büro haben immer alles organisiert. So ein Geschäft läuft auch ohne den Chef. Der hat sich gefreut, dass es etwas abwirft. Davon konnte er gut leben. Und was er in seinem Büro angeleiert hat, haben wir nie erfahren. – Ich befürchte nur, dass wir keine Boni mehr erhalten werden. Denn eines muss man ihm lassen, er war großzügig", er deutete auf die Maschine, „sehen Sie ja. Deshalb bin ich auch schon seit Jahren dabei."

„Was mussten Sie dafür ... organisieren?"

Navarro grinste. Bullen hatten einfach eine saudumme Art zu fragen. *Was mussten Sie dafür organisieren?* Warum fragen die nicht: *Wie viel Koks haben Sie fahren müssen?* Oder: *Was springt für Sie dabei raus?* Selbst so blöde Sprüche wie *Na, da hast du ja bei den Girls freie Wahl gehabt* kamen dauernd.

„Meine Transporte mit verplombten Koffern, die Lebensmitteltransporte vom Großmarkt zu den einzelnen Supermärkten, die im Moment alles andere als super

sind, und die Touren mit den VIPs. Das werd' ich auch in Zukunft tun. Ihren Polizeichef habe ich im Übrigen auch schon durch die Gegend gefahren. – Wollen Sie noch 'nen Kaffee?"
Beide schüttelten den Kopf. Navarro war clean in ihren Augen. Sie wechselten noch ein paar belanglose Sätze, tippten sich synchron an die Stirn und waren eine halbe Minute später wieder unten auf der Straße. Sanchez Olivero ließ Andreu *springen. Viel Spaß!* Dann sah er auf seine Uhr. Der Abend war noch lang. Er sinnierte kurz und sah die Straße entlang. Er würde Pizza kaufen.

10. Oktober, 22 Uhr 20

Er balancierte die beiden Pizzakartons in der einen Hand, während er mit der anderen den Schlüssel ins Schloss schob. Von oben dröhnte wieder einmal der Fernseher der alten Menguez. Für einen Moment hielt er inne und lauschte. Täten dies die anderen im Haus in diesem Moment auch, wüssten sie nun, dass ab morgen jeder um 18 Uhr zu Hause sein musste. *Para llevar* und Außenbewirtung waren dann nur noch zwischen 12 und 17 Uhr erlaubt. Die neuen Entscheidungen des Inselrats kamen nun schon beinahe stündlich und im Endeffekt durften die wenigen Touristen mehr als die Einheimischen. Dann schob er die Tür auf und schaute in die Wohnung. Das Licht brannte, Elenas Schuhe lagen erfreulicherweise wie immer rechts vor der Garderobe und sie saß in einem seiner Pyjamas und die Beine weit von sich gestreckt vor dem Fernseher.

Altes Ehepaar spielend beugte er sich über sie und gab ihr einen Kuss. *Na du?* Die noch warmen Pizzakartons stellte er dabei auf den kleinen Tisch. Ihr Lächeln sah schläfrig, aber nicht beunruhigend aus. Sie glitt mit einer Hand unter seinen Kragen und zog ihn noch mal hinunter. Der Kuss war zu eindeutig, um sich Sorgen zu machen. Er ließ sich neben sie fallen und sah wie sie auf den Bildschirm.

„Was läuft?", fragte Miguel, erstaunt darüber, dass die Kiste an war. Er konnte sich nicht erinnern, wann das in den letzten Wochen mal der Fall gewesen war.

„*La caza. Tramuntana.* – 'ne Wiederholung. Ist wohl schon im Januar gelaufen. Eine Krimireihe, die hier auf Mallorca spielt, ich kenn die Insel ja nicht, aber die zeigen ein paar schöne Bilder. Schau!"

„Port des Canonge." Miguel drehte sich zu dem Bildschirm und erkannte den kleinen Küstenstreifen sofort. „In der Nähe lag unsere Leiche. Vor schöner Kulisse lässt sich's wohl gut morden."

Jetzt lachte er und zog die beiden Schachteln heran.

„Du hast ja sicher noch nichts gehabt, oder?"

Elena schüttelte den Kopf und klappte den Deckel auf.

„Von Gabriela?", fragte sie ohne falschen Ton und prüfte den Inhalt. Miguel grinste, zog seine Jacke aus, die er neben den Tisch warf, und kontrollierte ihren Blick. Alles klar.

„Nein. Von einem Pizzaladen in der *Ramon y Cajal* um die Ecke. Andreu holt da ab und zu sein Mittagessen. Soll gut sein."

Er setzte sich neben Elena, musterte sie ein weiteres Mal und war beruhigt. Dann brach er sich ein Stück aus der anderen Pizza heraus und biss hinein. Währenddessen wurde im Fernseher ein weinendes Mädchen von einer verdammt attraktiven Frau verhört. Vorher hatte genau das Mädchen noch zu einer Freundin gesagt: *Wer wird uns glauben? Wir sind nicht seine Töchter.* Kurz stutzte Miguel und dachte an seinen Fall. Gab es vielleicht in diesem doch Kinder? Mit vollem Mund wedelte er mit dem Stück Pizza in Richtung Fernseher, um von Elena mehr zu erfahren.

„Die hat zusammen mit zwei Freundinnen gesehen, wie ein Mann von einem Maskierten umgebracht worden ist", fing Elena an zu erklären, „Kehle durchgeschnitten. Ziemlich ekelig, wenn du so einen Schnitt nicht selbst machst. Jetzt will die Sara Campos – ich find, die Megan Montaner sieht geil aus – wissen, warum. Wisst ihr das schon bei eurer Leiche?"

Ja, die Schauspielerin sah wirklich gut aus. War Elena gar nicht so unähnlich, befand er. Lange dunkle Haare, in dieser Szene gerade sogar die gleiche Kerbe in der Stirn über der Nase, wenn sie nachdachte, und genauso schöne große Augen. Fast hätte er es gesagt, stattdessen antwortete er:

„Leider nicht. Kann dauern. – Andreu meint, ich sei nicht in Form."

Elena hörte auf zu kauen und schaute ihn nahezu besorgt an. Ihr Gesicht sah hingegen lustig aus. Eingefroren in der Kaubewegung.

„Nicht in Form? Kann ich nicht glauben. Ich kann mich jedenfalls nicht beschweren, aber vielleicht liegt es trotzdem an mir. Ich halte dich ja leider auch in anderer Hinsicht in Trab."

Wieder eine Feststellung, auf die er nicht sofort antworten konnte. Er war tatsächlich nicht in Form. Sonst hätte er doch sicherlich sofort etwas zu entgegnen gewusst? Ihm fiel doch immer was ein. Megan Montaner beobachtend blieb er ein paar Sekunden still.

„Die hättest du auch spielen können", meinte er nur.

„Die? Du bist lustig. Wenn ich nur halb so viel Sex-Appeal hätte, wäre ich froh."

„Ihr Frauen seid euch selbst gegenüber immer zu skeptisch. Du bist doch nun wirklich – sexy."

„Siehst du, das ist es. Sie hat Sex-Appeal und ich bin sexy. Das sind zwei verschiedene Paar Stiefel. Das eine hat was mit Erfahrung, gelebtem Leben zu tun. Also mit Ausstrahlung, Hintergrund und auch Charisma. Das andere ist nur – äußerlich. Das ist mein Problem. Ich sag das doch die ganze Zeit. Ich kann mit den Augen klimpern, schlecht Nein sagen und prima ficken. Das ist alles. Findest du nicht auch?"

Er fühlte sich wirklich überfordert. Gott sei Dank hatte er schon ein großes Stück abgebissen, so konnte er sich dieses Mal eine Antwort überlegen.

„Und ich sage wieder: Du bist in allem besser gewesen als ich. Dein Zeugnis hat für ein Studium gereicht, du bist eine fantastische Virologin und auch Ärztin geworden – alle, die ich kenne, bestätigen das – und ich gebe dir recht, sexy ist für dich untertrieben. Tut mir leid, dass ich das so billig ausgedrückt habe."

Elena hatte bereits die halbe Pizza, wieder nahezu mit Heißhunger, verschlungen, wischte ihre Finger am Deckel der Schachtel etwas sauber und streichelte Miguels Gesicht, bevor sie ihn küsste. *Du bist süß.* Er meinte:

„Und es tut mir leid, was du in deinem Leben hast aushalten müssen, und dass ich dir bisher nicht hab helfen können, weil ich für solche Dinge ungeeignet und nicht ausgebildet bin. Aber ich werde dich begleiten. Und morgen hast du den ersten Termin. Ich hoffe für dich, dass er das besser kann als ich."

Elena stockte kurz in ihrer zärtlichen Bewegung. Doch gleich darauf biss sie wieder erst in seine Lippen und dann in seine Zunge.

„Drück mir die Daumen", flüsterte sie, beugte sich über den Rest ihrer Pizza und tat neugierig. „Habt ihr denn einen Verdacht?"

„Ich fantasiere vielleicht, aber vielleicht ist auch was dran. Auch wenn ich nicht in Form sein sollte, denke ich, hab' ich oft genug den richtigen Riecher gehabt. So auch jetzt. – Hoffe ich."

„Das heißt?"

„Jemand in seinem Umfeld hat ihn nicht leiden können. Vielleicht nicht *mehr* leiden können, weil er oder sie sich von ihm betrogen, übergangen oder belogen vorgekommen ist."

Elena sah ihn mit schmalen Augen fast prüfend an.

„Dann wäre ich auch ein gutes Opfer. Du fühlst dich doch sicher auch – was sagtest du? – betrogen, übergangen und belogen, oder?" Sie schluckte ihren Bissen runter, beugte sich zu ihm und küsste ihn auf die Wange. „Kannst du mich noch leiden?"

„Und ich sage es noch mal: Ich möchte dich gerne langfristig aushalten. – Nur manchmal habe ich das Gefühl, dass du diejenige bist, die darin unsicher ist."

Elena schüttelte wie ein kleines Kind den Kopf, knabberte das nächste Stück von der Pizza herunter und kaute es übertrieben hingebungsvoll.

„Isst du den ganzen Tag etwa nichts?", staunte Miguel und schaute auf seine mehr als halbe Pizza im Karton und sie schüttelte immer noch den Kopf.

„Keine Zeit. Die Station ist voll und wir zu wenig, weil nach dem Lockdown endlich ein paar in Urlaub konnten. Aber in den Gängen türmen sich bereits wieder Berge von Windeln und dreckiger Bettwäsche. Von all den Sachen haben wir auch nicht genug. Das könnte bereits morgen kritisch werden. Auch *der* Teil des Lebens ist grausam und heißt Realität."

11. Oktober, 6 Uhr 10

Sie war zu ihm hinübergekrochen und kuschelte sich nun an seinen Körper, eine Hand krabbelnd unter seinem Schlafshirt auf Erkundungstour. Obwohl sofort wach, gab er sich, als würde er erst jetzt langsam aufwachen, ohne Eile dieser Zärtlichkeit hin. Es würde alles gut werden, davon war er überzeugt. Irgendwie musste er es schaffen, ihr ab heute nach ihrem Termin häufiger beistehen zu können. Notfalls müssten die Kollegen auch mal ohne ihn auskommen. Nach einer gefühlt halben Ewigkeit hatte er seinen Arm endlich unter ihr durchgeschoben und mit der Hand ihren Po unter ihrem Slip erreicht. *Wie aus feinem Porzellan*, schoss ihm wie vor Wochen durch den Kopf.

„Wie schön", murmelte er, drängte sich etwas mehr an sie und Elena grunzte. Gleichzeitig zog sie ihr Shirt und seines hoch und er fühlte ihre Brustspitzen auf seiner nackten Haut. Er zog sie etwas auf sich, seine Shorts runter und sie hob den Kopf und schielte auf die Uhr.

„Scheiße, ich muss bald los. Drei Minuten gehen aber noch. Reicht nur nicht für die schönen Momente im Leben. Aber wann gibt's die schon … Elena Montaner würde zwar jetzt gerne, aber …"
Miguel grinste und ging trotzdem weiter auf Elenas Po spazieren.

„Ach, die Montaner. Das ist doch eine Schauspielerin. Dann doch lieber das wahre Leben."
Seine Finger kamen nicht weiter voran und blieben zwischen ihr und ihm stecken.

„Das kriegen wir jetzt leider nicht mehr hin. Aber vielleicht …"

„Ab heute muss jeder um 20 Uhr zu Hause sein." Es sollte nach einem Trost klingen.

„Wovon träumst du?", erwiderte sie mit einem gequälten Lächeln, das er in der Dunkelheit nicht sehen konnte. „Leider wird das auch nicht viel bringen. Egal, was die beschließen, ein paar Tage geht's vielleicht besser und dann stehen die Gänge doch schon wieder mit neuen Fällen voll. Und wie vor Wochen gibt es keinen Tag ohne einen Todesfall. – Die Kurve geht im Grunde nur immer weiter rauf."
Miguel atmete tief durch. Jeden Tag meldeten die Zeitungen und Nachrichten ohne Erbarmen neue kritische Entwicklungen. Höchststände sogar. Und mit diesen waren sie nicht allein. Europa lag auf Station – in vielerlei Hinsicht und war voller Nörgler und stümperhafter Besserwisser. Derweil gingen Medikamente und Gerätschaften für die Intensivversorgung zur Neige. Aber Krankheiten waren wie seine Verbrechen. Es gab kaum Mittel dagegen, nur immer wieder in Einzelfällen, und er und seine Kollegen waren deshalb nicht arbeitslos und die Gefängnisse nicht leer. Hatte er nicht Andreu etwas von einem Drehbuch erzählt?

„Sie sollten endlich mal vierzehn Tage zumachen. Abschließen. Keiner darf raus. Außer Ärzten und ein paar anderen. Wir wären wahrscheinlich auch dabei. Aber ansonsten alles zu. Statt Touristen reinzulassen. Die sehen ja nicht, was hier los ist. Wird ja alles versteckt. – Würde mich wundern, wenn dichtmachen nicht besser wäre. Kostet wahrscheinlich genauso viel wie dieses ganze Hin und Her. Vielleicht auch weniger. Sicher aber gäbe es weniger Tote."
Elena brummte irgendwas und er spürte ihre zuckende Schulter. Ihre Hand beendete den Erkundungsgang und blieb auf seinem Bauch liegen, während seine ein Stück an ihrer Seite hochwanderte. Wieder brummte sie etwas und ihre Stimme klang wie ein Ächzen.

„Wenn ich den heutigen Tag überstehe, habe ich gewonnen", stellte Elena plötzlich ganz sachlich fest. Miguel hielt die Luft an, dann meinte er:
„Du hast schon deshalb gewonnen, weil du ihn beginnst."
Elena atmete tief ein und schnaufte. Rollte auf den Rücken zurück und schob sich zum Kopfende hoch. Leise erwiderte sie:
„Ich hab' Angst. – Angst vor mir selbst. – Das ist es. Und je mehr ich daran denke, macht mir genau das noch mehr Angst."
Ihre Stimme zitterte. Miguel schob sich auch ans Kopfende und seufzte. Dann zog er seinen Arm wieder zurück. Ihr Slip und seiner hingen halb auf den Oberschenkeln. Irgendwie skurril. Er drehte sich zu ihr und nahm sie nochmals in den Arm.
„Ich freue mich auf heute Abend." Es sollte eine Ermutigung sein. Ihr leichtes Nicken schien es trotz ihrer spürbaren Nervosität zu bestätigen. „Und heute Nachmittag gehst du mit diesem Termin einen wichtigen Schritt weiter für dich selbst."
Elena sah ihn an und räusperte sich. Ihr Gesicht zuckte. Anstatt, wie sonst fast jeden Morgen üblich, über ihn zu krabbeln und aufzustehen, stieß sie das Leintuch über ihren Beinen vollends nach unten, zog ihren Slip wieder hoch und stand auf ihrer Seite auf. Etwas breitbeinig und unschlüssig wirkend stand sie da, strich sich mit einer Hand die Haare aus dem Gesicht und Miguel beugte sich zu ihr rüber und drückte einen Kuss auf ihren Bauch. Elena allerdings wich mit einem viel zu ernsten Gesicht zurück und meinte leise:
„Ich sollte jetzt …"

11. Oktober, 9 Uhr 15

Zu viert standen sie wieder vor der Glaswand. Sanchez Olivero, Andreu, Enrique und Ivan. Ricardo war nicht dabei. Ich kümmere mich lieber um das stille Personal. Alle hatten sie einen Pappbecher mit Kaffee in der Hand, alle tranken sie synchron einen Schluck und alle sinnierten vielleicht über die letzte Nacht, aber wahrscheinlich auch über die nächsten Schritte in diesem Fall. Sanchez Olivero schaute mit verzogenem Gesicht in seinen Becher und stellte ihn auf einem der Schreibtische ab. Aus was wurde dieses Gesöff gemacht? Hundekötel? Auf jeden Fall schüttelte es ihn. Dann sah er auf sein Handy. Eine Nachricht war eingegangen. Die Erinnerung an Elenas Termin am Nachmittag. Schnell schrieb er eine Nachricht an sie. Ich denk an dich. Viel Glück heute Nachmittag. Er sah einem Mini-Briefumschlag dabei zu, wie er nach rechts aus dem kleinen Bildschirm flog und zeigte, dass er auf dem Weg zu ihr war. Wieder konzentrierter sah er auf.

„Also, Enrique interviewt die Gabor und die Lopez und Ivan Aguilars Sekretärin, Chiara Romero. Ich geh davon aus, dass sie so eine Art Terminkalender hat. Entweder sie druckt ihn dir aus oder …, aber das brauche ich dir nicht zu erzählen. – Andreu und ich kümmern uns um das, was Navarro uns erzählt hat, und schauen uns auf dem Gelände um. Machen wir eine Zeit aus. Sagen wir, gegen 15 Uhr wieder hier. Also auf! Und viel Erfolg!"
Sanchez Olivero klatschte aufmunternd in die Hände. Alle nickten sich zu, jeder suchte seine Sachen zusammen und der Inspektor wartete einen Augenblick, bis Ivan und Enrique losgezogen waren. Sofort meinte er zu Andreu:

„Bevor wir uns auf den Weg machen, brauche ich dich noch als …" Seine Stirn war in Falten. Er überlegte eine halbe Sekunde. „… Begleitschutz. Ich muss jemandem vorher noch unbedingt Danke sagen."
Andreu nickte wissend und deutete auf das große Pflaster an Miguels Kopf, das seit heute Morgen den Verband abgelöst hatte. Der Inspector nickte nur, schlug ihm auf die Schulter und zupfte noch mal das Handy heraus. Aber dieses Mal sah er keine neue Nachricht und seine hatte sie noch nicht gelesen. Im Krankenhaus ging es bestimmt wieder drunter und drüber, die letzten Nachrichten versprachen immer noch keine Besserung. Hoffentlich konnte sie heute Abend Feierabend machen.

Keine Viertelstunde später gingen sie über die Brücke zum *Bianco* hinüber. Niemand saß davor und hineinzugehen war ohnehin seit heute Morgen verboten. *Para llevar* fand zudem in Einzelabfertigung statt. Einträglich konnte es nicht sein und einige Bars waren auf so etwas nicht eingerichtet. Die Cocktail-Bar *Atlántico*, gemütlich und originell und eine der In-Kneipen in der Altstadt, würde jedenfalls nicht mehr öffnen, hieß es im selben Zusammenhang und Miguel setzte ein *können* dahinter und hatte die Meldung Andreu gezeigt. Der verzog das Gesicht und seufzte nur.

„Schon wieder eine, wenn das Virus dann mal endlich tot ist, brauchen wir keine Ausgangssperre mehr. Das ist jetzt schon die siebte oder achte Bar in den letzten Tagen. Scheiße! Wo geht man dann noch hin? Ich war zwar nicht oft drin. Aber schade um die Kleine hinter der Theke." Er legte den Kopf schief und zog anerkennend die Brauen hoch. „Die könnte so was wie meine Gabriela sein. Ein hübsches Ding mit roten Haaren und frecher Schnauze."

Sanchez Olivero nickte, als wüsste er, um wen es sich drehte und meinte:

„Die lieben Kollegen haben dafür heute Nacht auf der *Plaza de España* für Ruhe sorgen müssen, weil eine Hundertschaft Querulanten aufgemuckt hat. Die Besitzer der Bars sollten sich mal bei denen bedanken."
Wie sollte Alomar unter solchen Voraussetzungen mit seinem Café, das bei Tageslicht wie ein chaotischer Trödelladen aussah und nachts einem Museum glich, auch überleben? Es war auf eine solche Krise nicht eingerichtet und von den paar Tagen im Sommer mit Betrieb konnte keiner leben. Und Cocktails in Plastikbechern auf einer lauten Straße wollte keiner. So würde die Krise wahrscheinlich noch viele ihre Existenz kosten. War das *Bianco* eines der nächsten?

Gabriela lehnte sich mit einer Tasse an den Eingang und hatte ihn schon drüben nach Überqueren des *Passeig de Mallorca* erkannt. Sie löste sich ein wenig von dem Rahmen und biss sich auf die Unterlippe. *Heute mit Aufpasser*, dachte sie, schmunzelte und spürte gleichzeitig eine Träne laufen. Schniefend wischte sie die ab. *Wenn du denkst ...*, war das Zweite, was ihr durch den Kopf ging. Eine halbe Minute später stand er vor ihr und schaute beschämt auf die Steinplatten vor sich. Egal! Sie beugte sich vor, nahm sein Gesicht in beide Hände und ihr Gesicht verriet ihre Freude. Und ihr Kuss bewies wiederum diese. Scheißegal, dass er einen Aufpasser dabei hatte.

„Mein Gott, bin ich froh, dass es dir gut geht", kam glucksend aus ihr heraus, „kommt rein. Ich mach euch einen Kaffee. Ihr dürft das. Ihr seid Polizisten." Dann zu Andreu gewendet: „Ich bin diejenige, die ihn gefunden hat. Da drüben am Automaten haben sie zugeschlagen. Wenn ich daran denke, höre ich noch den Schlag. So

eine Scheiße! Und wie das geblutet hat. Als ich ihn dann dort hab' liegen sehen und rüber gerannt bin, dachte ich, er sei tot. Alles war voller Blut und er mucksmäuschenstill. ¡Hombre! Du glaubst nicht, wie ich mich freue.
– Kommt verdammt noch mal endlich rein. Es gibt sicher viel zu erzählen. Und ich quassel ja schon wieder wie ein Wasserfall. Du musst wissen, ich lass ihn nie zu Wort kommen."
Ihr Wasserfall war auch in den nächsten Minuten kaum zu stoppen. Andreu amüsierte sich und Miguel musterte sie betreten und ärgerte sich, nicht allein zu sein. Gabriela hingegen hatte Andreus Rolle verstanden und blieb nun auf Abstand. Erzählte, dass sie wohl zumindest in der nächsten Woche wieder zu Hause bleiben müsste und sie hoffte, der Ministerpräsident hätte nicht gelogen, als er meinte, die Löhne würden weiterbezahlt. Sie bräuchte ja das Geld und könnte dann höchstens – sie lachte Miguel dabei verschmitzt an – Elena im Krankenhaus helfen, Windeln zu wechseln, und wurde gleich darauf wieder ernst und meinte „Was für ein Scheiß! Das sind echt alles arme Schweine. Und ich steh hier den ganzen Tag rum und dreh Däumchen. Ich mach euch noch 'nen Kaffee", während Andreu Gabriela die ganze Zeit beinahe überwältigt von oben bis unten ansah und Miguel immer wieder anstieß, wenn sie nicht schaute. *Könnte es sein, dass sie ein wenig in dich verknallt ist.* Miguel antwortete nur mit einem Stöhnen.

Gabriela war schon mit den nächsten Kaffees auf dem Weg zu ihnen und sah Andreu feixen. *Ich weiß, was du denkst,* schoss ihr durch den Kopf, *und du hast verdammt noch mal recht. Aber leider komme ich immer zu spät.* Sie stellte die Tassen vor ihnen ab und konnte einen Kuss in Miguels Stoppelhaare gerade noch vermeiden.

Nach einer halben Stunde waren sie dann auf dem Weg nach Palmanyola.

„Echt!", fing Andreu wieder an, „man könnte glatt glauben, dass sie gerne auch dein restliches Leben retten wollte. – Kennst du sie schon lang? Ich muss zugeben, dass ich noch nie bei ihr einen Kaffee getrunken habe. Der ist aber wirklich gut. Du weißt ja, ich geh entweder zu Toni oder in die *Ramon y Cajal*."
Mit einem amüsiert klingenden Seufzer dachte Miguel daran, dass sein restliches Leben vielleicht krisenfreier verlaufen würde, aber wer wusste das schon so genau, und daran, was er unlängst geträumt hatte.

Ja, Gabriela, warum nicht? – Einerseits.

Nein, Elena brauchte seine Hilfe – Andererseits.

Und mit ihr war es auch etwas anderes. – Oder nicht? Immer noch lächelnd erwiderte er:

„Eigentlich schon ein paar Jahre. – Aber es hat sich erst in letzter Zeit ergeben, dass ich öfter ... ins *Bianco* gegangen bin." Ein *zu ihr* vermied er. Es wäre wahrscheinlich verräterisch gewesen und manchmal war Andreu ein Waschweib. So fügte er noch schnell hinzu: „Toni quatscht mir manchmal zu viel und der Kaffee bei ihr ist tatsächlich besser."
Andreu grinste ihn an. Miguels Versuch, es plausibel zu erklären, war in seinen Augen fehlgeschlagen.

„Nicht nur der Kaffee – würde ich sagen, oder?", gab er zurück und machte mit seinen Händen eine eindeutige Beschreibung von Gabrielas Figur. Als Antwort erhielt er einen tadelnden Blick und ein Kopfschütteln und Miguel dachte: *Wie recht du hast.* Prompt hatte er ein schlechtes Gewissen.

Minuten später bogen sie nach Palmanyola ab.

11. Oktober, 11 Uhr 20

Alleskönner Navarro war unterwegs. *Er macht die Geldtransporte jetzt allein, wissen Sie. Durch das Virus ist so gut wie nichts los.* So wie er es uns erzählt hat, dachten die beiden. Dafür zeigte man ihnen sehr bereitwillig, ja fast schon übertrieben freundlich den Fuhrpark und die Garagen. Allerdings tat dies nicht, wie erwartet, jemand, den sie wie die Lopez auf ihrer Liste hatten. *Carmen kommt später, vielleicht am Nachmittag.* Sie sahen sich beide nur kurz und wortlos an, fragten nicht nach und deuteten stattdessen auf die eine oder andere Gegebenheit in der auffallend aufgeräumten Fahrzeughalle. Der Inspector tat, als notiere er Nebensächlichkeiten und zeichnete in Wahrheit eine Skizze. Sobald ihre Begleitung sie allein lassen würde, würde er ein paar Fotos machen. In seinen Augen stand genug komisches Zeugs herum. Was hatten große Ölfässer mit Geldtransporten zu tun oder große Werkzeugkisten, immerhin acht, zum Beispiel mit Personenschutz? Beiläufig öffnete er eine der Kisten. Der Inhalt sah in seinen Augen kaum benutzt aus.

Andreu deutete nach oben. Zumindest über jeder Einfahrt eine Video-Kamera. Sanchez Olivero nickte, wiegte den Kopf hin und her und schüttelte dann doch wieder den Kopf.

„Bringt nichts. Zumindest nicht heute. Dann verständigen die sicher sofort jemand, der vielleicht bessere Aufnahmen hat, und die er dann löscht. – Aber wir werden es ansprechen und die Reaktion abwarten."

„Aber vielleicht gibt es bei den Supermärkten ein paar öffentliche und die könnten uns weiterhelfen."

„Ihr guckt zu viel Fernsehen. Es gibt zwar dumme Verbrecher, aber Aguilar wäre längst aufgeflogen."

Wieder auf dem Hof erwartete sie ein ungewöhnlich heißer Wind, ein unvermutet lautes Konzert von Zikaden, das es mühelos schaffte den Autoverkehr auf der *Ma-11* zu übertönen und im Bürogebäude Fassungslosigkeit, als sie einige Details über die Todesursache schilderten. Man war wohl von einem Unfall ausgegangen – oder konnte gut schauspielern. Ohne Zögern erhielten sie verschiedene Papiere, unter anderem die Personalliste.

„Dann werden Sie sich wohl nach einem Nachfolger umsehen müssen oder wer führt die Geschäfte nun weiter?", fragte Sanchez Olivero mit einem gewissen Erstaunen über das bereitwillige Verhalten und erntete eine genauso überraschende Antwort:

„Señor Aguilar hat sich um die laufenden Geschäfte kaum noch gekümmert. Er kam einmal in der Woche und ließ sich Bericht erstatten. Alle Termine, Aufgaben und Instruktionen kamen aus seinem Büro. – Die meisten Sachen waren von ihm unterschrieben oder per Telefon durchgegeben worden. Aber es hat sich selten etwas Neues ergeben. Alles alltägliche Routine."
Sie nickten sich an. Man schien sich abgesprochen zu haben. Es war fast derselbe Wortlaut, den Navarro von sich gelassen hatte. Freundlich verzogen sie das Gesicht und dankten. Draußen kontrollierte Sanchez Olivero die Situation und meinte dann:

„Was ist das denn für ein Laden? Stehen die alle unter Drogen? Stell dir vor, unser Chef, Pelleter, wäre umgebracht worden, da wäre ein Tag nach seinem Tod aber Funkstille bei uns, oder? Ich kann dir nur sagen, so viel Freundlichkeit vertrage ich nicht. Und wenn alles sich wie abgequatscht anhört, auch nicht." Er machte einen Schritt und drehte sich wieder um: „Und nicht eine Träne", meinte er und wischte mit einer Hand vor seinem Gesicht hin und her, „wir gehen nachher noch mal rein. Navarro ist nicht da, okay, der macht seine Arbeit. Wenn's stimmt. Aber auch nicht die Lopez oder die Hernandez. Und was hat er gesagt? *Die Hernandez und sein Büro haben immer alles organisiert.* Die ist Buchhalterin, was die an geschäftlichen Abläufen zu organisieren hat, interessiert mich nun doch. Vor allem, was heißt das, alle Termine, Aufgaben und Instruktionen kamen aus seinem Büro?"

„Komische Sache. Wir sollten sie alle auf die Liste der Verdächtigen setzen. Vielleicht arbeitet die Hernandez in diesem ... Büro. Also bei ihm zu Hause. Wer weiß, welche Aufgaben sie sonst noch ..." Andreu grinste wieder genauso frech wie im Bianco. „... in seinem Harem hat. Die Gabor ist seine Hauptfrau und die Hernandez eine seiner Favoritinnen. Und jetzt beseitigt sie ihre Spuren. – Die anderen ... Frauen hier sehen ja auch nicht so schlecht aus."

Der Inspector verzog das Gesicht, zeigte ihm einen Vogel und erwiderte lediglich:

„Ich bin gespannt, was Ivan und Enrique an Informationen mitbringen."

„Alle Aufgaben und Instruktionen. Okay, klingt wirklich eigenartig." Mit einem Mal war Andreu nachdenklich. „Man kann es auch so sehen, auf diese Weise könnte man allerlei an ihm vorbei ... transportieren, oder? So selten, wie er da war, kann er ja nicht besonders viel mitbekommen. – Das Büro entscheidet. Wer auch immer das in diesem Moment ist. – Mich würde wirklich brennend interessieren, wer hier tatsächlich die Nachfolge antritt und etwas von seinem Tod hat. Und ... wer sich in so einem Fall Büro nennen darf. – Vielleicht steckt doch ein Netzwerk dahinter. – Oder gibt es irgendwelche Erben?"

Sanchez Olivero zuckte nur mit der Schulter. Ihm fiel ein Spruch von Inés ein, was das Gerede der Leute hier auf der Insel betraf. Damals ging es um ihre Beziehung. *Was hinter den Mauern des eigenen Hauses geschieht, geht keinen etwas an. Egal, was dort auch passiert.* Egal, was geredet, vermutet oder getuschelt wurde. Für die anderen gab es für jede Situation nur nicken, lächeln, schweigen. Auch jetzt. Egal wie freundlich und entgegenkommend sie auch waren. Eine wahre Hilfe war damit nicht verbunden. Inés hatte recht gehabt.

Sanchez Olivero schaute sich um. Sie waren allein und gingen nochmals durch die Garagen und inspizierten sie als möglichen Tatort. Stimmten Ricardos Angaben, was die Höhe von Treppenstufen anbetraf, war eine der drei Treppen in dieser Garage mit drei Scheddächern, die dadurch eher eine Halle war, vielleicht sogar der Tatort. Diese führte auf ein betoniertes Podest, von dem die Lieferwagen ohne Schwierigkeiten abgeladen werden konnten. Ricardo musste doch kommen, sich umsehen und die Details überprüfen. Es gab genug verräterische Flecken auf dem Boden. Andreu öffnete eines der Ölfässer und leuchtete mit seiner Taschenlampen-App hinein.

„Leer", stellte er fest und klopfte gegen das nächste Fass. Auch das klang ausgesprochen hohl. Ebenso das dritte und vierte.

„Echt seltsam, oder?"

Sanchez Olivero sah ihm dabei zu, wie er nun auch in die Werkzeugkisten schaute. In keinem schien etwas zu liegen, was häufiger gebraucht worden war.

„Zwischengelagert?" Andreu sah Miguel fragend an. Wieder nur ein Schulterzucken als Antwort von ihm. Eine spontane Erklärung fiel ihm gerade nicht ein, vielleicht gab es auch keine in diesem Zusammenhang.

Hoffentlich war das Ganze nicht komplizierter und zeitraubender, als er dachte. Er glaubte, nein, befürchtete, dafür keine Zeit zu haben. Zu Hause galt es, sich zu kümmern. Um Elena. Um das mit ihnen. Um das, was Zukunft sein könnte. Er schnaufte, wie so oft in letzter Zeit, nahm die vorher ausgedruckte Personalliste und überflog sie ein weiteres Mal. Es gab keine Überraschungen. Die Namen waren dieselben wie auf der, die sie mitgebracht hatten.

„Für die Anweisungen kommt ja nur die Romero infrage", überlegte er laut, auch um sich abzulenken, checkte in Gedanken die Personalliste durch und sah Andreu zu. Er hatte alle Fässer und Werkzeugkisten inspiziert und machte sich nun an diverse Kartons, deren Inhalte wohl auch keinen Verdacht erregten und dadurch aber erst recht verdächtig wurden. Mit einem weiteren Blick nach oben zeigte er auf die Kameras an den Seitenwänden, derweil meinte Miguel:

„Sie ist die Sekretärin und gibt somit alles weiter. Mit einer möglichen Erbschaft hat sie nichts zu tun, behaupte ich. Wie auch? Vielleicht sollten wir uns doch mal darum kümmern, was er an Verwandtschaft hat. Da gibt es sicher einen dunklen Fleck. – Unglückliche Liebschaften gibt es ja überall."

Andreu sah weiterhin zu den Kameras und sinnierte über Miguels Aussage. Dann schaute er zur Seite, als würde er etwas abmessen und grinste dabei in sich hinein. *Unglückliche Liebschaften. Deine wirst du mit diesem Fall jedenfalls nicht lösen können.* Wieder mit Blick in Sanchez Oliveros Gesicht:

„Und ich bleib dabei: Es könnte aber auch ein Geschäftspartner sein, von dem wir noch nichts wissen. Das Geschäftsmodell ist unter Umständen komplizierter, als wir denken."

Er deutete auf die Fässer, Werkzeugkisten, Kartons und trotzig auf die Kameras und fügte hinzu:

„Du musst zugeben, dieses Sammelsurium passt irgendwie nicht zu deren Angeboten, die wir kennen. Wer weiß, womit die hier handeln oder gehandelt haben. Lass uns nachschauen, was die hier so verladen."

„Okay. Das mit den Kameras machen wir. Hat ja genügend von denen. Aber nicht jetzt. Wir sollten keine schlafenden Hunde wecken. Sollte was dran sein, sind Beweise schneller weg, als uns lieb sein kann. – Du und dein Netzwerk."

Sein Ton war ungewollt scharf. Wieder schüttelte er den Kopf und fügte sogleich hinzu:

„Entschuldige, ich hab's nicht so gemeint. Wahrscheinlich stelle ich es mir zu einfach vor."

Sanchez Olivero schnaubte über sich selbst unzufrieden und fuhr mit seinen Fingern an seinem Haardreieck entlang. Andreu sah ihn an und befand, *Kompliziertes kannst du gerade wirklich nicht gebrauchen*, meinte aber dann lediglich:

„Einfach kann doch jeder."

„Einfach hätten wir uns verdient."

Dann zog der Inspector sein Handy heraus, um ein paar Fotos der Adressaufkleber auf den Kartons zu machen. Vielleicht gab es über die Adressen etwas zu finden. So sagten sie ihm nichts. *Hermanos Orgullo, ceramicas, sociedad colectiva.* Aber alles andere als Keramiken war in den Pappkartons zu finden. Gleichzeitig kontrollierte er, ob von Elena eine Nachricht eingegangen war. Nichts. Er schaute auf seine Uhr. In nicht mal einenhalb Stunden war ihr Termin und er inzwischen vermutlich nervöser als sie.

11. Oktober, 14 Uhr 20

Im Fahrstuhl war sie allein. Sofort spürte sie ihren flatternden Puls, mit einem Räuspern versuchte sie ihr nahezu hechelndes Atmen zu beruhigen und begann deshalb mit sich selbst zu sprechen. *Wird sicher nicht so schlimm. Du kannst es jederzeit beenden.* Ihr Zeigefinger schwebte einige Momente zitternd über der Taste, ohne sie zu drücken. Rumpelnd schloss sich derweil die Tür neben ihr. Dazu passend flackerte kurz die Innenbeleuchtung. Ihr Blick rutschte von der Taste auf das Schild unter dem Paneel. Die Wartung war laut dem Aufkleber darauf seit drei Monaten überfällig. Das Virus hatte inzwischen auch den Service erreicht. Der zitternde Finger hämmerte vibrierend auf die Taste. Einem Knall gleich setzte sich die Kabine in Bewegung. Die Fahrt nach oben ging genauso rumpelnd vonstatten. Als könne sie durch die Decke schauend den Grund dafür erkennen, schaute sie hoch, dann zu dem Spalt zwischen den Türflügeln. Das nächste Stockwerk glitt vorbei und ihr Selbstgespräch wurde zu einem Fluch. *Was bist du nur für eine Hure? Du dämliches Stück Fleisch!* Sie stieß ein röchelndes Grunzen vor, stampfte auf und griff unter ihr Kleid zwischen die Beine. Mit ein paar schnellen Bewegungen zog sie den Slip aus und stopfte ihn in ihre Tasche. Sofort liefen die Tränen und ein Ekel schüttelte ihren Körper durch. *Du bist so blöd! Drück endlich die Stopptaste!* Dann würde alles wieder gut werden. Im nächsten Stockwerk könnte sie aussteigen und nach Hause gehen. Sie wusste doch, was sie da oben erwarten und mit ihr geschehen würde. Doch ihre längst kaputte Seele grinste nur ihr wundes Herz an. Dieser Scheißschalter war längst umgelegt und im Kalender zum Termin beim Psychiater geworden. Zu einer

Lüge, die die letzten Tage schon infiziert hatte. Sie lehnte sich gegen die Kabinenwand und sah sich gegenüber in den spiegelnden Paneelen. Sie hatte dunkle Ringe um die Augen. Der da oben würde sich gleich wieder hinter seiner üblichen Maske voller Ausreden verstecken. *Hättest ja nicht kommen müssen.* Und sie hatte keine. Keine einzige Ausrede. Sie rollte die Lippen nach ihnen und kniff sie fest zusammen. So erkannte sie sich nicht mehr im Spiegel. Ohnehin erkannte sie sich nicht. Bevor sie im Krankenhaus losgegangen war, *Ich muss dann mal los,* und Teresa sie in den Arm nahm und meinte, *Viel Glück,* war sie zwei Stock tiefer auf eine Toilette gegangen, hustete, spuckte und kotzte. Alles raus. Miguel hatte sie heute Morgen im Glauben gelassen, gut geschlafen zu haben. Aber die halbe Nacht hatte sie auf dem Sofa gesessen und vor sich hin gestarrt. Gegessen hatte sie den ganzen Tag auch noch nichts. Nur weiß Gott wie viele Kaffees getrunken. Sie streckte die Arme aus. Die Hände zitterten und sie schimpfte: *Dreh um!* Einfach an der nächsten Etage aussteigen und umdrehen. Sie stampfte auf und fauchte ihr Spiegelbild an: *Verdammt noch mal, drück den scheiß Knopf und dreh um!* Und sie wusste sofort, es wäre das Schwierigste, was sie tun könnte. Längst hatte sie angefangen zu weinen. *Heuchlerin,* schimpfte sie über sich selbst. Noch drei Stockwerke. Sie war dabei, sich alles zu nehmen. Freiheit, Atem, Zukunft. Sie nahm es sich nicht, sondern warf alles fort. Und jetzt tat sie so, als kämpfe sie gegen eine Traurigkeit. *Schauspielerin.* Zwei Stockwerke. Sie zuppelte ihr Handy aus der Tasche und las Miguels letzte Nachricht. *Sorry, wenn ich nicht auf deine Nachrichten antworten kann,* dachte sie und schrieb kein Wort. *Im Moment habe ich keine Worte für den Scheiß, den ich tue. Nicht eines. Ich werde es dir nie erklären können. Dir nicht und auch nicht dem, zu dem ich gerade* nicht *gehe.* Ohne weiteren Halt öffnete sich im sechsten Stock die Schiebetür. Tief Luft holend stieg sie aus, besann sich einen Moment und ging auf die Tür seines Büros zu. Er würde allein sein. Nur morgens war eine Sekretärin da, die die wichtigsten Schreibarbeiten erledigte. Eine junge, nicht besonders attraktive Mutter, die nachmittags ihre kleinen Kinder betreuen musste. Ihr Mann war angeblich wochenlang unterwegs. Auf Montage. Was gab es für mallorquinische Firmen in diesen Zeiten in der Welt zu montieren, fragte sie sich. Höchstens in anderen Betten. Es war nicht ihr Problem. Mit einem Papiertaschentuch tupfte sie sich die Augen trocken und öffnete die Tür. Ohne ein zweifelndes Zögern. Vehement entschlossen. Auf diese fürchterlich eigentümliche Weise erregt. An dem ansonsten leeren Schreibtisch – dekoriert mit den ganzen Souvenirs eines Lebens – der wahrscheinlich ständig betrogenen Sekretärin vorbei, ging sie durch die nächste Tür, schaute nur kurz zu ihm hinüber und betrat das dritte Büro, das nun als Besprechungszimmer genutzt wurde. *Dafür* bestens geeignet. War es doch mit kalten schmucklosen Möbeln eingerichtet. Sie passten zu dem, was gleich folgen würde. An den Wänden aussagelose Bilder irgendwelcher moderner Künstler. Formlose rotblaue Farbexplosionen. Nichts lenkte von den Themen ab, die ansonsten hier besprochen werden mussten. Schuldenstundungen, neue Verantwortlichkeiten, seitenlange Verträge. Sie ging an dem riesigen Tisch vorbei, stellte auf einem der Thonet-Freischwinger ihre Tasche ab und hängte über den nächsten die dünne Jacke. Mit nichts außer ihrem gelben Sommerkleid mit schwarzen Punkten und den High Heels ging sie zu einem der Fenster, schob die Lamellen auseinander und schaute auf den *Parque Ses Veles* mit seinen großen Bäumen. Gegenüber die Adresse, wo sie angeblich in spätestens zehn Minuten erwartet werden würde. Die Lüge, die alles zerstören könnte. Auf dem Spielplatz davor eine ganze Horde kleiner Kinder, die ihren Spaß hatten, so wie sie früher, als ihr Papa noch lebte und er ihr Geschichten erzählte. *Haben wir nicht Glück? Wir haben dich, wir haben uns, wir haben die ganze Welt. Wir brauchen nur hin und wieder ein Aua und jemanden, der tröstet, damit das Glück und die Welt wieder in Ordnung sind.* Dann klebte er ein Pflaster auf die Wunde und streichelte das schmerzende Knie, den Ellenbogen oder den Kopf. So endete jede Geschichte. So entstand Glück. Ihres schon lang nicht mehr. Auf den Bänken um die Platzmitte herum ein paar Frauen. Einzeln mit Abstand auf diesen verteilt. In Tratsch und Handarbeiten vertieft. Und gegenüber, am anderen Ende des Platzes, spielten ein paar Männer Boule. Trotz der eingehaltenen Distanz zueinander wegen des Virus ein auffällig kitschiges Bild, dachte sie und war sich nicht sicher, ob es nicht doch normal war. Jung und Alt waren sauber voneinander getrennt. Sie verschränkte die Arme und lauschte. Von nebenan kam kein anderer Laut als raschelndes Papier. Momente später klingelte das Telefon. Ein unangenehmer Ton, der nach dem dritten Mal verstummte. Nun hörte sie seine Stimme. Leise, ruhig, konzentriert. Kein relativierendes Lachen. Keinen tröstenden Aufschub. Nur wenige Worte, die sein aufmerksames Zuhören bewiesen. Eine Sanftheit, die sie sonst von ihm nicht kannte. Beruhigend für den am anderen Ende. Nach einigen Minuten war ein Termin gefunden und er legte auf und das Rascheln begann von vorne. Kurz dachte sie daran, dass er sich nun mit einer anderen Frau verabredet hatte. Einer, die normal war und ihm auch Gefühle schenken konnte. Mit echten Zärtlichkeiten in einem weichen Bett. In diesem Moment kam ein kurzes Ping aus ihrer Handtasche. Das Handy signalisierte den gelogenen Termin, den sie als Eintrag Miguel gezeigt hatte. Die Kinder unten spielten derweil Fangen, mit großem Gekreische, das ungedämpft nach oben schallte. Sie war erstaunt, wie wenig sie im Vergleich dazu vom Autoverkehr mitbekam und verfolgte die zumeist langsam fahrenden Fahrzeuge und sah anschließend wieder in den Park. Ein paar Girlanden aus Papier waren zwischen den Bäumen gespannt. So wie damals an ihrem vierten Geburtstag, als ihr Papa noch lebte und ihr eine der vielen langen, gleichzeitig lustigen und abenteuerlichen Geschichten erzählte. Nahezu fünfundzwanzig Jahre war das nun her. Auch diese, seine lustigen, abenteuerlichen und vor allem Tränen trocknenden Geschichten gab es nicht mehr. Nur noch welche, die nichts erklärten, die nichts zu berichten wussten, die nichts mehr ins Lot bringen konnten. Die Geschichten, die danach kamen, beinhalteten am Ende eine andere Pointe, die sie erst viel zu spät verstanden hatte. Lügen, die zu einer Wahrheit wurden. Da aber war sie in dieser schon die Protagonistin, die Gefangene, die Verurteilte. Denn alle endeten mit der jetzt gleich erfolgenden Bestrafung. So selbstverständlich wie die alten mit Glück und Trost. Genau das, das Glück, wurde, nein, musste seitdem gezüchtigt werden, da sie sonst nicht sicher war, Glück zu spüren, zu haben, zu bekommen. Glück gab es ohne einen solchen Akt nicht. *Glück ist der Trost über den Schmerz. All das gehört zusammen. Den Schmerz braucht es, um getröstet zu werden. Und es gäbe keinen Trost, wenn es keinen Schmerz gäbe. Das ist das Glück, dass es für alles eine Lösung gibt ...* Seine rechte Hand schloss die Lamellen genau in dem Moment, als sie an Papas Spruch dachte, seine linke umfasste dabei, wie eine Zwinge ihren Nacken und sein Körper presste sich an ihren Rücken. Sie hatte seine Nacktheit schon am entblößten Arm erkannt, nun drückte sich seine harte und vehemente Erektion auf eine Stelle über ihrem Po. Langsam ließ er die rechte Hand sinken und schob mit ihr das Kleid nach oben, ohne sich auch nur annähernd zärtlich um irgendwas an ihrem Körper zu kümmern, während die linke sie nach vorne in die Lamellen vor dem Fenster quetschte und die Finger und die Kuppe des Daumens fast das Blut an den Seiten ihres Halses abdrückten. Ihre Stirn stieß dabei hart gegen den Rahmen. Mit einem brutalen Stoß drang er in sie ein.

~~~

Nur Minuten später nahm er ihre Tasche, schaute lachend in sie hinein, zupfte den Slip heraus und hielt ihn triumphierend in die Höhe. Dann leerte er die Tasche, als hielte er einen Salzstreuer in Händen, auf ihrem Rücken aus. In diesen Minuten lag sie bäuchlings auf dem riesigen Tisch, keuchend und vor Schmerzen zuckend. Ihr Kleid bis unter die Achseln hochgeschoben. Mit der flachen Hand schlug er abermals mit voller Wucht auf ihren Po. Sie fuhr hoch und hoffte, von allem wäre heute Abend nichts mehr zu sehen. Die Abmachung, nicht zu kratzen oder zu verletzen, hatte er zwar bislang eingehalten, aber die Schläge würden vielleicht Spuren, sichtbare Flecken hinterlassen. Vollkommen blöd. Sie würde sich wieder herausreden müssen, falls Miguel zärtlich werden wollte. *Es tut mir leid, ich bin nur noch müde, im Krankenhaus war die Hölle los.* Morgen würde sie ihn dann sicher wieder zulassen können.

Blöde Kommentare machend schaute er sich den Slip an. Gerade als sie sich aufrichten wollte, spreizte er ihre Beine und schob irgendetwas Scharfkantiges in sie hinein. Sie schrie auf, hatte das Gefühl, aufgeschnitten worden zu sein. Alles brannte. Sofort. Bis in den Kopf hinein. Sie schrie ihn an, *Arschloch*, versuchte sich umzudrehen und trat nach ihm. Der Schmerz in ihrer Scheide war höllisch, pulsierte und schien sie durch die Bewegung erst recht aufzureißen. Sie glaubte, eine Spur warmes Blut pochend aus sich herauslaufen zu spüren.

„Du Arschloch", hustete sie nun eher kraftlos, fuhr mit einer Hand zwischen die Schenkel und sah tatsächlich Blut an ihren Fingern. Sie richtete sich auf und er hielt ein schmales langes Plastiklineal in Händen.

„Ich wollte wissen, wie tief das Übel in dir steckt", lachte er dröhnend, „und dein Freund soll ja auch noch ein bisschen Spaß haben. Ich gehe davon aus, dass er von nichts weiß. Woher auch. Er ist ja nur ein dämlicher Polizist. – Nun wird er zu ahnen anfangen."

Er grinste nur, warf ihr den Slip ins Gesicht und befahl:

„Zieh dich gefälligst an. Ich hab' jetzt keine Zeit mehr für solche ... Späße, sondern wirklich verdammt wichtige Termine. – Und ruf das nächste Mal gefälligst vorher an!"

Das Lineal ließ er knallend auf den Tisch schnalzen und neben ihr liegen, während sie sich mühselig hinsetzte, sich mit der einen Hand die Haare aus dem Gesicht wischte und mit der anderen ein Taschentuch in ihren Schritt presste. Er hingegen war schon in seine Kleider geschlüpft, schloss gerade seine Jacke und stand schon in der Tür. Sie hustete wieder und bevor sie etwas sagen konnte, zielte er mit einem ausgestreckten Zeigefinger auf sie, als hätte er eine Pistole in der Hand. Sie wäre ihm am liebsten an die Gurgel gesprungen und suchte nach Worten, aber durch den Schmerz und die Tränen versagten Körper und Stimme. Er hingegen stand nach wie vor lachend in der Tür, und wieder in sein Büro zurückgekehrt herrschte er sie im Kommandoton an:

„Und halt jetzt bloß deine Klappe und beschwer dich nicht. Du bist gekommen, bestellt hab' ich dich nicht. – Kannst dich noch auf dem Klo hübsch machen – für deinen nächsten Fick. – Und wenn du gehst, zieh die Tür kräftig zu. Ich habe keine Zeit mehr für dich."

Augenblicke später stand sie mit schmerzverzerrtem Gesicht schwer atmend und immer noch ohne Slip, halb nackt – auch ihr Sommerkleid war offen – schwankend neben seinem Schreibtisch. Eine Spur Blut rann an der Innenseite eines Schenkels hinunter. Er war tatsächlich nicht mehr da. Sie betrachtete das Sammelsurium der Blätter und drehte ein herumliegendes Papier herum. Irgendein Scheißurteil. Die Rückseite war weiß. Mit krakeligen Buchstaben schrieb sie: *Wenn ich zur Polizei gehe, das erzähle und die mein Blut nebenan finden, hast du keine Chance mehr. Du hättest dich an die Abmachung halten sollen. Ich habe das Lineal mitgenommen.* Dann ging sie auf seine Toilette, um sich – wie er gemeint hatte – *hübsch* zu machen.

11. Oktober, 15 Uhr 00

Nebeneinander – wie ein Schulchor wirkend – und jeder mit einem Kaffeebecher in der Hand, den Sanchez Olivero allerdings mit Wasser gefüllt hatte – *jetzt weiß ich wieder, warum ich diese Scheiß-Maschine jahrelang nicht angerührt habe* – standen sie vor den Zetteln und versuchten zwischen Kreuzen und Ausrufezeichen den bislang übersehenen Hinweis zu finden.

„Alle sind fassungslos. Alle sagen, er sei der beste Chef der Welt gewesen. Alle – und das steht auf keinem der Zettel dort – sind seit Jahren, die meisten sogar schon von Anfang an dabei." Ivan war der Erste. „Und ich sag euch, die Romero hatte mal was mit ihm. Es gibt flennen und weinen, es gibt Tränen und feuchte Augen. Aber die hat geweint und echte Tränen in den Augen gehabt. Und wie auf dem Bild sieht die auch nicht aus. Nicht wie 'ne verhärmte Sekretärin, die ihrem Chef – wie meinte Pelleter? – private Termine macht. Die hat Style." Ivan war in seinem Element. Hätten sie einen gemütlichen Männerabend verbracht, hätten sie glauben können, er würde ihnen seine neue Flamme beschreiben, auf die er seit seinem ersten Tag in der Burg hoffte. „Die zwei Kinder werden zwar nicht von ihm sein. Aber vielleicht ist ihr Mann so ein Arsch, dass sie genau das gerne gehabt hätte. Alle Frauen, die um ihn herum waren und die ich da gesehen habe, sehen für eine solche Firma verdammt gut aus."

„Kann ich bestätigen", unterbrach in Enrique, „das Bild ist total bescheuert. Die Lopez war zufällig gerade bei der Gabor. Durchdringender Blick, aber für ihr Alter, immerhin ist die fast 52, sieht die aus wie ... na ja, nicht ganz, aber trotzdem ... deine Elena in sportlich. Von der Gabor ganz zu schweigen. Nur dass sie blond ist. Und – haltet euch fest – die ist hochschwanger."

„¡Menuda paliza! Na, dann prost!", stöhnte Sanchez Olivero und fuhr sich durch die Stoppelhaare, „willkommen in der Großfamilie. Das wird eine zähe Sache. Eine Sekretärin, die traurig und enttäuscht ist, eine Freundin, die traurig und schwanger ist und eine Logistikerin, die mit 52 so aussieht wie Elena. War bei der noch was? Hat sie auch was mit ihm gehabt? Schlägt ihr Mann sie? Warum guckt sie auf dem Bild so?"

„Keine Ahnung. Wer weiß, woher das Bild stammt?"

„Und die Gabor?", fragte der Inspector.

„Ich sag ja, hat auch geweint. Die ist fertig mit der Welt. Die waren gerade dabei, sich eine andere Zukunft aufzubauen. Deshalb war er die letzten Monate auch kaum in der Firma. In Cas Catalá hat er ein Anwesen gekauft. Mit allem Drum und Dran. Blick aufs Meer, drei Garagen, Pool natürlich, Pinien, die den Blick erschweren und was weiß ich. – Ich frage mich nur, schmeißt seine Firma tatsächlich so viel ab?"

„Irgendjemand muss ja auch seine Steuerschulden übersehen haben."

„Ich weiß nicht, was kann so einer im Gegenzug für die übersehen? Mini-Märkte zu schröpfen, reicht nicht. Die Ware will auch bezahlt werden. Und die Discos und Tanzschuppen, die er kontrolliert, sind keine *Tito's* oder *Cerebros*, also zu klein und deshalb nicht die Hauptumschlagsplätze für Drogen. Das passt doch alles nicht zusammen", wendete Enrique ein.

„Kennst du ihre Geschichte?" Ivan war neugierig und tippte auf das Bild der Gabor.

„Nun ja, vor achtundzwanzig Jahren in Segovia geboren. Ihre Eltern stammen aus Rumänien – das wissen wir ja schon –, kamen in den 70er-Jahren mit einem Diplomatentross dort an und arbeiteten in der Botschaft in Madrid. Das war noch zu Zeiten von Ceauşescu. Als der Ende 1989 über den Haufen geschossen wurde, haben ein paar aus der Botschaft beschlossen, in Spanien zu bleiben, obwohl sich die Zeiten in Rumänien vielleicht bessern würden. Aber sie hatten Angst ähnliche Schicksale zu erleben wie dieser Typ. Man wusste nicht, wie sich die Securitate, dieser berüchtigte Geheimdienst, verhalten würde. Jedenfalls wurde ihr Mutter schwanger mit ihr und so blieben sie erst recht."

„Eine späte Schwangerschaft demnach." Sanchez Olivero zog die Brauen hoch.

„Würde ich nicht behaupten. Nach heutigen Maßstäben normal. Sie war 39. – Im Übrigen kann die Gabor nicht besonders gut Rumänisch. Sie war schon seit Jahren nicht mehr dort. Und Aguilar ist Spanier und ihr Vater schon seit fünf Jahren tot. Mit der Mutter spricht sie auch fast nur Spanisch. Ich erzähl es, weil ihre Mutter seit dem ersten Tag ihrer Schwangerschaft – also der von der Gabor – ihr in den Ohren liegt, dem Kind Rumänisch beizubringen. Erst gestern hätte sie bei einem Telefonat davon wieder angefangen."
Sanchez Olivero sah Enrique überrascht an.

„Und das hat dir eine total fertige Gabor erzählt?"

„Nein. Sie hat mir nur das mit der Zukunft erzählt, die Familiengeschichte und das mit dem Telefonat die Haushälterin auf dem Weg zur Tür. *Sie sehen ja, die junge Frau kann nicht mehr*, hat sie noch zu mir gesagt und die Tür hinter mir zugemacht."

„Also gut. Gehen wir noch mal alle durch: Seine Freundin bekommt ein Kind von ihm, im Moment wenig wahrscheinlich, dass sie infrage käme, Navarro, scheint mir auch eine reine Weste zu haben, und wenn, hat er mit Aguilar bei den Geldtransporten gemeinsame Sache gemacht. Ihn umzubringen, bringt ihn nicht weiter, deshalb kann er nicht mehr Geld zur Seite schaffen. Schulden hat er auch nicht. Die Romero hat zwei Kinder. Von ihm? Okay, Grund für eine Erpressung – *ich brauch mehr Geld* –, aber sie hat auch keine Schulden und da, wo sie wohnt, sind die Mieten noch relativ normal. Außer sie wüsste, neben den Terminen, die sie für

ihn bucht, etwas so ... Verletzendes, dass sie keinen anderen Ausweg kannte, als ihn über den Jordan zu befördern. – Was würde uns dazu einfallen? – Mir nichts."
Sie sahen sich an. Eine weinende Sekretärin bringt ihren geliebten Chef um, tja, was könnte sie davon haben? Und geht danach weiterhin ins Geschäft? Sie kann davon ausgehen, dass sie auffliegen würde.

„Vielleicht hat er sie vergewaltigt?", warf Andreu ein.

„Dafür hätte er all die Jahre Zeit gehabt."

„Aber er hat es erst jetzt getan. – Es soll Männer geben, die es nicht mit Schwangeren machen. Und er hatte eine Art Notstand oder so."
Sanchez Olivero verdrehte die Augen.

„Ich wette, sie wäre fünf Minuten später zu uns gekommen und hätte die Vergewaltigung angezeigt."

„Meinst du!? – Seit wann bist du ein solcher Optimist? Kaum eine Vergewaltigung wird angezeigt."
Andreu grinste und setzte sich an eines der Laptops. Sanchez Olivero sah, dass er die Personalliste, die sie erhalten hatten, einscannte.

„Was hast du vor?"

„Irgendwen haben wir übersehen. Vielleicht auch nur ein Detail. Ich sehe mir die *empadronamientos*, die Einträge bei der Meldebehörde an. Vielleicht sind sie untereinander tatsächlich verwandt und wir wissen es nicht. Vielleicht ist es tatsächlich eine Großfamilie ..." Nun lachte er und die anderen drei machten *ha-ha-ha.*
Sanchez Olivero meinte hingegen:

„Also gut, sehen wir uns mal die passenden Kandidaten an. Wenn schon ein Vielleicht, dann haben wir vielleicht zu viele Kreuze verteilt und die Falschen unverdächtig gemacht."

„Ich sehe schon", stöhnte Enrique, „was sagtest du? Das wird eine zähe Sache. Stell dir vor, wer von außen, von den Geschäftspartnern, oder wie du sie nennen willst, noch als verdächtig dazukommen könnte."

„Ich versteh dich." Der Inspector lächelte ihn milde an. „Ich hätte auch etwas Besseres zu tun." Im gleichen Moment zog er ein weiteres Mal sein Handy heraus und schaute nach, ob endlich eine Nachricht von Elena eingetroffen war. Wieder nichts. Dann sah er auf seine Uhr. Wie lange würde ein solches Gespräch bei einem Psychiater wohl gehen? Wie war das damals bei der Gonzalez mit den Mädchen? Er steckte das Handy wieder zurück und Andreu platzte in seine Gedanken:

„Die Lopez hat uns gar nichts von ihrem Sohn erzählt", stellte er fest.

„Sohn? Was für einen Sohn?"

„José", er sah kurz zum Kalender an der Wand, „vor zwei Monaten dreißig geworden. Steht hier so im Melderegister. Sonst ist nichts weiter eingetragen. Kein Vater oder eine Ehe. Weiß aber auch nicht, ob das normalerweise der Fall wäre."

Wieder sahen sie sich alle an. Als erwartete jeder von jedem eine treffende Antwort. Diese blieb aus. Sanchez Olivero sah wieder auf die Uhr, dann meinte er:

„Wir fahren noch mal hin. Enrique, jetzt kommst du mit. Du kennst sie. Und angeblich wollte sie am Nachmittag wieder da sein. Mal sehen, ich weiß zwar noch nicht, welche Rolle dieser José spielen könnte. Wenn ich allerdings an Großfamilie denke ... Wo kann ich ansonsten den Vater herausbekommen?"

„Im *registro civil*, in den Eintragungen des Standesamts natürlich", besserwisserte Ivan.

Andreu klickte herum. Eine Minute später zuckte er mit den Schultern. Es war nichts eingetragen, auch kein *reconocimiento de la paternidad*, keine Anerkennung der Vaterschaft. Das Formular war auch an dieser Stelle leer.

11. Oktober, 17 Uhr 05

Dem Hin und Her auf dem Gelände war immer noch nicht anzusehen, dass der angeblich so geliebte Chef umgebracht worden war. Keine Grüppchen, die zusammenstanden und diskutierten. Keine schockierten Gesichter. Kein Hauch von Aufregung. Die Firma lief weiter, als sei nichts gewesen. Nicken, lächeln, schweigen. Miguel und Enrique sahen zwei lachende Fahrer und vor der Halle stand tatsächlich die Lopez und unterhielt sich schmunzelnd mit einem der Männer.

„Die sieht tatsächlich ganz freundlich aus", urteilte Sanchez Olivero mit einem Blick durch die Frontscheibe. Das Foto an der Glaswand sah wie das Fahndungsfoto eines Schwerverbrechers aus. „Die habe ich mir wirklich ganz anders vorgestellt."
Sie hielten vor einem der Rolltore an und stiegen aus. Carmen Lopez kam immer noch lächelnd auf sie zu. Die Hände in die Taschen ihres blauen Overalls geschoben, auf dem übergroß das Firmenlogo prangte. Ein Auge mit Lupe. Die lockige fast schwarze Haarpracht war mit einem Stirnband gebändigt. Graue Haare machten ihr nichts aus und das Gesicht sogar edel. Ihr Aussehen hatte vielleicht deshalb etwas Südamerikanisches. Einen Meter vor dem Wagen blieb sie stehen.

„Die Herren ..." Der Rest schwebte davon. *Von der Polizei? Was liegt noch an? Sie haben den Mörder?*

„*¡Holá!*", erwiderten beide im Chor und sahen sich an. „Wie immer haben wir natürlich weitere Fragen", vollendete Sanchez Olivero die Begrüßung.

„Wollen Sie einen Kaffee? Dann kommen Sie mit – so oder so." Ohne die Antwort der zwei Männer abzuwarten, drehte sie sich um und ging zu einer Tür neben den Rolltoren.

„Mein *chiringuito,* meine Imbissbude", lachte sie und ging voraus.

„Sollten Sie über die Tür schreiben. – Ca na Carmen", lachte nun Enrique.

Der Raum gab sich Mühe, nicht auszusehen, wie der Inspector es vom Lager nebenan erwartet hätte. Inmitten von Kartons, billigen Lagerregalen und ein paar Plastiksäcken, wohl voller Müll, ein Schreibtisch mit Computer und dem üblichen Bürokram. An der Wand ein Spiegel, zwei Kalender und ein Landschaftsbild, wie es Gabriela bei sich zu Hause im Wohnzimmer hängen hatte. Eine Landschaft, die überall sein konnte: auf dem Festland, in Russland, in Kanada. Der Inspector hatte keine Ahnung. Nur in Spanien gab es eine solche nicht.

„Also, was führt Sie zu uns?"

„Eigentlich wollten wir zu Señora Romero", log Sanchez Olivero, „aber Sie ..."

Die Lopez drückte auf einen Knopf einer Kaffeemaschine.

„Nun, wollen Sie auch einen, oder nicht?"

Die zwei Männer nickten und die Lopez nahm zwei weitere Tassen, während der Inspector seinen Satz vollendete:

„... was sind Ihre Aufgaben hier?"

„Hatte ich Ihnen das nicht erzählt?", fragte sie an Enrique gewandt, der mit einem verlegenen Blick antwortete.

„Abladen, auspacken, kontrollieren, einräumen, umladen oder wieder einladen. Zum Beispiel Ware für unsere fünf Mini-Markets. Und gelegentlich auch die Geldtransporter, wenn die Transporte gebündelt werden müssen. Ausgeladen werden die hier nicht. Wir haben keinen Sicherheitstrakt. Es werden nur die plombierten Koffer je nach Einzahlungsstelle umgeladen."
Sanchez Olivero nickte, als sei das die fehlende Erklärung für alles gewesen. Dennoch fügte Carmen Lopez hinzu:
„Das hier ist der Ordner. In dem steht alles fein säuberlich aufgeführt. Eine Kopie hat der jeweilige Fahrer und eine die Buchhaltung, Señora Hernandez. Wir werden ja andauernd kontrolliert."
Wieder nickten sie beide, in der Burg hatten sie über solche Kontrollen jedoch nichts gefunden.
„Sie suchen ja sicher nach Gründen für das Verbrechen", vermutete Señora Lopez und fuhr fort: „Leider habe ich solche Formulare nicht zu den anderen Transporten. Da gibt es nur eine ganze Masse an Lieferscheinen. – Wenn Sie die aber mit den Rechnungen vergleichen wollen ... auch das ist alles bei Fernanda."
Sie schob die Hände wieder in die Taschen des Overalls und Sanchez Olivero blätterte den Ordner zwischen Neugier und Desinteresse durch.
„Da Sie es selbst erwähnt haben, wie hoch dürfen wir uns die Werte der Transporte vorstellen?"
„Die guten Zeiten sind seit dem Virus natürlich vorbei. Egal, welche Lockerungen zwischenzeitlich stattfanden. Die Saison im Frühjahr ist futsch und die Sommersaison war sehr durchwachsen. Aber was will die Regierung auch machen? Alle in Europa kochen eigene Süppchen. Jedenfalls sind das jetzt kaum mehr als zehntausend am Tag. In einer guten Sommersaison sind es

an manchen Tagen fast fünfzigtausend. Finden Sie aber auch in dem Ordner. – Weiter hinten."

„Das wären über 10 Millionen im Jahr", rechnete Enrique schnell.

„Nun ja, die Saison ist kürzer. Vor zwei Jahren waren das etwas mehr als 6 Millionen. Allerdings zusammen mit den Einnahmen aus den anderen Geschäften."

„Wir haben …", Sanchez Olivero zögerte und kratzte sich am Kinn, „… in unseren Unterlagen einen alten … wie soll ich sagen? – Verdacht bezüglich nicht gezahlter Steuergelder gefunden. Da ging es um einskommazwei Millionen."

Die Lopez stand bereits neben ihm, nahm die Hände aus der Tasche und klappte den Ordner unter seinen Händen zu. Das freundliche Gesicht war mit einem Schlag ernst geworden. Jetzt ähnelte der Blick dem auf dem Foto an der Wand im Büro. Die Hände wanderten wieder in die Taschen zurück. Sanchez Olivero registrierte es amüsiert. Sie sah danach jedes Mal wie eine Matrone aus, die vor dem Haus auf ihre unwilligen Zöglinge wartete.

„Eine Unverschämtheit war das", giftete sie unerwartet heftig, „man hat hier alles auf den Kopf gestellt und Umsätze hochgerechnet, die einfach erdacht waren. Ich schreibe Ihnen vier Namen auf, die habe ich mir gemerkt, wie deren Visage. Für jede Kontrolle einen anderen, denen schauen Sie mal auf die Finger. Ungehobelte, unverschämte und vermutlich karrieregeile Kerle in billigen Anzügen. Ich wette, wenn Ihre Behörde die Arbeit ernst nimmt, findet sie bei denen vielleicht ein Motiv. – Man wollte nämlich – jetzt suche *ich* nach einem passenden Wort – Geschäfte mit Señor Aguilar machen. Ich würde diese allerdings Erpressung nennen. Darunter hat er sehr gelitten."

„Wie lange sind Sie schon hier?", wollte der Inspector mit hochgezogenen Augenbrauen wissen und sah auf einen der Kalender.

„Von Anfang an. Das sind weit mehr als zwanzig Jahre. Vielleicht sogar schon fast dreißig. Da waren wir noch ein reiner Zufuhrdienst und ich war zugleich mein eigener Lieferant und an der Playa die Betreiberin von so einem Mini-Market." Sie lachte auf. „Wirklich mini. Fünfzig oder sechzig Quadratmeter. Das hat damals noch vollkommen ausgereicht. Aber heutzutage müssen Sie alle Versionen von Redbull anbieten, um mithalten zu können. Erst seit ungefähr zehn Jahren kam ein Firmenteil nach dem anderen dazu. Und seitdem bin ich hier. Der letzte Firmenteil war vor einem Jahr, *Ingeniería de Seguridad*, die Sicherheitstechnik. Genau aus diesem Grund. Danach war nämlich Schluss mit diesen Unterstellungen. Sollten Sie auch in Ihren Unterlagen finden."

„Nicht in unseren. In unseren ist nämlich davon gar nichts zu finden. Wir wissen das nur durch die Papiere der Finanzbehörde. Und ..." Sanchez Olivero schaute sich die vier Namen auf dem Zettel an und wedelte anschließend ein wenig damit. „... die sind dort nicht mehr tätig. Aber Sie können sicher sein, dass wir das untersuchen werden."

„Halten Sie mich auf dem Laufenden."
Sein drittes Nicken.

„Sie haben einen Sohn?", wollte Enrique ganz beiläufig klingend nun doch wissen und erntete einen irritierten Blick.

„Ja. Und? Schon seit dreißig Jahren. Sein Alter weiß ich im Gegensatz zu meinem Eintrittsdatum hier genau. Warum? – Der hat mit der Firma so viel zu tun, wie ich mit ... mit ... mit Miss Universum."

„Nun ... wir sind natürlich die Personalliste Ihrer Firma durchgegangen ... reine Routine ... im Gegensatz zu den vielfältigen Aufgaben ist diese in meinen Augen nicht besonders lang ... ich hab' auch keine Ahnung von dem Geschäft ... wie es auch sei, wir haben dazu keinen weiteren Eintrag gefunden. Auch nichts darüber, wer der Vater ist ..."
Es entstand eine merkwürdige Pause. Merkwürdig, weil die Mimik der Lopez nach Enriques absichtlich umständlichen Einwurf in Sanchez Oliveros Augen seltsam zwischen Wut, Belustigung und Unverständnis schwankte. Immer noch stand sie, die Hände tief in die Taschen geschoben, als hätte sie etwas zu verbergen, da. Hatten ihre Hände gezittert, als sie den Kaffee machte? Oder war das nur ihre Haltung, die sie in so einer Firma haben musste? Nach einer Handvoll Sekunden löste sich der Blick zu einem unechten Schmunzeln auf:

„Wenn Sie das Alter meines Sohnes kennen, wissen Sie auch, wie alt ich damals gewesen bin und vor allem in welchen Zeiten das war. Ich muss leider zugeben, dass ich erst hier bei *Cuidado* meinen ... etwas unruhigen Lebenswandel ... beenden konnte." Sie sog die Unterlippe ein und sah an den beiden Männern vorbei zum Verwaltungsgebäude gegenüber. „Damals wären ... und das kann ich nicht einmal genau sagen, drei oder vier Männer infrage gekommen." Sie zuckte mit den Schultern und sah nacheinander Enrique und Sanchez Olivero an. „Für Männer ist so etwas selbstverständlich. Was sind schon drei oder vier Frauen? Womöglich mehr oder weniger gleichzeitig. – Aber wir werden entweder zu Flittchen oder schwanger. Danach ..." Wieder zuckte sie mit den versunkenen Händen nur mit der

Schulter und ließ den Satz unvollendet. „Er ist im Übrigen schon seit ein paar Jahren nicht mehr auf der Insel, sondern pendelt einige Male im Jahr zwischen dem Festland und Nicaragua hin und her. Dort arbeitet er nämlich. – Für eine Firma, die Kaffee und Kakao exportiert."
Sie nahm eine Hand aus der Tasche und strich sich eine aus dem Haarband gefallene Strähne aus der Stirn.

11. Oktober, 17 Uhr 25

„Vielleicht sogar schon dreißig Jahre", rekapitulierte Sanchez Olivero, „drei oder vier Männer. – Ich sag dir die vier Namen. Juan – Francisco – Aguilar – Torre. Hast du gesehen, wie sie dastand? Als hätte hier die ganze Mannschaft etwas ausgefressen und sie alle deshalb zum Rapport gerufen."
Sanchez Olivero schüttelte mit einem Schnaufen den Kopf. Sie lehnten sich an die Wand neben dem Eingang zum Verwaltungsgebäude. Auf der anderen Straßenseite der Hauptstraße dicht an dicht für Mallorca ungewöhnlich kleine Grundstücke mit Einfamilienhäusern. Auf manchen war sogar noch ein Pool untergebracht, sozusagen in den Garten gequetscht. Ruhe würde man beim Baden darin nicht haben und trotz einiger hoher Hecken erst recht keine unbeobachteten Momente.

Obwohl vier Kilometer von Palma entfernt, bündelte sich hier frühmorgens der Berufsverkehr oder der Nachbar mit seinem Rasenmäher oder seine tobenden Kinder im Pool nebendran beschallten die Landschaft. So wie jetzt wieder eine Armee von Zikaden, die in den wenigen Bäumen und Büschen rechts vor ihnen Platz gefunden hatten. Die störte der Trubel nicht. Hinter den Häusern die flachen Hügel von *Son Termes* und *Sa Font Seca*, die mit ihren Pinien den Golfplatz abschotteten. Der typische Vorort für diejenigen, die abseits leben, aber auch dazugehören wollten.

„Du meinst tatsächlich Aguilar ...?"

„Warum nicht? Er war damals auch jünger und wie auf unserem Bild sieht sie ja nun wirklich nicht aus."

„Dann könnte ...", Enrique ließ den Satz unvollendet und Sanchez Olivero nickte nur.

„*¡Hombre!*", meinte Enrique erstaunt, „und jetzt?"

„Besuchen wir seine Sekretärin. Vielleicht weiß sie was, was wir jetzt ahnen können, aber nicht wissen, und sie erzählt es uns freiwillig. Ich bleibe dabei, wenn sie so loyal ist, wie ich bei dieser Art von Geschäft vermute, würde es mich wundern, wenn wir nichts erfahren würden. Und vielleicht kommt am Ende sogar eine kleine Überraschung heraus."

Sanchez Olivero drückte sich von der Wand weg und strich sich durch die Stoppelhaare. Mit einem Blick in den Himmel, der nach dem Sturm vor ein paar Tagen das Unschuldslamm spielte und vor lauter Blau am Horizont überzuquellen schien, ging er zur Tür. Fünf Meter später klopfte er und trat, ohne abzuwarten, ein. In einen hellen Raum, der für ihn überraschend nobel eingerichtet war. Nicht so, wie er sich das Büro eines Handelsunternehmens vorstellte. Chiara Romero war bereits aufgestanden und hatte ihren Schreibtisch umrundet. Sie waren nicht überraschend gekommen.

„Wie kann ich den Herren behilflich sein", fragte sie gar nicht sekretärinnenhaft.

„Dürfen wir einen Blick in sein Büro werfen", fragte Sanchez Olivero mit seidenweicher Stimme.

„Natürlich. Was hoffen Sie darin zu finden?", wollte nun Chiara Romero sofort wissen. Der Inspector zuckte mit der Schulter und tat als rätselte auch er nach Gründen. Dabei sah er in ihre geröteten Augen, offensichtlich hatte sie geweint, und anschließend an ihr herunter, nur um festzustellen, dass jeder Mann an ihr Gefallen finden würde. Ihr Outfit sah nicht nach Sekretärin aus.

„Wir suchen, wer da draußen ein gesteigertes Interesse daran hatte, ihn auf diese perfide Art aus dem Weg zu räumen. Derjenige konnte davon ausgehen, dass ein normaler Arzt den Tod feststellen würde, die Zeitungen *Vom Baum erschlagen* melden würden und er den Weg frei hätte." Sein Blick dabei hochgradig ernst. „Für die ersten Puzzleteilchen waren wir schon drüben bei Señora Lopez."

Chiara Romero verzog nur kurz das Gesicht. Sympathie gegenüber der Lopez tat sie damit nicht kund. Sie ging um ihn herum und schloss die Tür auf. Mit einer kleinen Verzögerung öffnete sie diese.

„Ich war seit dem Moment, als ich es erfahren habe, nicht mehr drin."

Statt nun einzutreten, blieb sie vor der Tür stehen. Sanchez Olivero schaute Enrique an, der die Augenbrauen hochzog.

„Sie brauchen wohl nichts von seinem Schreibtisch", vermutete der Inspector und erhielt ein höfliches Lächeln zur Antwort.

„In der Regel hatte Juan ... ich meine, Señor Aguilar, das auf dem Schreibtisch, was ich ihm gebracht oder hingelegt hatte. Beziehungsweise das, was ich für ihn bearbeiten oder erledigen sollte. Meistens war das nichts, was dringend erledigt werden musste. So etwas habe ich ihm entweder ... gemailt oder ... ja ... meistens haben wir telefoniert."

Wieder sahen sich beide an und sie schob die Tür noch mehr auf. Sanchez Olivero und Enrique traten ein. Auch ein nobles Büro. Eine Kopie des anderen. Die gleichen Möbel. Der gleiche Aufbau. Lediglich mit einer Sitzecke und einer Couch. Alles aus Leder. Darüber zwei Ölgemälde. Eines stellte die Kathedrale in Palma, *la Seu*, das andere eine Szene bei der Olivenernte dar. An der Wand gegenüber der obligatorische Kalender mit zum Teil kryptischen Eintragungen, eine Menge Pläne und irgendwelche Diagramme. Sanchez Olivero schielte kurz auch auf diesen Kalender und tippte mit einem Finger auf eines der Kürzel.

„Termine, die einzuhalten sind", erklärte die Sekretärin ohne weitere Angaben. Er ging zum Schreibtisch und betrachtete die wohl seit Tagen unveränderten Papierstücke darauf. Es hatte den Anschein, dass Aguilar bei seinem Tun unterbrochen worden war. Es war weder aufgeräumt noch durcheinander. Ein Kugelschreiber lag wie gerade benutzt darauf. Sanchez Olivero deutete aber auf die beiden Ölbilder.

„Originale?"

„Natürlich! Was denken Sie denn?" Es klang entrüstet. „Josep Coll Bardolet. Ein Maler aus Valldemossa. Wäre dieses Jahr hundert geworden. Einer der ganz Großen in Spanien. Er kannte ihn persönlich."

„Wie gut kannten Sie Señor Aguilar?" Der Inspector spielte den neugierigen Polizisten und musterte wieder die Frau. Bevor sie etwas erwiderte, gab er sich selbst schon die Antwort: sehr gut. Wahrscheinlich besser als er denken sollte. Chiara Romero war eine durch und durch attraktive Frau, trotz ihres verweinten Gesichts, alles andere als verhärmt. Sie hatte eine ähnlich gute Figur wie Elena und unerwartet helle Augen. Darüber hinaus modisch angezogen. Enge, figurbetonte Jeans mit Stickereien auf den Taschen und ein lässig weites T-Shirt mit Aufdruck, vorne hinter den Bund der Hose und die Schnalle eines sicher nicht billigen Gürtels geschoben. Unter dem aufgedruckten bunten Gecko ein BH mit deutlich erkennbarem Blumenmuster. Er sollte gesehen werden. Mutig. Der Inspector stellte sich alles an Elena vor und zog vielleicht daher die Brauen hoch. Im Gegensatz zu ihr trug die Romero eine moderne, fast schon freche Kurzhaarfrisur mit Pony. Die dunklen Haare schienen ihre schmal gezupften Brauen zu kämmen. An der Glaswand in der *Jefatura* klebte ihre Vita. 31. Geboren in der Nähe von Córdoba. Mit fünf begann eine Reise quer durch Spanien. Die Firma ihres Vaters schickte die Familie im Dreijahresrhythmus in der Gegend herum. Sevilla, Huesca, Madrid, Barcelona. Seit zwölf Jahren Palma. Damals war sie gerade 19 gewesen. Nun seit sechs Jahren verheiratet. Ihre Kinder sechs und vier. Angeblich eine Mussehe. Mallorca hatte es nicht gern, wenn Kinder nicht den Vater hatten, den jeder auch als Ehemann kannte. Ordnung musste sein. Er nahm ein paar Papiere in die Hand und blätterte sie durch. Fast aktuelle Lieferscheine, bezahlte Rechnungen, Bankkorrespondenz. Von wirtschaftlichen Zusammenhängen verstand er zwar nicht allzu viel, aber der Firma ging es gut. Nichts anderes konnte die Nachricht auf dem Schreiben, das er überflog, bedeuten. Trotz der mageren Einnahmen, die das Virus im Moment nur zuließ, bat der Vorsitzende der *Caixa* in Palma um ein Gespräch bezüglich einer *Wiederanlage der Gewinne des letzten Jahres.* Er legte das Schreiben wieder zurück und sah die Romero an, die seine Frage schon viel zu lange nicht beantwortet hatte und dies wusste.

„Bevor Sie es von anderen erfahren." Ihre Stimme war mit einem Mal leise und traurig geworden, ihre

Stirn unter dem Pony in Falten, sie wrang ihre Hände.
„Wir haben uns ... so kennengelernt."

„So kennengelernt?", fragte Sanchez Olivero gedehnt und wusste bereits die Antwort.

„Vor fast sieben Jahren. Ich war eine junge Frau. – Mein siebtes Semester eines Wirtschaftsstudiums hatte gerade begonnen. – Es war keine glückliche Wahl. – Nichts, was für eine Zukunft gut war. Spätestens die aktuellen Zeiten hätten es bewiesen."

„Volkswirte und Betriebswirte, überhaupt Wirtschaftswissenschaftler wurden doch zumindest damals gesucht", wendete dieses Mal Enrique ein.

„Ja! Genau. – Damals. – Wir wurden ausgerechnet nach der Wirtschaftskrise die Schwemme der Schlauen. Es war abzusehen, dass nicht alle einen Job bekommen würden. – Zumindest nicht sofort. Oder wenn, nur als Praktikanten, die lediglich ein kleines Projekt betreuen würden und dann hätten tingeln müssen. Die Bühne für unsereins, vielmehr für mich, die dazugehört hätte, ist international geworden. Ich wollte aber nicht in der Welt herumjetten. Das bin ich all die Jahre zuvor schon mit meiner Familie durch Spanien. – Wie dem auch sei. – Ich habe damals bei einer Konferenz für Sicherheitsfragen – als Hostess gearbeitet." Chiara Romeros Hände kneteten sich die Knöchel weiß, während sie die Hände des Inspectors verfolgte. Die hielten ein weiteres Blatt, irgendeine Liste, sie glaubte einen Dokumentationsbogen für interne Sicherungsmaßnahmen zu erkennen. Unwichtig, befand sie und schenkte ihm keine weitere Beachtung, sondern fuhr regelrecht händeringend fort: „Nun ... am zweiten oder dritten Abend hatte es sich ergeben und ich begleitete ihn am Ende des Abends auf sein Zimmer." Ihre Hände stoppten mitten in der Bewegung, fielen auseinander und fingerten vor ihrem Körper schwebend ziellos in der Luft herum. Sie atmete tief durch, sah auf, schnaufte ein weiteres Mal leise und suchte nach einer Reaktion in Sanchez Oliveros Blick, der sie aber nur abwartend anschaute. Doch sie übersprang den logischen Verlauf des Abends und erklärte schulterzuckend die Konsequenz. „Seitdem bin ich hier. Ich habe die Entscheidung nie bereut. Nie. Er war immer gut zu mir. – Er ist ... war unser Trauzeuge und beim ersten Kind der Patenonkel. Ich habe ihm alles zu verdanken. – Alles."

11. Oktober, 17 Uhr 55

„Alles", echote Sanchez Olivero zurück am Wagen und schnaufte lauter als die Romero, „alles? Hast du das gehört? – Auch das erste Kind? Rechne mal! Vor sieben Jahren kennengelernt. Meines Wissens dauert eine Schwangerschaft neun Monate. Könnte also passen. Verheiratet ist sie seit sechs Jahren. Hat sie also ihn betrogen, oder was? Und das schon nach drei Monaten? Sie hat ihm alles zu verdanken. Das passt doch nicht zusammen."
Nun schüttelte er den Kopf und öffnete die Autotür. Um sie herum immer noch die seltsam laute Mischung aus Autoverkehr, Raspeln der Zikaden und Kindergeschrei von der anderen Straßenseite. Das eine Geräusch versuchte das andere zu übertrumpfen.

„Aber warum hat sie ihn dann nicht geheiratet oder er sie?", wendete Enrique ein. „Ihren Mann hatte sie da ja wohl noch nicht gekannt. Wenn es stimmt, war es ja eine Mussehe. Könnte ja sein, dass ..."

„Könnte nicht nur ... Aguilars Kind ... ein *bastardo* ... überleg mal, er wäre sogar frei gewesen. Und wer weiß, wie lang das noch ging? Er war ja nicht verheiratet. Was ist passiert? Wann genau hat er die Gabor kennengelernt?"

„Kann ich dir nicht sagen. Davon steht nichts in den Papieren. Und von ihr oder der Haushälterin habe ich es auch nicht erfahren."

„Was weißt du über den Mann der Romero?"

„Nichts Belastendes. Außer er arbeitet genau seit sechs Jahren, also seit Geburt des ersten Kindes, bei einer Versicherungsgesellschaft."

Sanchez Olivero hatte sich inzwischen in den Wagen gesetzt, lachte auf und klopfte aufs Lenkrad.

„Den Job hat er natürlich durch Aguilar bekommen. Und wie passend: in einer Versicherungsgesellschaft. Da fallen mir ein paar Sachen ein."

„Du denkst … ihr Mann hat … und dann das zweite Kind …", Enrique begann zu mutmaßen, „… Eifersucht, oder?"

Der Inspector schnaubte und zuckte mit den Schultern.

„Könnte doch sein?! Wäre doch eine Möglichkeit. – Wann wurde Aguilars Ehe geschieden? Und warum?"

„Wenn ich mich recht erinnere, vor der Gründung der Firma. – Ah, ich verstehe. Aguilar der Weiberheld? Lopez. Romero. Hernandez? Sonst noch wer?"

„Immerhin hat er danach nicht mehr geheiratet."

„Wir müssen seinen Lebenslauf aufarbeiten", stellte Enrique fest.

„Genau! – Fangen wir damit gleich mal an und besuchen nochmals die … na ja … Witwe und fragen sie. Ich bekomme langsam einen Verdacht."

~~~

Die Gabor spielte ihre Rolle wunderbar. Sanchez Olivero fielen sofort ein paar Kinofilme ein. Zum Beispiel die Bergmann in *Casablanca*. Mit einem Taschentuch im Gesicht öffnete sie die Tür. Zwar nicht in Schwarz, aber dunkel und zugeknöpft. Woher bekam man so schnell Trauerkleidung als Schwangere her? In diesen Zeiten? Zumal das vor ihm sicher nicht von der Stange, sondern eine Maßanfertigung war. Und Aguilar gerade mal drei Tage tot. Oder doch schon vier? Vielleicht in den Gedanken der Gabor noch länger? Dann konnte man so etwas unauffällig beizeiten im Internet bestellen. Sanchez Olivero hoffte, dass sein Lächeln höflich und nicht wissend aussah.

„*Quiero expresar mis sinceras condolencias*, ich möchte Ihnen mein herzliches Beileid aussprechen", meinte Sanchez Olivero mit ernstem Gesicht. Bogdana Gabor nickte, schnäuzte sich und bat die beiden Männer herein. Sanchez Olivero ging dicht an ihr vorbei und sah in ihre Augen. Der Verdacht, der in ihm aufgekommen war, schien sich zu bestätigen. Sie waren alles andere als tränennass, gerötet und schon gar nicht verheult.

„Wann?", sein Blick verriet, was er wissen wollte.

„In acht Wochen. Vielleicht sieben", antwortete sie und in ihrer Stimme schwang eine Portion Freude. Unüberhörbar, aber wahrscheinlich unabsichtlich. Die beiden Männer schauten sich an. Im Eingang zu einem größeren Raum blieben sie stehen. Er hatte Ähnlichkeit mit Aguilars Büro. Nobel, aber nüchtern. Ein großer Tisch, eigentlich wohl der Esstisch, jetzt aber mit Papieren gefüllt, stand in der Mitte. Die Stühle etwas durcheinander vor ihm. Die einzige Unordnung, die er sah. Er blickte sich um. Zwei Türen waren angelehnt. Zum Bad und einem Zimmer mit einem Sofa. Bei ihm zu Hause war es von den Möbeln her auch nicht allzu gemütlich, aber seiner Wohnung sah man an, dass sie benutzt wurde. An der Garderobe hing immer irgendeine Jacke. Seit Wochen lagen Elenas Schuhe schon fast wild übereinander darunter. Auf seinem Sofa türmte sich häufig genug Wäsche. Eine Decke lag immer dort. Und es gab zwei Pflanzen, die ausdauernd nach Wasser schrien.

Hier war es nicht so. Nur Papiere auf dem Tisch. Keine Tasse, kein Glas, nichts, was auf eine Pause hinwies. Die offene Küche klinisch sauber. Wie das Stück Bad, das er einsehen konnte. Ein Handtuch neben dem Waschbecken war nicht zu sehen und auf dem Sofa in dem anderen Zimmer lag nicht einmal eine Decke. Außer auf dem Ölbild an der Wand, vermutlich vom selben Maler wie in dem Büro auf dem Firmengelände, war keine Farbe zu sehen.

Der Inspector ging langsam auf den Schreibtisch zu, betrachtete die Papiere. *Contrato de compraventa con reserva de propiedad,* Hauskaufvertrag mit Eigentumsvorbehalt, las er auf dem oberen Blatt. Mit einem hochgezogenen Mundwinkel schaute er dann zu dem wandhohen Fenster hinaus. Von hier hatte man einen schönen Blick auf den *Puig de s'Alqueria*. Irgendwo an dessen westlichen Ausläufern musste das Hofgut *Raixa* sein. Er ging zum Fenster und blieb davor stehen.

„Wann?", fragte er ein zweites Mal, weil er wusste, dass sie wieder ahnte, worauf er nun anspielte, und beobachtete ihr Spiegelbild in der blank polierten Scheibe. Er sah sie auf ihre Uhr schauen, als müsste sie sich besinnen oder einen Termin abchecken.

„Vor zweieinhalb Tagen."
Sanchez Olivero nickte. Eine seltsame Angabe. Nicht am Dienstag oder vor drei Tagen nachmittags.

„Und eine Hochzeit war geplant?"

Wieder beobachtete er sie in der Scheibe, während Enrique den Raum inspizierte und ebenfalls durch die offenen Türen in die anderen Zimmer lugte. Dadurch stand sie nun zwischen den beiden Männern und wirkte wie auf verlorenem Posten. Abwechselnd sah sie zu Enrique und dann wieder zum Inspector.

„Ja. – Eine Hochzeit."

Die emotionslose Antwort benötigte eine Handvoll Sekunden und hieß dennoch nicht *Unsere Hochzeit*.

„Wie soll es nun weitergehen?", diesmal Enrique, der vor dem Sideboard stehen geblieben war, über dem das Gemälde hing. Wieder ihr Blick, der zwischen ihm und Sanchez Olivero hin und herwanderte.

„Nun ... wie wird ... soll es wohl ... ja kann es nach ... weitergehen ... in ihren Augen?", stotterte sie und beantwortete ihre Frage gleich selbst: „Ich bleibe hier ... vorerst."

„Hier?", hakte der Inspector nach.

„Ja. – Hier."

„Und das neue Haus in Palma?"

„Ach. – Nun. – Ich meinte ... wenn das noch möglich ist. – Aber ..." Wurde sie etwa rot?

„Wie haben Sie sich eigentlich kennengelernt?"

Sie drehte sich zu Enrique um und meinte gleichzeitig:

„Das habe ich doch schon Ihrem Kollegen erzählt."

Sanchez Olivero drehte sich nun auch um und entgegnete mit einem aufgesetzten Lächeln:

„Es tut mir leid. Ich bin auch neugierig."

„Vor sechs Jahren. Juan suchte neue Lieferanten und hatte durch jemanden erfahren, dass mein Vater gute Verbindungen besaß. Die hatte er durch seine diplomatischen Tätigkeiten tatsächlich. Sie trafen sich deshalb ein paar Mal in unserem Ferienhaus hier auf Mallorca und an irgendeinem Abend blieb er über Nacht." Jetzt zuckte sie mit den Schultern. Es war das Selbstverständlichste der Welt. Nach dem Einfädeln der neuen Geschäftsverbindung springt die schöne Tochter hinzu, vielmehr ins Bett, und dann kommt so etwas schon mal zustande. Aber erst sechs Jahre später wird das Kind, das oft in solchen unvorhergesehenen Nächten entsteht, geboren. Der Inspector schielte auf ihren Bauch.

„Es tut mir leid."

„Wir haben uns immer ein Kind gewünscht ..." Sie hielt sich beide Hände vors Gesicht. In der einen Hand war immer noch das Taschentuch. Sie zog die Nase hoch und schnäuzte sich laut. „Entschuldigen Sie! – All die Jahre hat es nicht ..."
Wieder die beiden Hände vor dem Gesicht. Bogdana Gabor schüttelte den Kopf.

„Es kann sein, dass wir Sie noch mal belästigen müssen", sagte der Inspector und machte Enrique ein Zeichen. Im Gang zur Haustür rechts von ihnen wieder eine angelehnte Tür. Die Gabor hat Schwierigkeiten mit dem Schließen, dachte Sanchez Olivero und sah unaufgeräumte Wäschestapel auf einem Schlafsofa. Manchen Stofffetzen kannte er durch Elena. Auf dem Fußboden davor die wohl ungewaschenen Kleidungsstücke. Zum Abschied drehte er sich um und deutete ein höfliches Nicken an.

11. Oktober, 18 Uhr 35

„... und der Papa sagt, komm mal her mein Täubchen! Jetzt setz dich mal neben diesen netten Herrn und streichel ihm zur Belohnung über die Hose. Sechs Jahre später kommt prompt das Kind." Lachend rekapitu-

lierte Enrique das kurze Gespräch und ergänzte plötzlich ernst geworden: „Ich habe nichts über ein Ferienhaus in den Unterlagen gefunden. Du etwa?"
Sanchez Olivero seufzte und schüttelte den Kopf.
„Nein. Aber gehen wir davon aus, dass sie sich getroffen haben – und zwar in seinem Haus. Sie, Bogdana, kam später dazu, vielleicht auch erst zum Vertrag mitgebracht. Denn die Romero saß als Sekretärin daneben und die kleine Gabor hatte keine Chance für das, was ihr Papa eventuell vorhatte. Mich würde interessieren, wo sie wirklich wohnt. – Ich sage es dir. In dem kleinen Raum neben der Haustür. Und in seinen Unterlagen auf den Tischen habe ich nichts gefunden, was mit diesem bedeutenden Treffen zu tun haben könnte. – Nichts!"
„Das denkst du? Aber sie ist dort gemeldet."
„Dieses Haus strahlt so viel Weiblichkeit aus wie unsere Büros Urlaubsatmosphäre. Hast du durch die anderen Zimmertüren geschaut? Nichts, aber auch gar nichts, was auf die Gegenwart einer Frau schließen lässt. Zumal auf eine, die so jung ist wie sie. Und auf eine schwangere schon gar nicht. Kein Kinderwagen, kein Wickeltisch oder so etwas. In diesen Wänden findet kein Leben statt und wenn doch, dann höchstens in den hinteren Teilen. Ansonsten ist dieses Haus steril. – Verdammt noch mal, was geht da vor?"
Am großen Verteiler des *Camí dels Reis* sah Sanchez Olivero den Wegweiser nach rechts zum Krankenhaus *Son Espases*. Würde er auf der anderen Seite abbiegen, wäre er zwanzig Minuten später beim *Son Llàtzer*. Kurz überlegte er, einen Abstecher zu machen, vielleicht, nein, wahrscheinlich hatte Elena schon wieder ihren Dienst angefangen und keine Zeit gehabt, ihm eine Nachricht zu schicken. Stattdessen hielt er zwanzig Meter später in der Einfahrt zu einem Möbelsupermarkt an

und erhielt als Dank ein Hupkonzert. Sofort pflanzte er mit einem lauten Fluch das Blaulicht aufs Autodach und Ruhe kehrte ein, dann zupfte er sein Handy aus der Tasche. Immer noch keine Nachricht von ihr. Er sah Enrique an und versuchte Elena zu erreichen. Nach dem zehnten Klingeln legte er auf und wählte Andreus Nummer. Der Rufton hatte nicht einmal Zeit, sein erstes Klingeln zu beenden. Schon meldete sich Andreu.

„Was liegt an?", fragte er.

„Versucht herauszubekommen, wann die Gabor gemeldet wurde, wo die Haushälterin wohnt und alles rund um die geplante Hochzeit und die der Romero vor sechs Jahren. – Ich sag dir, wir müssen uns leider von deinem Netzwerk verabschieden."

11. Oktober, 18 Uhr 45

In einer Stunde würde die Sonne untergehen. So lange wollten sie noch bleiben und das erhoffte Spektakel verfolgen. Die paar wenigen Leute in ihrer Nähe hatten ihre Sachen bereits eingepackt und brachen gerade auf. Viele waren ohnehin nicht da gewesen. Der Aufenthalt an Stränden war seit einer Woche mal wieder verboten. Nur vorne bei der kleinen Insel *Illa Gavina* und der Landzunge, einen Kilometer vor Colònia de Sant Jordi, tummelten sich noch ein paar junge Leute, aber sicher mehr als zweihundert Meter entfernt. Sebastian beugte sich über den Korb, mit einem Lächeln registrierte er, dass sie noch etwas zum Essen und Trinken hatten.

Die Sonne schwebte derweil hinter ein paar wenigen Schleierwolken als blassorange Scheibe nur noch zwei Finger breit über dem Horizont. Ihre Kraft war jetzt, fast Mitte Oktober, nicht mehr besonders sommerlich und ein leichter Wind begann Karins Körper auszukühlen. Zumal sie noch den nassen Badeanzug anhatte. Sie sah sich um und zog ihn kurzerhand aus, wickelte sich das große Handtuch nicht allzu sorgfältig um und begann sich abzutrocknen. Unter Sebastians Augen. Sie genoss seinen Blick und hielt einen Moment inne. Wann hatte es in ihrem Leben solche Momente gegeben? Sie konnte diese an den Fingern einer Hand abzählen, ließ ihre Hände sinken und das Handtuch rutschte in den Sand. Das letzte Mal hatte sie als Siebzehnjährige einen ähnlichen Blick gesehen. Vor ihrem geistigen Auge verwandelte sich der Junge von damals, dessen Namen sie vergessen hatte, in Sebastian und sie lachte wie seinerzeit, vielleicht nur weniger verschämt. Allerdings gönnte sie dem Jungen seinerzeit diesen Anblick nur für wenige Sekunden.

Später, nachdem sie viel zu übereilt geheiratet hatte, fehlten nicht nur Blicke und die Gefühle, die sich hinter Blicken verbergen konnten, sondern auch das Verliebtsein und das Begehren. Das hatte Peter, ihr damaliger Mann, wohl ausnahmslos nur bei anderen Frauen. Und als sie eines Tages, nachdem sie schon viel zu lange davon wusste, ihn damit konfrontierte, begann das Jahr der Streitereien, Schläge und Scherben. Der Gipfel war ein demolierter Oberschrank in der Küche. In einem Wutanfall brach Peter eine Tür aus dem Scharnier und warf sie Karin hinterher. Gott sei Dank traf nur die flache Plattenseite ihren Kopf und keine Ecke. Nicht auszudenken, was alles noch hätte passieren können, so trat sie ihm in den Bauch, als er sich über sie beugte und versuchte ihr den Rock vom Körper zu reißen. Danach schloss sie sich im Badezimmer ein und zuckte bei jedem Hieb seiner Fäuste gegen die Tür zusammen.

Keinen Nachbarn störte der Lärm, den er machte, keinen störte ihr Schreien, keiner sah sie an und fragte, als sie als am nächsten Tag zur Arbeit ging und dabei am ganzen Körper zitternd die Treppe hinunterging. Drei Tage war Peter dann nicht zu sehen und die wenigen Tage danach hatte er sie immerhin in Ruhe gelassen. Dann schaffte sie es irgendwie, auszuziehen, ein halbes Jahr vor dem Scheidungstermin. Seitdem genoss sie in ihrer kleinen und engen Zwei-Zimmer-Wohnung im wahrsten Sinn des Wortes den Ausblick aus ihrem Wohnzimmerfenster auf den ehemaligen Schlachthof. Die leeren Paletten und verrostenden Fässer schienen vor allem die letzten Monate ihrer Ehe besonders gut darzustellen. Aber was war ihr kleines Schicksal schon im Vergleich zu Sebastian, der seine Frau durch einen Mord verloren hatte? All das ging ihr durch den Kopf, als er sie mit seinen Augen streichelte.

„Und in Deutschland?", fragte Sebastian und das wollte so gar nicht zu ihren Gedanken und diesem zärtlichen Blick passen. Karin lachte deshalb amüsiert auf und erwiderte mit einem Grinsen in ihrer Stimme:

„... halten sie Fernsehköche, Popsternchen und C-Prominente für die besseren Virologen und Ärzte und gehen deshalb regelmäßig auf die Straßen. – Die haben keine Ahnung, was sie den anderen antun. Vor allem den eigenen Kindern und deren Großeltern. Aber den eigenen Kopf mit etwas Verstand zu benutzen, ist wohl zu anstrengend. Dabei könnte so manches viel leichter sein."

Auch Sebastian lachte, strich ihr über den Rücken und meinte:

„Hier sind sie etwas vernünftiger. Ihre Erfahrungen sind auch andere. Und das hat nicht einmal mit der sogenannten Spanischen Grippe zu tun. Dennoch sind hier genug unterwegs und machen Lärm und komische Partys. Die Menschen sind sich, egal, wo sie leben, ziemlich ähnlich."

Dann ließ er sich langsam nach hinten sinken, verschränkte die Arme hinter dem Kopf und fügte hinzu:

„Auch deswegen bin ich verdammt froh, den ganzen Krempel loszuhaben. Dieses Geschäft ist durch diesen Virus nicht unbedingt leichter geworden. Und ich habe keine Lust mich bei jeder Besichtigung oder Besprechung, die sich um etwas ganz anderes dreht, in ein dusseliges Gespräch verwickeln zu lassen."

Sie schaute ihn an, nickte zustimmend und er zog eine Hand hinter seinem Kopf hervor und legte sie ganz sacht auf ihre Schulter. Sie verstand und legte sich neben ihn. Mit einem knitzen Schmunzeln öffnete sie dabei ihren BH und legte ihn neben sich. Sofort beugte sich Sebastian mit einem bewundernden Blick über sie.

Eine halbe Stunde später saßen sie nebeneinander im Sand, der überall an ihrem Körper klebte, weil sie Sebastian, hinter Büschen und der mitgebrachten Bastdecke versteckt, nicht nur den Anblick, sondern viel mehr von sich geschenkt hatte als dem Jungen. Wenn sie sein Auto und ihre Wäsche deswegen nicht voller Sand machen wollte, würde sie noch einmal ins Wasser müssen. Mit einem Lächeln schmiegte sie sich an ihn. Aber auch ihre Hände waren inzwischen für eine weitere Zärtlichkeit zu sandig. Wie schön, dass sie dafür noch mindestens den ganzen Abend Zeit hatten.

„Kommst du mit?" Ihr Lächeln ließ kein Nein zu.

„Ich lasse dich doch nicht allein da draußen."

„Nur da draußen?" Sie hielt sich für übermütig.

„Ich sag doch, ich möchte, dass du hierbleibst."

„Ich befürchte, ich muss Ja sagen", lachte sie ihn an.

11. Oktober, 19 Uhr 25

Mit einem Grinsen legte er den Hörer auf und lehnte sich in seinem Stuhl zurück. Dann legte er die Füße auf den Schreibtisch, verschränkte seine Hände hinter dem Kopf und schien sich zu besinnen.

„Da hängen sie alle", meinte Olivero Sanchez nun unerwartet ernst, deutete auf die vollgehängte Glaswand und zählte auf: "Die Romero, Lopez, Hernandez, Gabor. Wobei ... die Hernandez streiche ich für meinen Teil auch gleich wieder von meiner Liste ... zwar gut aussehend ... aber in meinen Augen nicht sein Beuteschema – falls mein Verdacht stimmen sollte. Daneben die ganzen Fahrer und der Mann der Romero ... unscheinbar, aber nicht hässlich, aber leider auch etwas ... arglos. Wenn ihr mich fragt, ein Kreuz mehr. – Nur einer fehlt. Der Sohn der Lopez. José. – Ivan, wie lange brauchst du, um herauszufinden, wo er sich befindet? Ich behaupte nämlich, auf der Insel. Er ist hier, wo sollte er sonst sein? Nicaragua? In diesen Zeiten? Niemals. Das Virus lässt zurzeit keine solchen Reisen zu. – Ich glaube, ich wage mal ein Konstrukt. Die letzten sieben Jahre machten mich stutzig. Da passt eine meiner Meinung nach nicht hinein. Die Gabor. Ich sag euch, warum. Eltern aus Diplomatenkreisen. Sind nach Ceaușescu hiergeblieben, weil sie zu Hause Angst vor Repressalien hatten. Wahrscheinlich begründet. Die näheren Umstände kenne ich nicht. Spielen auch keine besondere Rolle, denn Tochter Bogdana war ohnehin eher eine Spanierin. In Segovia geboren. Vor ungefähr sieben Jahren lernen sich ihr Vater, der ehemalige Diplomat, inzwischen erfolgreich in dubiosen Kreisen tätig, und Aguilar kennen. Dessen Firma war mehr oder weniger ein Sammelsurium aus kleinen Supermärkten.

Mehr nicht. Aber sie hat einen entscheidenden Vorteil für das, was Gabor vorhatte, sie befindet sich nicht in einem vollen Industriegebiet und verfügt über eine sehr funktionale Lagerhalle. Sie ist außerhalb der Stadt und daher nicht unter Beobachtung. Gabor teilt ihm bei diesem Treffen seine erste Idee mit. *Was halten Sie davon, aus Ihrem Supermarktgeschäft mehr als nur Zulieferung zu machen. Sie haben eine so schöne Lagerhalle ...*" Sanchez Olivero grinste und winkte ab. „Wie ein Staubsaugervertreter erzählt er Aguilar von seinen Ideen und der beginnt zu fantasieren. Alles kommt allmählich in Gang. Der Tourismus lässt das Geschäft langsam blühen. Wahrscheinlich verhökern sie schon da Ware aus zweifelhaften Quellen. Und damit nach außen nichts schiefgehen kann, lässt sich Aguilar in Sicherheitsverfahren unterweisen, um mit der neuen Geschäftsidee von dem ein oder anderen möglichen Verdacht abzulenken. Alles ganz offiziell. Er lernt Chiara Romero kennen. Jetzt könnte man meinen, wie gewollt. Aber sie wird im Endeffekt die eigentlich Betrogene sein. Sie wird schwanger, aber eine Ehe mit ihr kommt leider nicht zustande. Schauen wir uns an, warum. Sie passt nicht in Gabors beziehungsweise in das Kalkül der Organisation, die er vertritt. So vor zwei Jahren, zwar Jahre später, aber die Zeiten sind lukrativer als je zuvor, das Virus sorgt für Rekordeinnahmen. Man verdient sein Geld auf ganz hygienische Weise. Irgendwo in China gibt es Produktionsstätten, zum Beispiel für Masken. Fünf Cent das Stück. Hier werden sie, als der Bedarf nach ihnen stieg, für fünf Euro verkauft. Die Lieferkette ist aufgrund der Dringlichkeit so gut wie nicht zu verfolgen gewesen. Ungefähr vier der fünf Euro bleiben so im *Unternehmen*. Gabor und die Organisation müssen also eine Menge Geld waschen. Das geht ganz geschickt mit den neuen Firmenteilen. Und erst jetzt passt dem Gabor die Verbindung zwischen der Romero und Aguilar nicht mehr. Aber dazu kommen wir noch. Das war der Anruf gerade eben. Jedenfalls schiebt Gabor ihm Bogdana an einem späteren Abend unter. Vielleicht nicht einmal in sein Bett, aber die anderen durften es ruhig glauben. *Ich werde dafür sorgen, dass Bogdana als Ihre Frau gilt.* Wohlgemerkt, das geschieht erst mehr als drei Jahre nach dem ersten Geschäft! – Ich hab's auch fast vergessen: Ivan hat gesagt, sie hätten sich erst vor drei Jahren kennengelernt. Hier steht's: *Ist seit über drei Jahren an seiner Seite. Er fast sechzig und sie gerade mal sieben- oder achtundzwanzig.* – Jedenfalls sorgt Gabor dadurch weiterhin für Einfluss und Druck, denn er hatte herausbekommen, dass Aguilar die Nase voll hatte, und er erfahren, dass ..."

„... er unheilbar krank war. Er stirbt an Krebs. So steht es in den Unterlagen, die wir gefunden haben", intervenierten Andreu und Ivan nahezu gleichzeitig.

„So ist es und Gabor wollte, dass das Geschäft auch ohne ihn weiterläuft. Denn er hatte ja seine Nachfolge schon installiert. Alle Termine, Aufgaben und Instruktionen kamen aus seinem Büro. Ohne sichtbaren Einfluss von ...", der Inspector zögerte kurz, „... na sagen wir, außen. Die Gabor ist ja im Unternehmen. Eine kleine, verdammt hübsche Nervensäge und gezwungenermaßen hervorragende Schauspielerin. Längst für die Zwecke von oben instrumentalisiert. Auch sie kann aus diesen nicht heraus. Aber in seinem Bett landete sie in meinen Augen nicht. Und ihm macht man die Hölle heiß, wenn er es verraten würde. Sie haben auch ein wunderbares Druckmittel: Sein Kind mit der Romero und sie selbst. Und das ganze Geld inzwischen. Die Gabor landet also gar nicht auf seinem Schoß und hat

dennoch die optimale Kontrolle über das Tun der Firma und über all das, was mit Sicherheit zu tun hat. *Servicio de Seguridad, Vigilancia de Seguridad, Ingeniería de Seguridad.* Mein Gott, was für Namen! Unauffällig hoch drei. – Was hat die Lopez gesagt? Sie lädt um. Aus dem einen Lieferwagen in den anderen und so weiter. Ich will ihr glauben, auch dass sie tatsächlich nicht wirklich weiß, was in denen drin ist. Aber ..."
Sanchez Olivero stand plötzlich abrupt auf, nahm von einem anderen Schreibtisch einen großen Bogen Papier und kniete sich auf den Boden. Hinter sich greifend angelte er sich einen dicken Filzstift und begann eine Linie mit ein paar Kreisen aufzuzeichnen, „... sie behauptet, sie wüsste nicht, wie lang sie schon in der Firma ist. Ich hingegen behaupte, sie war vor dreißig Jahren der Grund für Aguilars Frau die Scheidung einzureichen."
Er machte die ersten Eintragungen auf dem Zeitstrahl.

„Grund. Sohnemann José. Nur, dieses Ergebnis einer Schwäche passte wiederum Aguilar nicht. Denn er gründete gerade eine gut gehende Firma. Die Scheidung gelingt ihm noch preiswert. Aber eine Ehe mit der Lopez? Lieber nicht. Die Liebe der einen Nacht ist nicht die Liebe für ein ganzes Leben. Aber sie bekommt einen guten Posten und seine tägliche Nähe – und ein vorzügliches Gehalt. Alles läuft, der Tourismus boomt, das Geschäft blüht, er hat drei, vier Mini-Markets, eine gut funktionierende Lieferkette, plant weiteres Wachstum. Weitere Mini-Markets kommen dazu und dann taucht Gabor plötzlich auf – beachtet die Chronologie –, hat einen Tipp und Aguilar macht auf Sicherheit – und lernt – und so weiter und so fort." Sanchez Olivero machte weitere Einträge. „Warum auch nicht? Mein Gott? Alles menschlich. Die Ehe geschieden. Die Sache mit der Lopez vorbei. Sie schien mir im Übrigen auch nicht unglücklich darüber. Vielleicht weiß sie sogar mehr, als sie uns glauben lassen will. Vielleicht hatte Aguilar noch mehr Frauen ... Trotzdem ... weiter ... Chiara ... Entschuldigung ... ich nenne sie beim Vornamen ... irgendwie ist sie mir sympathisch ..."

„... du hast Elena!", ermahnte ihn Andreu.

„Blödmann! Ich sagte doch, sie ist die eigentlich Betrogene. Denn die Ereignisse hatten sich leider mit dem Auftauchen von Gabor überschlagen. Des einen Freud ist des anderen Leid. Ungefähr drei Jahre geht die Geschäftsidee gut, drei Jahre lässt Aguilar das Konstrukt zu, dann hat er die Nase voll und will sein Leben zurück. In diesem Moment schiebt Señor Gabor ihm also seine Tochter unter, und dadurch seine Kontrolle beziehungsweise diese nach seinem Tod durch die Organisation, die längst im Hintergrund tätig war. Es stand zu viel Geld auf dem Spiel. Deshalb durfte Chiara keine Rolle mehr spielen. Die bekommt einen Mann zugeschustert, eine feine Wohnung, er einen guten Posten bei einer Versicherung und sie darf noch ein bisschen Sekretärin spielen, damit Aguilar und sie sich nicht aus den Augen verlieren. Stattdessen gibt Bogdana die Anweisungen weiter – sie will ja weiterleben und nicht ... sterben –, aber in der ganzen Zeit null Liebe."

„Sie wollten heiraten", wendete nun Enrique ein.

„Daran bin ich auch hängen geblieben." Sanchez Olivero setzte sich wieder an seinen Schreibtisch und entspannte sich mit den Füßen auf dem Schreibtisch. Nach einer Kunstpause fuhr er fort: „... und sich eine neue Zukunft bauen. Ich weiß. Das hat sie gesagt und auch das stimmt. – Aber nicht mit ihm."

„Was?", die beiden sahen ihn entgeistert an.

„Sondern mit José", er deutete auf das Telefon, „das war die Bestätigung, die ich gerade erhalten habe. Denn

ich wunderte mich die ganze Zeit über die Liebschaften in dem Laden. Vielmehr über die angebliche Reihenfolge. Lopez, Romero, Gabor. Gut, wie gesagt, vielleicht gab es zwischenrein noch mehr. Aber warum sollte ausgerechnet nach Chiara, seiner Sekretärin, die ihm *alles* zu verdanken hat, so schnell diese Bogdana folgen?"
Sanchez Olivero brach ab und Andreu und Enrique tauschten wieder ungläubige Blicke, dann sahen sie zu Ivan, der die ganze Zeit still geblieben war.

„Was sagst du dazu?", wollten sie von ihm wissen und erhielten zunächst nur ein Räuspern als Antwort.

„Ich vermute, jetzt folgt mein Part?!" Er sah prüfend zu Sanchez Olivero hinüber, der seine Hände hinter dem Kopf verschränkt hatte und lediglich etwas nickte. Ivan griff hinter sich und zog eine Mappe von seinem Schreibtisch.

„Ich habe hier die Vita von diesem José." Er zog ein nahezu leeres Blatt hervor. „Die ist verdammt kurz. Außer Schule, einer fehlgeschlagenen Ausbildung und einer Anstellung – und jetzt haltet euch fest – bei einer Importfirma für Kaffee und Kakao *aus* Nicaragua – als Fahrer, gibt es dort nichts. Gar nichts. Null. *¡Nada!* Das Einzige, was man ihm zugutehalten kann, sind seine Art und das Aussehen." Er beugte sich vor und reichte Enrique das Blatt Papier. „Letzteres war gut genug, um der Gabor – deren Vita im Übrigen, trotz Sevilla und ihres Vaters, auch nicht besonders viel aufzeigt – den Kopf zu verdrehen – und das schon vor Jahren, quasi von Anfang an – und ihr nun ein Kind zu machen ..."

„*¡Ay qué coño!* Ach du Scheiße!" Die zwei waren wirklich verblüfft und Ivan fügte hinzu:

„... jetzt ist wieder Miguel dran."
Dessen Gesichtsausdruck hatte etwas Belustigtes.

„Die Lopez hatte allerdings recht. Ihr Sohn José war tatsächlich schon zweimal in Nicaragua. Einmal als junger Mann auf Selbstfindung beziehungsweise weil er jemanden kannte, der wusste, wie man dort hinkommen konnte, um für die Selbstfindung den richtigen Stoff zu finden. Und einmal, um – nachdem er es ein weiteres Mal versucht hatte, weil er eine grandiose Geschäftsidee hatte – für zwei Jahre hinter Gitter zu wandern."
Nun beugte sich der Inspector zu seinem Schreibtisch und zupfte das nächste Blatt hervor.

„Mich hat interessiert, wie das jetzt mit dem Geldfluss und einem eventuellen Erbe aussieht. Dazu erklärte mir Aguilars Anwalt: *Keine Sorge, Señora Lopez hat seit Jahren ausgesorgt, statt der Ehe erhält sie seit diesem* – er nannte es tatsächlich Missgeschick – *bis zu ihrem Lebensende einen ausgesprochen hohen Lohn. 4000.* Inzwischen; nach diversen Erhöhungen. Nicht schlecht, oder? – Rechnet mal die Summe aus! Da ist die angebliche Steuerschuld nicht mehr so viel wert. Der One-Night-Stand hat sich also ausgezahlt. Denn mehr war es damals wohl nicht. Sollte es auch nicht sein. Was will sie da noch erben? Aguilar war sozusagen ... in jeder Hinsicht verantwortungsvoll. Vielleicht dachte José deshalb, er würde auch etwas abbekommen. Wenn mal der Tag gekommen ist. – Jedenfalls glaubte er an ein Erbe." Sanchez Olivero unterbrach. „... ich könnte jetzt einen anständigen Kaffee brauchen. Ihr auch? – Ivan, tut deine Maschine noch?"
Ivan nickte und sprang auf. Heute war sein Tag. Normalerweise hatte der Inspector ihm gegenüber irgendwelche Spitzfindigkeiten parat oder schlechte Laune, aber heute durfte er einen Teil der vermutlichen Lösung präsentieren. Fünf Minuten später standen vier dampfende Kaffees auf Sanchez Oliveros Schreibtisch.

Der mit weiterhin ernstem Gesicht einen Schluck trank und gleich darauf fortfuhr:

„Aguilar hatte aber längst neue anonyme Bankkonten und bei seinem Anwalt im Nebenbei das Testament geändert. Natürlich steht von Bogdana in diesem kein Wörtchen drin." Wieder machte er eine Pause und Enrique und Andreu sahen dieses Mal ein verräterisches Grinsen in seinem Gesicht. „Denn wo keine Liebe, auch keine Hochzeit und kein Kind. Und – ¡cuidado!", er lachte über seinen eigenen Witz, „keine Erbschaft. Seine große Liebe war und hieß nach wie vor Chiara. Deshalb auch das neue Haus. Er hatte die Nase wirklich gestrichen voll. Ihre Ehe war ohnehin nur arrangiert – und sie wollten endlich das Leben führen, das sie beide von Anfang an geplant hatten. Und nur im Nebenbei, sie wohnt allein. José wusste aber von alledem nichts, hat seine Zukunft zur selben Zeit geplant und sich inzwischen selbst eine Wohnung gekauft. Dumm – kann ich nur sagen. Von der Mutter konnte er kein Geld, vielmehr nicht genug bekommen, denn ihr hoher Lohn war sozusagen der Ersatz für eine mögliche Erbschaft und sie hatte sich mit dem Geld selbst eingerichtet. Aber er dachte, mit einem Erbe könnte er seine Schulden bezahlen. Er hat nämlich über eine Immobilienfirma in ein zu renovierendes Gebäude in der Altstadt von Palma investiert. Soll doch die doofe Chiara das andere verkaufen. Doof, wenn man es nicht blickt."
Enrique und Andreu grunzten synchron und schauten sich immer noch sprachlos an.

„Chiara ist also die Erbin in dem ganzen Durcheinander?", fragten sie im Chor.

„Genau. Mit circa zwei Millionen. In den letzten Jahren zur Seite geschafft, weil er seinen Teil des Geldes richtig angelegt und nicht in die eigene Firma ... investiert hat. Die läuft inzwischen von allein, weil die Gabor mit Aufträgen von oben Geldwäsche über seinen Schreibtisch betreibt. Deshalb fiel auch nichts auf. Vergesst nicht, was wurde uns gesagt? *Señor Aguilar hat sich um die laufenden Geschäfte kaum noch gekümmert.* Chiara Romero, als seine Sekretärin, hat lediglich die Dinge, die wichtig für ihren Teil waren, aussortiert und ihm zukommen lassen. Der Rest interessierte weder ihn noch sie, der wurde ohnehin von der Organisation bestimmt. Aber sie hat auf diese Weise den Anschein gewahrt, dass er noch der Verantwortliche war. Auch damit die Finanzbehörde Ruhe gab."

Sein Blick schweifte sinnierend durch den Raum und blieb bei jedem der anderen für einen kurzen Moment hängen. Die waren zu verblüfft, um sofort zu reagieren. Mit einem leisen Seufzer ergänzte Sanchez Olivero:

„Die Firma wird jetzt sicher zerschlagen oder diese Truppe rund um die Gabor übernimmt – so lange, bis unsere zuständigen Abteilungen sich endlich derer annehmen. Wahrscheinlich werden sie bezüglich der angeblichen Steuerschuld auch fündig. Die es so vielleicht nie gab. Ich vermute eher, bestimmte Leute aus der Behörde haben sich gut bezahlen lassen. Auf seinem Schreibtisch liegen entsprechende Papiere."

„Aber dann könnte auch die Romero die Täterin sein. Sie ist trotz allem verheiratet."

„Welchen Grund sollte sie haben? Was hätte sie davon? Aguilar war ihre große Liebe, warum sollte sie ihn umbringen? Ich wette, sie weiß alles. – Niemand in der Firma hat so reagiert wie sie."

„Doch, die Gabor. Sie war vollkommen aufgelöst."

„Na klar! Macht auch Sinn. Sie wusste als Erste, was passiert war und welche Konsequenzen das alles haben

würde. Nein. José brauchte dringend das Geld. Denn das Virus ließ die Einnahmen und somit die Finanzierungsmöglichkeiten dieser Immobilienfirma versiegen. In deren Fonds zahlen und zahlten nämlich nicht nur reiche Leute ein, sondern auch welche, die sich eine Anlage versprochen hatten. Aber wenn sie ihren Job oder gar ihr Leben durch das Virus verloren haben, fallen diese Einzahlungen weg und den Projekten fehlen mehr und mehr die Investitionen. Also liegen sie auf Eis und werfen folglich auch nichts mehr ab. Der Fonds platzt, das Geld ist weg und mancher deswegen pleite – wie José. Nun hängt ihm die Bank im Nacken. Aber wohin? Seine Mutter hat zwar viel, aber nicht genug Geld. Und seit Nicaragua hatten sie sich auch etwas auseinandergelebt. – Nein, José hatte sich verzockt, zugeschlagen und gedacht, der Sturm kommt ihm gerade recht. Wenn, hat seine Bogdana geholfen."
Zwei Augenpaare schauten ihn verblüfft und mit einem ständigen Kopfschütteln an. Andreu ließ nicht locker:
„Dann wäre da noch der Mann von der Romero."
„Ich gebe zu, er stand als Zweiter auf meiner Liste. Der über Jahre gehörnte Ehemann. Denkt sich, Schluss mit dem Theater. Toller Beruf und gesicherte Zukunft hin oder her. Aber jetzt kommt's. – Manche Teile unserer Behörde haben doch einen guten Zugang zu absichtlich versteckten Daten. Denn ... er hat kein Interesse an Frauen. Peng. Egal, wie liberal Spanien geworden ist, zumindest in seinem Job, immerhin ist er in sehr leitender Position, war das hinderlich. So hat er sich mit gutem Geld bezahlen lassen. Im Übrigen hat er unter einem anderen Namen ein feines Haus in der Nähe von Peguera. Warum sollte er also an der Konstellation was ändern? Nach sechs sorgenfreien Jahren, die ihm Aguilar verschafft hatte. – Vor allem, wie

durchtrieben muss er dann doch sein, die Leiche einen Tag zu verstecken, um sie dann, dank des Sturms, woanders unterbringen zu können. Irgendwie passt das nicht zu ihm."

„Warum dieser ganze Quatsch mit der Ehe von der Gabor mit Aguilar?", fragte plötzlich Andreu.

„Komisch, dass ihr jetzt erst fragt. Ganz einfach. Auch Aguilar ist ... war nur ein Mensch. Einerseits wollte er Chiara nicht verlieren und andererseits verdiente er mit dem Kuhhandel weiterhin gutes Geld. Jedem war geholfen. Er war regelmäßig bei Chiara. Im Grunde wohnte er dort. Aber nach dem Tod von Gabor organisierte er seinen Teil um, weil er befürchtete, dass dann alles vorbei wäre. – Habt ihr eine Haushälterin gefunden? Ja? Nein? Vielleicht? – Die Moreno? Warum hängt deren Zettel eigentlich nicht hier an der Wand? Ich kann es euch sagen, weil sie nicht die Haushälterin ist, sondern Bogdanas einzige Freundin."

Was für ein Durcheinander. Alle schüttelten den Kopf. Auf der anderen Seite war das Komplizierte doch recht logisch. Sie schauten ihn erstaunt an, räusperten sich wieder und setzten zur nächsten Frage an. Doch Sanchez Olivero kam ihnen zuvor:

„Ich mache es einfacher: Die Lopez, Josés Mutter also, und wahrscheinlich auch die Romero, seine Sekretärin und eigentliche Geliebte, wussten von der Situation im Haus Bescheid, wussten, dass José und Bogdana ein Paar waren, aber vorerst keine Chance hatten, unabhängig zu sein. Die Organisation hatte andere Interessen und vor allem damit gedroht, sie umzubringen, wenn ... Ihr wisst, wie solche Kartelle, wie die Mafia und ähnliche Organisationen funktionieren. Ist deine Familie Teil davon, bist du mit deinem Leben auch Teil davon. Deshalb hatte Bogdana Gabor, ob sie wollte oder nicht, mitzumachen und alles haarklein weiterzugeben. Natürlich hätten sie und José abhauen können. Aber sie hatten Angst. Schlicht Angst. Hätte ich auch. Der Plan, den die beiden hatten, ähnelte daher dem von Aguilar, raus aus der Firma, zusichern, dass man nichts verraten würde und keine Ansprüche stellen. Dafür braucht man Geld. Aguilar musste sterben, weil José pleite war. Diese beiden Details reichen, zwei Lebensplanungen für immer zu zerstören. Dieser kurze Satz erklärt im Grunde das Desaster. Vielleicht wird die Firma zerschlagen oder von der Organisation fallen gelassen, weil man sich eine neue suchen wird. Vielleicht läuft sie auch einfach weiter. Aber das muss uns nicht kümmern. Das ist Aufgabe der anderen Abteilungen. Wir brauchen José und unser Teil der Aufgabe ist erledigt."

„Wo finden wir deiner Meinung nach José?"

„Auf dem Firmengelände."

11. Oktober, 22 Uhr 10

Wieder einmal lag sie im Bett. Er hatte es sich schon fast gedacht. Den ganzen Tag über war sie ja nicht an ihr Handy gegangen. Und im Krankenhaus meinte Teresa am Mittag, sie sei zum Termin gegangen. Auch ihr wollte Elena am Nachmittag Bescheid geben, sobald sie wieder da sei. Aber wahrscheinlich hat sie den Anruf überhört. Es ginge gerade drunter und drüber im Krankenhaus. Dann folgte von ihr noch ein Dank, dass er sich um Elena kümmere, Elena hätte ihr gesagt, dass er sie zu den weiteren Terminen begleiten würde. Das sei ja nicht selbstverständlich. Wenn sie es richtig im Kopf hätte, wäre der erste mit ihm zusammen nächste Woche. Miguel sagte noch:

„Ja, der heute war eine Art Vorbesprechung ..."
Und Stunden später wunderte er sich genauso wie Teresa, denn sie hatte sich auch bei ihm nicht gemeldet. Jetzt lag sie da und eine innere Stimme sagte ihm, dass etwas ganz und gar nicht stimmte. Er setzte sich neben sie auf die Kante der Matratze und berührte ihr bleiches Gesicht mit seinen Fingern. Regelrecht panisch fuhr sie zusammen, als sei sie aus einem schrecklichen Traum aufgewacht und zuckte vor ihm zurück, als sei er das Ungeheuer, das ihr gerade im Dämmer begegnet war. Auch er erschrak und schwang mit Schwung die Decke zur Seite. Sie hatte nichts weiter an als einen einfachen BH und einen seiner Slipboxer und war vollkommen verschwitzt. Hätte er nur auf den Schoß geschaut, hätte er fast glauben können, ein Baby mit einer Windel vor sich zu haben, so dick war die Unterhose ausgestopft. Als er eine Hand nach ihr ausstreckte, wich sie weiter zurück und schrie:
„Nein! Fass mich nicht an! Nicht jetzt!"
Durch schmale Augen sah er sie an und meinte so ruhig wie möglich:
„Ich bin es nur. Keine Angst. Ich tu dir doch nichts."
Elena schien sich zu sammeln und zu orientieren. Etwas hektisch und mit rollenden Augen schaute sie um sich, wischte sich mit beiden Händen übers Gesicht und zog dann das Leintuch wieder über ihren Unterleib. Vorsichtig beugte er sich wieder über sie und zog langsam das Laken wieder von ihr herunter. Am ganzen Körper zitternd verfolgte sie seine Hände. Aber die Kraft, ihn daran zu hindern, hatte sie nicht mehr. Aus dem Zittern wurde ein Beben, als er es auf den Boden neben sich warf. Mit der gleichen Konsequenz zog er ihr die Boxershorts aus. Zwischen ihren Schenkeln tatsächlich so etwas wie eine sehr dicke Einlage aus Klopapier und

zusammengefalteten Papiertüchern, die von einem Slip an ihrem Platz gehalten wurden. Auch diese Konstruktion zog er langsam weg und sah sofort die Blutflecke in den Tüchern.

„Du hast deine Tage?", fragte er überrascht, obwohl er etwas anderes ahnte. Ihre Antwort war ein kraftloses Schluchzen. Wie ein kleines Kind, das nicht gesehen werden wollte, versteckte sie ihr Gesicht hinter ihren Händen. Ein Weinkrampf schüttelte sie durch und er umfasste ihre Taille, die ihm mit einem Mal fürchterlich dünn und fragil erschien. Mit den Daumen spürte er ihre Rippen so deutlich, als seien sie die schwarzen Tasten eines Klaviers. Dann drehte er sie langsam auf den Bauch und sah die roten Flecken auf ihrem Rücken, ihren Schenkeln und ihrem Po, die wie Striemen aussahen und eindeutig von einer Hand stammten.

Seine Tränen liefen sofort und er zog die Nase hoch und wischte sie mit einem Handrücken ab. Anschließend ging er hinaus zur Küchenzeile und riss einige Papiertücher von der Rolle. Als er wieder zurückgekehrt war, hockte sie mit zusammengepressten Beinen in der hintersten Ecke des Schlafzimmers unter dem Fenster neben dem Schrank und drückte sich sofort seinen Papierballen zwischen die Beine. Allerdings mehr aus Scham, Verzweiflung und wegen eines kaum beschreibbaren Schmerzes, denn bluten tat die Wunde kaum noch. Ihren Kopf presste sie dabei zwischen ihre Knie. Miguel setzte sich ihr gegenüber und lehnte sich an die Wand zwischen Schrank und Tür und beobachtete sie. Abstand fast drei Meter. Es entsprach der Breite eines berühmten Canyons und er glaubte in den Abgrund zu sehen. In seinem Kopf entstand ein totales Durcheinander und er wusste nicht, ob er für das, was nun folgen müsste, stark genug war.

„Was hat er mit dir gemacht?"
Vielleicht ließ seine Stimme deshalb wieder nur den Ton eines hart geführten Verhörs zu. Elena sah ihn mit leeren Augen an und schüttelte den Kopf. Ein Blick von ganz weit weg und durch ihn hindurch, voller Angst, sogar Panik. Ihr Kopf befahl ihr, zu ihm hinüberzukriechen. Ihr Kopf befahl, ihn anzuflehen, dieses eine Mal, ein letztes Mal zu verzeihen. Ihr Kopf befahl, ihrem Herz zu gehorchen. Ihr Kopf steckte fest und der Rest ihres Körpers verweigerte jeglichen Gehorsam. Denn dieser Rest sehnte sich danach, von ihm verprügelt zu werden.

„Was hat er mit dir gemacht?"
Nun war seine Stimme weich geworden, voller Traurigkeit und Enttäuschung. Er würde nun sicher nicht mehr weiter fragen wollen. Nichts mehr sagen. Wahrscheinlich würde er gleich aufstehen und gehen und einen Zettel zurücklassen, auf dem stünde, morgen, wenn er zurückkäme, wolle er sie hier nicht mehr antreffen wollen. Doch er blieb sitzen. Minutenlang ohne ein Wort. Ohne eine Bewegung. Sein Kopf war wie ihrer zwischen die Knie gesunken. Sie hörte ihn nur noch leise weinen. Seine Tränen flossen, ihre waren versiegt. Sie wollte aufstehen, doch der Schnitt in ihrer Scheide, vielleicht war es auch nur noch die Erinnerung an diesen, fühlte sich an, als würde er ihren Körper spalten. Sie biss sich auf die Unterlippe, um einen Aufschrei zu vermeiden, und zog sich umständlich mit einer Hand am Bett hoch. Mit weit offenem Mund atmete sie ein. Dann ging sie so leise wie möglich an ihm vorbei ins Bad.

Dort zog sie sich aus und setzte sich, wie vor ein paar Tagen, in die Duschwanne. Doch das Wasser drehte sie nicht auf. Im Gegenteil, sie genoss die kalte Keramik und die kalten Fliesen an ihrem Rücken und

Po. Nach ein paar Minuten hatten sich ein paar Tropfen aus ihrem Schoß zu einer schmalen Spur Blut vereinigt und diese rann langsam in Richtung des Abflusses in der anderen Ecke, die sie verfolgte. Es war tatsächlich nicht mehr viel. Morgen früh schon, spätestens übermorgen wäre die Wunde geschlossen. So war das nun mal mit Verletzungen an dieser Stelle. Sie kannte das. Nur ein Brennen würde sie noch ein paar Tage länger daran erinnern. Strafe genug. Aber es war unwahrscheinlich, dass Miguels Gefühle genauso ... wiederhergestellt oder gesunden oder geheilt sein würden. Es war unwahrscheinlich, dass ihre eigenen – hatte sie überhaupt noch welche? – geheilt werden könnten.

Sie legte ihren Kopf in die Ecke und versuchte zur Ruhe zu kommen. Befahl sich, ruhig zu atmen. Aber in ihr tobten diese wahnsinnigen Bilder mit Armando, gleichzeitig Vasquez, gleichzeitig ihrem Stief-Vater, gleichzeitig den jungen Männern drüben in Amerika, die sich zu siebt an einem Abend über sie hergemacht hatten. Spätestens da spielte es schon keine Rolle mehr, dass sie, als sie dreizehn oder vierzehn war, nichts anderes als Vergewaltigungen durch ihren Stief-Vater erfahren hatte. Diese hatten wehgetan, diese hatten letzte Gefühle zerstört, diese hatten die Verbindung zu ihrem Herzen und ihrer Seele gekappt. Von da an funktionierte nur noch eine – inzwischen aufgeilende und zugleich tröstende – Erfahrung. Die von Schmerz und Leid. Miguels Liebe half in diesen Momenten nichts.

Elena angelte sich den Duschkopf und drehte das Wasser auf. Kalt und hart. Wusch das Blut weg und wartete, bis das Brennen nicht mehr auszuhalten war. Dann trocknete sie sich mit Klopapier ab.

12. Oktober, 5 Uhr 40

Ausgerechnet die Gonzales, die Psychotherapeutin, die, die er beim besten Willen nicht leiden konnte, versuchte ihm seit Stunden alles zu erklären, während er schon genauso lange auf einem Stuhl saß und sich wie gefesselt vorkam. Am liebsten wäre er ihr aber an die Gurgel gesprungen und hätte sie angeschrien: *Was soll Ihr Gelaber? Was kann ich tun? ¡La madre que te parió!* Aber seine Stimme versagte, warum auch immer. Zum mindestens tausendsten Mal meinte sie: „Sie können nicht helfen. Sie nicht. Sie sind zu dicht dran." – *¡Cretina! Blöde Gans!* – seine Antwort blieb irgendwo stecken. Er tastete mit einer Hand neben sich, wollte Elenas spüren, drehte sich abrupt um – und wachte auf. Seine Hand traf ins Leere, fühlte nur das Laken und dieses war glatt und kalt. Er knipste das kleine Licht neben sich an und wie vor zwei Tagen schaute er auf den Schrank, auf das Schränkchen neben ihrem Bett und dabei auch wieder auf das Laken. Ein paar kleine rote Flecken, Zeugen von einer Tat, die er sich vorstellen musste und nicht konnte, vor allem nicht das Warum. Am Fußende sein Pyjama, den sie in der Nacht getragen hatte. Mit beiden Händen rieb er heftig über sein Gesicht, um für die nächsten Minuten genügend wach und gewappnet zu sein. Er schob sich hoch zum Kopfende, fluchte leise – er hatte sich gestern Abend scheiße benommen – stand auf und machte nebenan das Licht an.

Schon in der Tür sah er sie. Auf dem Sofa, unter der Decke, steif, als sei sie ein Brett, nach oben starren. Für ein, zwei Sekunden glaubte er deshalb, sie sei tot. Wie eine Leiche, deren Augen im letzten Moment ihres Daseins noch etwas Hoffnungsvolles mit auf die letzte Reise nehmen wollten, lag sie da. Aber über ihr war nichts, was dies wert gewesen wäre. Ihr Blick daher ausdruckslos, ernst und eher enttäuscht darüber als traurig. Dann drehte sie den Kopf zu ihm und sah ihn an. Ihr Blick unverändert, plötzlich um Jahre gealtert, daher Angst machend. Er rieb sich nochmals über das Gesicht, auch um zu verhindern, nun irgendetwas Unkontrolliertes zu sagen. Davon hatte er in der Nacht genug von sich gegeben. *Ich bring ihn um*, war noch das Harmloseste. Langsam ging er zu ihr hinüber und setzte sich neben das Sofa auf den Boden.

„Warum schläfst du hier?", fragte er und wusste sofort, dass es eine dumme Frage war. Elena ließ sie unbeantwortet und blieb regungslos liegen. Er drehte sich ein wenig mehr zu ihr und schaute sie an. Was für ein Blick?! Keine dreißig Zentimeter von ihm entfernt. Fast röntgenhaft. Was dachte sie? Er beugte sich vor, um seine erste Empfindung zu überdecken, und gab ihr einen Kuss. Ihre Lippen hart wie zwei nebeneinanderliegende Bleistifte. Ihr Gesicht zeigte keine Reaktion.

„Ich hab' mich scheiße benommen gestern Abend", meinte Miguel sanft.

Ein hartes Auflachen von ihr.

„Du?" Sie. Trocken. Mit versteinerter Miene.

„Komm!", erwiderte Miguel nur und streckte ihr eine Hand hin.

„Was willst du?" Mit schneidend scharfem Ton.

„Leg dich ins Bett! Und ruh dich da noch für ein, zwei Stunden aus. Ich muss gleich ein paar Verhaftungen vornehmen." Sein Lächeln war bemüht und während er es sagte, deckte er sie auf. Die ganze Nacht hatte sie wohl nur den BH und inzwischen statt der vollgestopften Boxershorts den Slip angehabt. *Du musst doch frieren*, dachte er und sie sah seinen Blick.

„Schleimhäute heilen schnell ab", erklärte sie tonlos und er streichelte sanft über ihren Bauch. Sie hielt seine Hand fest und meinte: „... aber dafür ..."

„Ich möchte, dass du noch eine Weile schläfst", unterbrach er sie, „in deinem Bett. Und nicht ... und nicht hier auf der Couch."

Sie richtete sich auf und nickte und schüttelte den Kopf gleichzeitig.

„Red nicht! – In meinem Bett. So ein Blödsinn. – Ich muss im Übrigen auch los. Im Krankenhaus ist die Hölle los. – Wenn schon nicht dir, muss ich da helfen."

„In deiner Verfassung?", wendete Miguel ein.

„Du verstehst nicht. Mir tut das, was ich mit dir gemacht habe, mehr weh als das, was ... als das mit mir."

„Ich bleibe dabei, wir werden einen Weg finden." Er umarmte sie und wiegte sie ein wenig hin und her.

„Den hätte ich verdammt noch mal schon längst einschlagen müssen." Sie klang zornig.

„Lass uns zusammen den ersten Schritt tun. Du hast doch nächste Woche einen Termin."

Elena sah ihn traurig an und begann zu weinen.

„Ich sagte doch, diesen Weg hätte ich verdammt noch mal auch einschlagen müssen, stattdessen habe ich dich wieder einmal angelogen."

„Ich dich gerade nicht." Ohne Vorwurf.

12. Oktober, 9 Uhr 20

Auf der Straße von Alcúdia nach Inca hat sich am gestrigen Abend ein schwerer Unfall ereignet. Wie die Lokalpolizei von Alcúdia mitteilte, überschlug sich dort in den Abendstunden ein Auto, der Fahrer wurde dabei schwer verletzt. Über die Unfallursache wurde zunächst nichts bekannt. Überhöhte Geschwindigkeit wurde gegenüber unserer Zeitung nicht ausgeschlossen. Während wohl ein Fremdverschulden nicht infrage kommen kann.

Das Foto zeigte einen schwarzen Audi. Miguel nahm eine Lupe aus seinem Schreibtisch und beugte sich über die Zeitung. Sofort ziepte wieder seine Narbe hinten am Kopf. Der Schmerz war ihm egal und das Foto nicht scharf genug. Aber den Audi kannte er. Sicher. Er griff zum Telefon.

„Weißt du Näheres zu dem Unfall gestern bei Alcúdia?" Wie immer fing er ohne Begrüßung an.

„Nee, nicht so viel mehr. Warte mal! Hier liegt etwas. Es gibt eine Zeugenaussage von einem Tòfol Coll. Der war mit seinem Wagen 50 bis 100 Meter dahinter. Es heißt, der Audi hätte plötzlich die Leitplanke touchiert, wäre dann abgehoben und über sie geschanzt. Er könne zwar Geschwindigkeiten nicht gut einschätzen, aber Sekunden vorher hätte der ihn mit extrem hoher Geschwindigkeit überholt. Das alles würde zu dem passen, was die Kollegen vorgefunden haben. Der Unfallfahrer ist im Übrigen ein Anwalt aus Palma, Armando Ruiz Castedo. Der Name sagt mir was. Ist das nicht der, der bei *Más Mallorca* mitgespielt hat?"

Miguel tat überrascht und erwiderte entsprechend:

„Ach, sieh einer an! Und dann kommt er auch noch von Alcúdia. Da soll ja das angebliche Konkurrenzobjekt stehen. Vielleicht erinnerst du dich? Mannomann, ich möchte nicht nach den Gründen wühlen müssen. – Okay! Ich danke dir. Ich hatte ehrlich gesagt einen Verdacht, als ich das Foto sah. Der schwarze Audi. Nun ist der Fall wirklich abgeschlossen. Die Staatsanwaltschaft hat deshalb aber sicher noch ein Hühnchen mit ihm zu rupfen. Vielleicht reicht es, damit er ins Gefängnis kommt."

„Nun ja, nun liegt er erst einmal im Krankenhaus. Die werden abwarten müssen. Laut diesem Bericht war oder ist es wohl nicht sicher, ob er überleben wird."

„Oh, so schwer?", gab Miguel zurück.

Nach dem üblichen Geplänkel legte er auf und lehnte sich zurück. So schnell konnte es manchmal gehen. Er atmete schnaubend durch. Mit einem Mal ging es ihm nicht gut und er unterdrückte ein Hüsteln.

12. Oktober, 9 Uhr 45

„*Bon dia!*"

Die Sekunden verstrichen ohne ein weiteres Wort. Dann:

„Seit wann sprichst du mallorquinisch?"

„Wenn das rauskommt, bekomme ich mindestens fünf Jahre."

„Weil du mallorquinisch sprichst?" Eduardo lachte herzhaft.

„Du weißt, was ich meine."

„Ich weiß, ehrlich gesagt von nichts."

Wieder ein paar stille Sekunden.

„Das kann ich dir nie wieder gutmachen", stellte Miguel fest.

„Klär mich auf!"

Miguel stieß einen Seufzer aus.

„Steht heute sogar in der Zeitung."

Nun atmete Eduardo tief durch.

„Er hat es nicht anders verdient. – Und? – Zu schnell gefahren. – Wo ist das Problem?"

„Man könnte dahinterkommen. – Und … wer ist Tòfol Coll?"

„Wenn du jetzt noch lange weiter darüber redest, könnte es tatsächlich sein, dass man dahinterkommt, weil deine Kollegen um dich herum vielleicht neugierig werden, was du so für Gespräche führst. Deshalb: Ich weiß von nichts. – Was macht Elena?"
Miguels nächster Seufzer.
„Ich kann es dir nicht sagen. – Diese Erschütterung – ich finde kein besseres Wort – in ihrem Leben wird ihr wohl erst jetzt so richtig bewusst. Du hast ihn ... wohl direkt danach erwischt. – Jetzt werde ich ihr erst recht helfen müssen. – Ich hab' wegen dem Ding an meinem Kopf eigentlich noch frei. Zurzeit bin ich einfach nur da."
„Das sehe ich. Du sitzt an deinem Schreibtisch in der *Simó Ballester*. Du hättest mit deinem Handy anrufen sollen, obwohl ..."
„Jeden Tag für zwei Stunden", log Miguel, „in der Hoffnung, dass sie jetzt keinen weiteren Mist baut. – Was sie mir versprochen hat."
„Es täte ihr unter Umständen gut, wenn sie jemanden ..."
„... das habe ich ihr ja vorgeschlagen. Sie braucht einen anderen Beistand als mich. Sie fragte mich, ob ich sie begleiten würde."
„Und?"
Wieder viele stille Sekunden, bevor Miguel antwortete. Eduardo musste das gestrige Debakel nicht wissen. Miguels Antwort blieb ohnehin davon unbeeinflusst.
„Ja. – Natürlich."
„Dann tue es. – Inés ist fort. Gabriela verletzt oder zumindest enttäuscht. Lässt du Elena nun auch gehen, stehst du vor einem Scherbenhaufen von Beziehungen. Das würde ich als am Leben gescheitert bezeichnen."

Miguel hielt den Atem an. Eduardos Ton war eindeutig. Und genau in diesem Moment fragte er sich, warum er in diesen Fragen noch nie seine Eltern konsultiert hatte. Die erste Anlaufstelle in den letzten paar Jahren war in allen Fragen Eduardo. Jetzt sogar bei privaten Problemen. Passend dazu sagte Eduardo:

„Wenn du es ernst meinst, dann stelle Elena deinen Eltern vor. – Wann sagtest du, warst du das letzte Mal bei ihnen? Vor fast zwei Jahren? – Also, frage dich einfach, ob du Elena deinen Eltern vorstellen würdest. Beantwortest du diese mit Ja, tue es. Jetzt ist die beste Zeit dafür. Dein Schädel erlaubt dir ein paar Tage dafür. Ansonsten denke an den Scherbenhaufen. – Mann, du bist manchmal so kompliziert wie eine Frau."

„Eine Garantie kann ich ihr aber nicht geben."

„Was für eine Garantie kann man überhaupt geben? Die Liebe ist der Liebe Preis. – Hat mal ein berühmter Deutscher gesagt. – Fand ich schon immer beeindruckend. Die hatten mal Zeiten, da hatten die noch Hirn im Kopf und fähige Wissenschaftler." Eduardo war wieder der Alte und schmetterte sein Lachen ins Telefon: „Jetzt schimpfen sie darüber, in ihrem ach so nötigen Urlaub am Ballermann auf ihre Gesundheit achten und Maske tragen zu müssen, mit einem Fass Bier in der Hand und ungeimpft. – Genial."
Miguel seufzte ein weiteres Mal.

„Mein Leben ist ohnehin schon verwirkt. Ich habe fast einen Mord in Auftrag gegeben."

„Das wüsste ich aber. Dass er nicht Auto fahren kann – und das dann auch noch zu schnell –, ist nicht deine Schuld und ist auch nicht dein ... Bier. Tòfol Coll kann das sehr gut einschätzen. – Und tu nicht so! Nachdem Elena dir ihr Leid gesagt hat, hättest du es doch am liebsten selbst gemacht. – Komm mich endlich mal wieder besuchen. Und zwar bald. Ich komme sonst bei den Frauennamen nicht mehr mit. Also in diesem Monat noch! Mit Elena! – Hast du sonst noch was?"

„Nicht mehr", Miguel versuchte zu lachen, „das erledigt sich demnächst durch Verhaftung."

„Halt mich auf dem Laufenden. Und denk dran, solche Dinge wie mit Elena brauchen eine gewisse Konsequenz. – Gestammelte Liebe allein reicht nicht. Dafür habt ihr später noch Zeit."

12. Oktober, 11 Uhr 05

„Hallo Teresa! Ich bin's, Miguel."

„Ich hab's mir gedacht, als ich die Nummer gesehen und deine Stimme gehört habe. – Was macht dein Kopf? War ja eine üble Sache."

„Alles in Ordnung. Vorhin wurden die Fäden gezogen. Jetzt ziert mich da oben nur noch ein Pflaster. – Ich ... also ... der Grund, weshalb ich anrufe ..."
Miguel atmete tief durch, bevor er fortfuhr:

„Könntest du mir noch mal die Liste zukommen lassen?"

„Welche Liste?" Teresas Stimme klang ehrlich erstaunt.

„Nun ... ich dachte ... also die, die du Elena ... die mit den Namen der Psychiater", erwiderte er zögernd und fast stotternd.

„Ich habe ihr keine Liste gegeben", kam nach einer abwartenden Sekunde als Antwort.
Er schluckte. Das genau war sein Verdacht. Sein Seufzen war auch im Büro nebenan zu hören. Andreu sah auf, *Brauchst du Hilfe?*, schien er zu fragen, machte ein

entsprechendes Gesicht und Miguel wedelte abwehrend mit einem Finger.

„Sie hatte mir vor ein paar Tagen eine Liste gezeigt. Angeblich von euch. Angeblich mit Namen und Adressen von Psychiatern, die ihr helfen könnten. Und angeblich hattest du ihr einen Namen empfohlen."

„Welcher soll das gewesen sein?"

„Leider habe ich sie nur überflogen. Ehrlich gesagt habe ich deswegen auch keinen im Kopf."

„Wie gesagt, ich habe ihr keine Liste gegeben. Aber ich weiß ja inzwischen ein bisschen Bescheid. Sie hatte irgendein Blatt in der Hand und darüber gesprochen. Ich habe ihr daraufhin dringend empfohlen, Hilfe in Anspruch zu nehmen."

„Dann ist die Liste vielleicht aus eurem Krankenhaus." Seine Feststellung ähnelte eher einem Rätseln. „Aber wenn du sie nicht ..." Er brach ab und seufzte ein weiteres Mal.

„Nein, ich nicht. Aber wie gesagt, das Blatt war vielleicht so etwas. Ich kam vor Kurzem in unser Dienstzimmer, da hat sie was ausgedruckt. Kann die Liste sein, von der du sprichst. – Hast du Zeit? Dann könnten wir uns treffen und uns einmal darüber unterhalten. Ich habe den Eindruck, dass das nicht ganz unwichtig wäre. Es gibt da ein paar Dinge, die du vielleicht ..."

„Da hast du recht. Ich komm rüber. Sagen wir in einer halben Stunde?"

„Nein. Ich komme. Ihr habt sicher so was wie ein Besprechungszimmer oder so. Nicht dass sie uns sieht. Sie ist gerade auf Station. Das Krankenhaus ist zwar groß, aber dann doch nur ein Dorf. Wird aber länger dauern. Ich gebe dir Bescheid, wenn ich losfahren kann. Okay?"

~~~

Es ging schneller als vermutet. Bereits nach einer Viertelstunde rief Teresa schon wieder an und sagte, dass sie losgefahren sei. Und nun saß sie ihm gegenüber. Im dritten Stock war ein kleines Büro frei geworden, das heute niemand mehr brauchte. Teresa legte ihren Arztkittel ab und warf ihn achtlos über einen Stuhl. Sie trug die übliche Klinikkleidung, die sie in dieser Umgebung streng aussehen ließ. Miguel beobachtete sie. All ihre Bewegungen schienen ruhig und überlegt. Teresa wirkte daher erfahrener, vielleicht sogar erwachsener als Elena in manchen Momenten. Mit den Fingern strich sie sich die Haare, lang, braun, etwas gewellt, hinter die Ohren. Dann setzte sie sich ihm gegenüber und sah seinen nahezu forschenden Blick, der einen ganzen anderen Typus Frau vor sich sah, als Elena es war. Eher unauffällig, zurückhaltend und auf diese ganz bestimmte Weise lebenserfahren. Souverän fiel ihm ein. Etwas, was er so bisher nur in Gabrielas Blick bemerkt hatte, obwohl man andererseits ihre Gesichter nicht miteinander vergleichen konnte. Elenas indes hatte von der ersten Sekunde an oft etwas Erschrecktes, ja Ängstliches, was sie mit – spätestens jetzt wusste er, dass dies aufgesetzt war – einem Lachen überdeckte. Und Inés war ihm oft mit einer schützenden und burschikosen Überheblichkeit begegnet. Was er in seinem Polizistenalltag bei Vernehmungen sofort als Abwehrreaktion werten würde, hatte er im Privaten nicht erkannt.

„Darf ich dir etwas zu trinken anbieten?", fragte er und schmunzelte sofort: „Ist eh entweder nur Wasser oder ein Kaffee. Hier in der Burg, wie wir unsere *Jefatura* nennen, haben wir leider keine große Auswahl."

„Ein Glas Wasser reicht vollkommen." Ihre Stimme wie ihr Aussehen mit einem warmen Klang. Miguel ging kurz zurück in den Gang, um von gegenüber mit einer Flasche Wasser und Gläsern zurückzukehren. Er stand noch in der Tür, als Teresa begann:

„Elena hat uns wohl beide gefoppt."

Er wunderte sich über den Ausdruck. Glaubte sie, Elena hätte das zum Spaß gemacht? Deshalb fragte er nach:

„Gefoppt?"

Teresa drehte sich ein wenig um und lächelte ihn über die Rückenlehne an.

„Du hast recht. Gefoppt ist nicht der richtige Ausdruck. Ich hab' auf der Fahrt hierher ein wenig nachgedacht. Freude und Glück hatte sie wohl nur in den letzten Wochen empfunden. – Nachdem sie dich kennengelernt hat. Ab da war sie verändert. Positiv."

Auf ein solches Lob war Miguel nicht gefasst. Er war inzwischen an den Tisch getreten, stellte die Gläser ab und füllte sie. Sein Blick wanderte deswegen schüchtern geworden sekundenlang zwischen den Gläsern und ihrem Gesicht hin und her. Bevor er etwas erwidern konnte, begann Teresa:

„Du musst wissen, in diesen Wochen war sie – wie soll ich sagen – glückselig, ja, das trifft es. Sie hat von eurer Verbindung und dir nur so geschwärmt ..." Sie sah ihn mit einem – wie er glaubte – eindeutigen Lächeln an, sodass er davon ausging, Elena hatte bestimmte Details preisgegeben. Er zuckte deswegen wieder ein wenig zusammen und schüttete etwas daneben. Mit entschuldigendem Gemurmel stellte er die Flasche ab, dachte an die erzählten Details und wurde rot. Ihm fiel die Nacht am Strand ein, die am *Santueri* und ... Ohne Teresa weiter anzuschauen, setzte er sich mit einem leisen Hüsteln, das wie ein Krächzen klang, ihr gegenüber und trank einen Schluck. Teresa hingegen erzählte einfach weiter:

„... was ich ehrlich gesagt, auch gut verstehen kann."
Jetzt wirklich rot geworden, sah er hoch und sie mit einem missglückten Lächeln an. Teresa fuhr davon unbeeindruckt fort:

„Bis sie mir vor zehn Tagen, oder lass es zwei Wochen gewesen sein, eine unvorstellbare Geschichte erzählte, die leider allzu viele Frauen auf der ganzen Welt erleben, egal, aus welcher Schicht. Also auch in den sogenannten gebildeteren Kreisen. In einer unserer viel zu kurzen Pausen, zu kurz für solche Gespräche, fragte sie mich nämlich: *Was würdest du sagen, wenn ein Patient impulsiv, mitunter aggressiv, hyperaktiv, nymphomanisch, unkonzentriert und nebenbei auch noch untreu ist, obendrein ständig aus der Reihe tanzt, vielleicht auch zu viel trinkt. Welches Krankheitsbild würdest du sehen?*
– Ich schaute sie lange an und hatte Sorge, dass sie mit dir ein Debakel erlebt. Du ahnst vielleicht, was für eines ich meine. Nymphomanisch. Das wollte und konnte ich nicht glauben und fragte daher: *Du sprichst von dir. Stimmt's?* Sie hob nur die Hände und streckte mir ihre wackelnden Finger entgegen. Für eine Ärztin, die Spritzen setzen können muss, die Patienten behandeln soll, ein undenkbarer Zustand. Denn einiges davon wären unter anderem Symptome von ADHS." Teresa atmete tief durch. Miguel tat es ihr nach, suchte nach Worten und machte mit halb offenem Mund doch eine Pause. Teresa schnaufte indes und ergänzte: „Eigentlich eine psychische Störung, unter der für gewöhnlich Kinder leiden. Aber sie meinte, so etwas zu haben, und es gäbe da eine Menge Schatten, die sie einholen und verfolgen würden, und diese hätten mit ihrem Leben zu tun. Nicht

mit dem, was sie im Krankenhaus täte oder was sie studiert hätte, da würde sie wie eine Maschine funktionieren, aber ... aber sie wüsste, Erwachsene könnten auch ADHS-Variationen haben ... bekommen ... oder wie auch immer. Depressionen und Paraphilien mit besonderen Ausprägungen."
Teresa beugte sich vor, trank einen Schluck und sah in Miguels bleich gewordenes Gesicht. Wieder war sie schneller, als sie sagte:
„Nein, nein!" Sie wedelte mit einem Finger. „Sie sagte sofort, du seist nicht schuld. Zwischen euch sei nichts passiert. Alles sei bislang in Ordnung. Nach allem, was sie mir erzählt hatte, konnte ich es mir auch nicht anders vorstellen. Es läge ausschließlich an ihr, dass sie zu diesem ..." Sie unterbrach und sah ihn forschend an. Wusste er die Details? Wusste er inzwischen von dem anderen und von dem, was der ihr antat? Ja. Sonst hätte er doch nicht um dieses Gespräch gebeten. Jetzt würde es ohnehin nicht helfen, noch etwas zu verschweigen, also ergänzte sie ihren Satz: „... zu diesem Mann hinginge. – Deshalb hab' ich vorhin gefoppt gesagt. Ich war wirklich ... betroffen und empfahl ihr lediglich: Du brauchst Hilfe! Psychologisch. Rede mit Miguel. Wenigstens das musst du tun. Denn du brauchst auch eine Begleitung. Zu Hause muss jemand sein, der dich nach solchen Therapiegesprächen auffängt, weil du in solchen tief in deine Seele hinabsteigen wirst. Und ich wette, er steht zu dir und wird alles für dich tun."
„... und das hat sie vor ein paar Tagen getan, mit mir geredet und mir diese Liste gezeigt ..."
Mit einem Knurren und von einem Kopfschütteln begleitet hatte er ein paar Worte gefunden.
„... die ich ihr nicht gegeben habe", entgegnete Teresa, „sie hatte lediglich einen Namen erwähnt, der mir

nichts sagte. *Ich hab' eine Adresse. Da gehe ich mal hin. Miguel will mir helfen. – Find ich ... großartig.* Aber ... sie schien mir trotzdem nicht besonders beruhigt. Eher ein wenig angstvoll. Nicht wegen dir. Du würdest ihr ja helfen, hat sie gemeint, aber sie könnte den Typen nicht leiden. Wenn es denn überhaupt ein Psychiater war, den sie tatsächlich dringend bräuchte. Vielleicht, wenn du magst, schreibe ich dir einen auf. Er hat seine Praxis hier in Palma und ist wirklich ein guter Mann."
Immer noch blass nickte Miguel nur. Wieder suchte er nach den passenden Worten.

„Ich hoffe, er kann helfen. Sie wird mich vielleicht fragen, woher ich den Namen habe. Am besten tue ich so, als sei es ein Name, den mir jemand aus unseren zuständigen Abteilungen empfohlen hat, weil ich ihn für einen Fall bräuchte. Wenn sie nämlich erfährt, dass wir miteinander ... befürchte ich ... nimmt sie nichts mehr von mir an. – Vielleicht habe ich ... oder wir auch schon verloren. Die letzten Tage waren ...", er schaute Teresa mit verzogenem Mund an, „... nicht besonders leicht. Allein unsere Berufe ..."

„... verlangen andere Alltäglichkeiten ..."

„... sind durch das Virus schwer genug. Besonders eurer. Entschuldige, wenn ich dich jetzt noch mit meinen Problemen belaste."

„Keine Sorge. Elena ist mir wichtig. Mir wäre daran gelegen, dass sie aus diesem Dilemma herauskommt. Es stimmt tatsächlich, was sie behauptet, im ärztlichen Alltag ist sie ein ganz anderer Mensch als in den Momenten, in denen ihre ... Krankheit zuschlägt."
Miguel zuckte mit den Schultern und seufzte gedehnt:

„Für das Virus hält sie sich allerdings auch noch schuldig. Wahrscheinlich verschlimmert das ihre Situation noch."

Teresa sah ihn wieder lange an und seufzte genauso geräuschvoll. Ja, diese Geschichte mit dem Virus. Für sie ein Ablenkungsmanöver. Mit einem Kopfschütteln erklärte sie:

„Das Virus ist vielleicht ... in meinen Augen sogar ganz bestimmt ... nicht von hier, egal wie sie es sieht und begründet. Dieses Virus gibt es schon länger, als ich auf der Welt bin. Viren verteilen sich früher oder später explosionsartig. Von den allermeisten bekommen wir nur nichts mit. Aber die Welt ist inzwischen zu vernetzt. Keiner kommt mit Wegducken davon. Wäre es von hier, müssten wir von vornherein und die ganze Zeit ein Hotspot sein. Aber so ist es, trotz aller Dramatik, nicht. Im Gegenteil. In anderen Ländern ging es schlimmer zu, während die Ansteckungskurve hier wieder abflachte und jetzt wieder an Fahrt aufnimmt. Alle, die damit zu tun haben, verlieren die Worte, Politiker, Wissenschaftler, Ärzte. Sie ... wir sind alle Mitwirkende in diesem Drama, dessen Ende keiner kennt, weil es noch nicht geschrieben ist. Dieses Virus wird leider nicht das letzte gewesen sein, aber ich befürchte, unsere moderne Gesellschaft ist auf ein nächstes weder vorbereitet, noch ist sie fähig, damit entsprechend bedacht und sorgsam umzugehen. – Nein, das Virus hat nichts mit ihr zu tun. Wäre das der Fall und sie sich dessen wirklich bewusst, würde sie diesbezüglich noch extremer reagieren – oder hätte es schon längst getan." Mit zusammengepressten Lippen sah sie ihn an. Die Sekunden verstrichen ohne ein Wort, bis sie ihren Gedanken beendete:

„Ich gehe davon aus, dass sie ihr Schicksal aus ganz anderen Gründen, die wir nun erahnen, damit in Verbindung bringt."

„Du weißt das mit ihrem Vater?"

„Sie hat versucht, es mir zu erzählen. Die Geschichte ist traurig und du weißt, dass sie vielen Geschichten ähnelt, die Mädchen und Frauen überall auf der Welt aushalten müssen. Missbrauch in der eigenen Familie. Der Prozentsatz ist schrecklich hoch."
Teresa sah zur Seite, dorthin, wo das Fenster war. Aber hinausschauen tat sie nicht, sondern biss sich stattdessen auf die Unterlippe. Miguel sah einen feuchten Schimmer in ihren Augen entstehen. Dann schüttelte sie den Kopf, als wollte sie einen Gedanken damit loswerden, zog die Brauen hoch und meinte, ohne ihn dabei anzusehen:
„Viele Ehemänner wissen nicht, welche Geschichte ihre Frauen hinter sich haben. Die meisten Frauen verdrängen ihre Erlebnisse und tun ... währenddessen ... das, was sie gelernt haben. Nämlich diese wenigen Minuten aushalten. Und wenn ihr Mann tatsächlich zärtlich dabei sein sollte, können sie sogar ein wenig genießen."
Jetzt sah sie ihn wieder an. Ernst und gleichzeitig lächelnd, den Sex ahnend, den Miguel und Elena wohl manchmal hatten.
„Nur Elena hat Schwierigkeiten damit. Es ist nicht normal für sie. Das, was ihr miteinander erlebt, hat nichts mit Glück zu tun. Sie nimmt sich etwas, was ihr nicht zusteht. Das muss bestraft werden. Diese Strafe kennen die Psychologen aus den Bereichen der Schizophrenien, Psychosen, Depressionen oder auch von Borderline-Patienten. Ist die Strafe erfolgt, baut sich der seelische Druck ab, gibt es für einen kurzen Moment, vielleicht für ein paar Stunden oder auch Tage Ruhe, um doch nur Augenblicke später dieselbe Schuld und Scham wieder in sich zu spüren. Sie hat ein grausames, aber leider bislang wirkendes Mittel gefunden, damit

gut zurechtzukommen. Nur befürchte ich, dass sie sich nun immer stärker bestrafen will. – Deshalb sieht sie sich auch als Schuldige bezüglich des Virus. Deshalb hat das, was sie tut, schon etwas von einem Exzess. Ich bin zwar keine Psychologin oder Psychiaterin, ich kann es dir nicht genau erklären. Aber du musst wissen, dass solche Frauen, mit so einem Schicksal, aufgrund ihres Verhaltens, aufgrund dessen, was sie geprägt hat, allzu häufig aus so einem ... Kreis nicht mehr herauskommen und deshalb immer wieder in die Hände solcher Männer geraten. Es gibt Männer, die sich daran ergötzen. Man könnte sagen, die psychische Störung der Frau ist bei diesen Männern passgenau umgedreht. Allerdings nehmen die betroffenen Mädchen oder Frauen das nicht wahr. Sie denken bei jedem, jetzt ist endlich alles anders. Aber schon nach kurzer Zeit stellt sich heraus, diese Beziehung, diese Sache läuft doch wieder genauso. Diese Beziehung ist genauso toxisch wie die andere. Deshalb wird so etwas nach und nach ... normal. Und damit der Schaden nicht allzu groß wird, bevor man wieder flüchten sollte, und nicht weiß, wohin, tut man das, was bisher immer funktioniert hat. Elena bestraft sich genau aus diesem Grund. Sie erlebt etwas, was sie inzwischen auch für ungehörig empfindet. Sie glaubt, sie hat das mit dir nicht verdient, sucht deshalb wieder diese ... Strafe und zieht dich dadurch erst recht mit hinein. Und das seitdem es mit dir verboten schön wurde ..." Teresa unterbrach sich wieder, was sollte sie weiter an Elenas Verhalten herumdeuteln. Sie blickte kurz zu Boden, dann lächelte sie Miguel an. „Eines weiß ich, eigentlich will sie das nicht ... denn sie liebt dich."

12. Oktober, 18 Uhr 10

Den halben Nachmittag hatte er damit verbracht, irgendwie zur Ruhe zu kommen und herauszufinden, wie und wer ihnen helfen könnte. Nach einer Stunde nahm er seinen ganzen Mut zusammen und rief Ricardo an. Sie trafen sich im selben Besprechungszimmer. Zehn Minuten später glaubte Miguel das Wichtigste erzählt zu haben, sah schnaubend zum Fenster hinaus und stand auf. Ruhelos ging er zwischen Fenster und Tisch. Verfolgt von Ricardos Blick, der seit Minuten unverändert ernst und still war. Dann rieb er mit einer Hand über die Tischfläche hin und her, als könne er dadurch irgendetwas sortieren. Mit einem Seufzer meinte er Sekunden später leise:

„Es ist nicht mein Fachgebiet, aber Teresa hat recht, Elena hat durch diese Erfahrungen einen schweren psychischen Schaden genommen, den sie einerseits mit akribischer Arbeit und dieser ...", Ricardo rang nach passenden Worten, „... körperlichen Züchtigung kompensiert. Beides bewahrt sie davor, in ihrem Sinne glücklich zu sein. Beides ist nur dafür da, die eigene Seele zu beruhigen. Deine Rolle dabei ist verdammt schwierig."

Miguel blieb stehen, sah erst zum Fenster hinaus, dann zu Ricardo hinüber, setzte sich anschließend wie ein alter Mann und stützte seinen Kopf langsam mit verzogenem Gesicht in die Hände. Als schaute er über die Ränder einer Brille hinweg, fragte er sein Gegenüber:

„Chance?"

Ricardo machte eine unbestimmte Kopfbewegung.

„Es wird dauern und sie muss es wollen. Ein Hindernis, der Feind sozusagen, ist ausgeschaltet. Ich glaube, die Chance ist klein, aber vorhanden. Und ich glaube,

ich kenne da jemanden. Wenn du erlaubst, spreche ich mit ihm."
Miguel hob unentschlossen die Arme.
„Was bleibt mir anderes übrig?"

~~~

Erst am frühen Nachmittag hatte Sanchez Olivero nach einem ziellosen Spaziergang am *Passeig de Mallorca* entlang wieder genug Kraft gesammelt und sie waren daraufhin ohne Blaulicht und teilweise mit ihren Privatfahrzeugen aus drei Richtungen auf das Firmengelände von Aguilar zugefahren. Noch außer Sichtweite stellten sie ihre Wagen ab, stiegen aus und verteilten sich so, dass sie zugleich sich als auch das Gelände beobachten konnten. Nach einem ausgemachten Signal gingen sie im selben Moment auf die Gebäude zu. Nach wenigen Metern war klar, sie würden rennen müssen. Denn dieser José hatte sie wohl beobachtet und versuchte sein Heil in der Flucht. Warum er dies nicht schon früher versucht hatte, wusste er wahrscheinlich selbst nicht. Der Ring der Polizisten hatte auf jeden Fall, bis auf drei Kollegen, nichts weiter zu tun, als stehen zu bleiben.

Ivan und zwei Männer der *Policía Local* mussten jedoch ihre Sportlichkeit beweisen. Ivan war der eifrigste, er mochte solche Szenen, in seinen Lieblingsserien, die er bis tief in die Nacht verfolgte, machten es die Helden genauso. So warf er sich dicht vor der Hauptstraße in den Lauf des jungen Mannes, der es gleich darauf dem Audi dieses Ruiz nachmachte, sich mit Saltos überschlug und dann neben der Fahrbahn der Ma-11 liegen blieb. Ein paar Zentimeter weiter und er hätte Bekanntschaft mit einem Lastzug gemacht, der gerade an der

Szenerie vorbeischoss. Daher war es wieder Ivan, der ihn an dieser Bekanntschaft hinderte und nun mit zerrissener Hose neben diesem José stand und ihm einen Fuß in den Nacken trat.

„Nicht dass du aus Versehen auf die Fahrbahn stolperst und dich umbringst", höhnte Ivan, „ist ja doch ein bisschen viel Verkehr für so einen jungen und unerfahrenen Kerl wie dich."

~~~

Zurück in der Burg saßen sie zusammen mit Pelleter im zweiten Stock und hörten sich das an, was sie schon längst wussten. Nur in der Version: Wie löse ich das meiste Mitleid aus. Inspector Sanchez Olivero saß in einer Ecke des Raumes und erfuhr eine weitere Vater-Geschichte, mit anderen angeblichen Grausamkeiten, die von Nichtbeachtung, Zurückweisung und fehlender Liebe berichteten. Standard. Pelleter schüttelte fortwährend den Kopf und Andreu ließ sich nicht aus der Ruhe bringen und stellte stoisch eine Frage nach der anderen. Nach einer halben Stunde ständiger Märchen trat der Inspector genervt an den Schreibtisch, stützte sich auf und giftete diesen Schnösel atemlos an:

„Und daher sahst du es als gerechtfertigt an, die Schule abzubrechen, nach Nicaragua zu gehen, um ein bisschen im Drogenhandel mitzumischen, dafür zwei Jahre im Gefängnis zu sitzen, weil deine epochemachenden Ideen leider doch nicht so gewieft waren, zurückzukommen, den dicken Maxen zu markieren, der – wenn auch vermeintlichen – Freundin deines Vaters den Kopf zu verdrehen – *Was willst du mit dem alten Sack, ich schenk dir ein geileres Leben* –, ihr deshalb vor lauter Geilheit auch noch ein Kind unterzujubeln, ein

Haus zu kaufen, das du dir nicht leisten kannst, und ganz am Ende, damit du an das Erbe kommst, noch einen kleinen Mord zu begehen."

Er drosch mit einer Faust auf den Tisch und hob die andere Hand. Jetzt wollte er nicht unterbrochen werden. Dieser kleine Idiot vor ihm durfte ruhig die ganze Wut, auch die, die er wegen seines dilettantischen Kümmerns bezüglich Elena empfand, abkriegen. Somit beugte er sich noch ein wenig mehr über den Tisch und giftete:

„Aber Ideen haben nichts mit Plänen zu tun. Ich gratuliere dir daher zu so viel Menschenverstand und Weitsicht. Nur ... jetzt wirst du deinen Umzug noch eine Weile verschieben müssen. Denn dein neuer Wohnort ist das Gefängnis und das nicht nur für zwei, drei Wochen. Somit hat dein Kind *auch* keinen Vater."

Die Bilder in seinem Kopf stürzten zusammen oder fielen übereinander her oder zerschellten wie fallen gelassenes Geschirr. Miguel durchbohrte mit seinem Blick José. Dann haute er ein weiteres Mal auf den Tisch, drehte sich um, stürmte aus dem Raum und knallte die Türe zu. Pelleter hatte von den Gründen für Miguels Toben keine Ahnung und lächelte ihm hinterher.

12. Oktober, 20 Uhr 55

Elena verfolgte Miguels Hände, wie er aus den beiden Kartons die Pizzas auf die Teller schob. „Ein bisschen Stil sollten wir wenigstens noch bewahren, ist immerhin eine Pizza von Raul", erklärte er mit einem bemühten Lächeln. „Jetzt muss er sich wieder mit so etwas über Wasser halten." Ihr Lächeln war nicht besser. Sie wartete ab, bis er sich an den Tisch setzte, ohne in einen der Kartons zu schauen, dann reichte sie Miguel ein Blatt hinüber und fing im gleichen Moment an zu schniefen.

„Ich glaube, ich nehme die Einladung an", stellte sie fest, ohne dass er den Inhalt schon erfasst haben konnte, und wischte sich unfein und schniefend mit dem Handrücken die Nase ab. Ihr Satz klang wie eine Diagnose und die anschließende Medikamentierung. Aus medizinischer Sicht unumstößlich. Miguel sah auf das Blatt. Ein Ausdruck einer Mail. Absender Brenda Bosque, Buenos Aires. Der Name sagte ihm etwas. Er hatte Mühe sich zu erinnern. Es war schon eine Weile her. Er musste irgendwas mit ihrer Zeit in Madrid zu tun haben. Die aus dem Labor hieß Sanz. Die war auch aus Buenos Aires. Es musste also die gewesen sein, die Elena damals in Buenos Aires kennengelernt hatte. Dieses Kennenlernen war wohl intensiver gewesen, als er sich vorgestellt und sie ihm erzählt hatte. Demnach hatten sie noch immer Kontakt. Der Text klang, als hätten sie sich nahezu wöchentlich Mails geschrieben. Wieder eine Sache, von der er nichts wusste.

„Urlaub?" Er sah hoch und damit in ein vollkommen verheultes Gesicht. Er wedelte mit dem Blatt vor ihrem Gesicht. *Dafür Tränen? Für einen Urlaub übertrieben*, dachte er sofort, verzog seines und sagte mit einem sarkastischen Ton:

„Du gibst auf und rennst weg."

„Weg nicht. – Ich geh auf Entzug. Und das dumme dabei ist, auch auf Abstand zu dir, weil ich dich liebe und dich vom ersten Tag an nur verletzt, belogen und betrogen habe. Sogar bis zu dieser Minute. – Du sprichst immer davon, ein kleiner Polizist zu sein. Ich bin aber nur eine kleine ... dumme Virologin. Eine

Schmalspurärztin mit Doktortitel. Aber was ich weiß, reicht nicht einmal, um eine Allgemeinärztin zu sein."

„Wenn du mich liebst, bekommen wir das hin." Es sollte wie eine Feststellung klingen.

„Es soll ein ... du hast es mal Reset genannt. Ein paar Wochen ohne Virus, ohne Lügen, ohne Betrügen, ohne ... du weißt, ich könnte jetzt stundenlang weiter aufzählen – und, ja, ich weiß, leider auch ein paar Wochen ohne dich. Aber danach würde ich mich freuen wieder mit dir an den Strand fahren zu dürfen. Egal wie kalt es dann ist."

„Ich bleibe dabei", mit unterdrücktem Zorn schob er den Teller weg, „du rennst weg."

„Ich habe Angst, dich noch mehr zu verletzen."

„Er ist ausgeschaltet." Sein Grinsen sah fast verächtlich aus.

„Ich weiß", sie sah neben sich auf den Boden, „aber nicht die Monster in meinem Kopf."

„Dann lass dir endlich helfen. Auch wenn ich dafür der Falsche bin, kann ich immerhin da sein, damit du nicht allein da durchmusst. Oder kennst du noch mehr Männer ... dafür?"

Elena seufzte, sah ihn an und um etwas anderes zu tun, als nur zu schweigen, riss sie ein Stück der Pizza ab und biss so hinein, dass sie die nächsten Augenblicke nicht sprechen konnte, zumal sie die nächsten Tränen kommen spürte.

„Und wann soll dieser ... Urlaub anfangen?", fragte Miguel mit einem immer noch ungläubigen Kopfschütteln, weil sie nichts sagte. Elena sah ihn mit tränennassen Augen drei Sekunden wortlos an. Lang genug, um es für eine Ewigkeit zu halten und etwas Schockierendes zu erwarten. Elena sah auf ihre Uhr und strich sich dann die Haare nach hinten und war schon fast aufgestanden, ohne ihn anzusehen. Dann fügte sie hinzu:

„Morgen Abend schon. Ich übernehme gleich die Nachtschicht und arbeite bis nachmittags durch. Ich geh direkt vom Krankenhaus zum Flughafen."

Erst jetzt sah er ihren kleinen Koffer an der Wohnungstür stehen. Daneben den Rucksack und ihre Sneaker. Alle anderen Schuhe und Pumps, die sich dort für gewöhnlich aufeinandertürmten, waren wohl schon in den Koffer oder Rucksack gepackt. Derweil stand sie bereits daneben und streckte die Hand aus. Den letzten Bissen kauend. Miguel verfolgte die Bewegung ihrer Hand. An der Garderobe hing nur noch ihre Übergangsjacke, die sie gerade begann anzuziehen. Er hatte das Gefühl, dass sein Kopf implodierte. Die Jacke war geschlossen. Die Tür bereits halb offen. Dann kam der Blackout.

Fast auf den Tag genau fünf Monate später ...

7. März, 17 Uhr 45

„Es gibt keinen Gott. Oder es gibt ihn und er hat längst das Jüngste Gericht beginnen lassen." Eduardo pfefferte vor ihm eine aufgeschlagene Zeitung auf den Tisch und deutete auf das Foto. Auf diesem waren mit Tüchern bedeckte Körper zu erkennen. Neben diesen Blutspritzer auf dem Asphalt. *Una familia ha sido asesinada en el punto de evacuación de Irpin* ... Eine Familie in Irpin. Erschossen an der Stelle, an der sie auf ihre Evakuierung aus der Ukraine gewartet hatte. Vater, Mutter, eine achtjährige Tochter. *Was für ein Schmerz! Zivilisten sind ihnen egal*, stand unter dem Foto. Aufgenommen von dem spanischen Fotojournalisten Diego Herrera. „Dafür musste dieser Gott dann nicht einmal selbst tätig werden. Warum auch?", wetterte Eduardo: „Das mit dem Virus ist zwar danebengegangen, aber dafür reichen die Wahnsinnigen, die so etwas tun. Wen will er jetzt noch in seinem Himmel aufnehmen wollen? Die angeblich Guten? All die vermeintlich Guten? Vor zwei Wochen haben wir sogar dem größten Lügner aller Zeiten noch geglaubt. Obwohl er seit 2014 einen Krieg geführt hat, den wir nicht wahrhaben wollten. Jetzt legt er den Grundstein und baut parallel zum Untergang der Welt sein jetzt schon marodes Denkmal."
Miguel schaute auf und sah zu den beiden Frauen rüber. Mit einem Lächeln unterhielten sie sich draußen auf der Terrasse in der ersten warmen Sonne des Jahres. Sie brauchten jetzt in der beginnenden Dämmerung allerdings noch ihre warmen Strickjacken und Pullover. Er hob eine Hand und winkte, dann beugte er sich vor und trank einen Schluck des Weißweins. Ein überaus guter Prensal des Weinguts *Macià Batle*, fruchtig und frisch. Dieser wollte so gar nicht zu dem Thema passen.

(Andreas Heßelmann, Tuschezeichnung von Rainer Simon)

1958, Duisburg, Niederrhein. Kaum drei Jahre alt, die ersten Märchenplatten, dann Jim Knopf, die ersten (Kinder)-Krimis von Enid Blyton und später die von Jean-Bernard Pouy. Eine von Anfang an spannende und überaus fesselnde Welt, in der ich versank, und die ich als Kind mit eigenen Figuren ergänzte. Meine Fantasie war angeregt. Das gilt auch heute noch. Ich wurde Buchhändler, schreibe seit 30 Jahren, erwecke Personen und Handlungen zum Leben und mache daraus Bücher, die ich gerne selbst lese. Das ist in meinen Augen entscheidend: Man sollte die eigenen Bücher mögen.

Rainer Simon

Einer der bekanntesten Zeichner, Cartoonisten und Illustratoren Deutschlands. Er arbeitete für das Handelsblatt, die Stuttgarter Zeitung und den Playboy. Illustrierte Bücher von Michael Ende für den Weitbrecht Verlag und gestaltete Bücher unter anderem von Gerhard Konzelmann, Arturo Pérez-Reverte und Salim Alafenisch. Rainer Simon gewann unzählige Preise und Auszeichnungen. – Er lebt in Böblingen.

Weitere Bücher von Andreas Heßelmann:

Keine Rückkehr, Ein Mallorca-Krimi / Oktober 2016 / 978-3-7407-1523-6 / Verlag Twentysix / 13,- €

Ausgerechnet als er sich auf Mallorca von einem Mordanschlag erholen soll, findet der aus Padua stammende Commissario Berlingui schon nach wenigen Tagen in unmittelbarer Nähe zu einem kleinen Kloster die Leiche einer jungen Frau.

Am liebsten würde er sich aus den Untersuchungen heraushalten, doch Inspector Sanchez Olivero bindet ihn in einen immer komplexer werdenden Fall mehr und mehr ein.

Ein rasanter, harter, mitunter dunkler und leider immer aktuell bleibender Krimi.
„Andreas Heßelmann entspinnt geschickt eine Geschichte auf Mallorca, in der es nicht allein um das Katz-und-Maus-Spiel einer Mördersuche geht."
(Peter Bausch, Feuilleton, Sindelfinger Zeitung)

Keine Zeugen, Der 2. Mallorca-Krimi / Januar 2018 / 978-3-7407-4341-3 / Verlag Twentysix / 14,- €

„Auch in ‚Keine Zeugen' geht es Heßelmann um mehr als die Suche nach dem Mörder. Er schaut hinter die Bühne des Postkarten-Mallorcas. Das schafft er nicht nur durch einen gelungenen Plot, sondern vor allem durch glaubwürdige Figuren. Allen voran der liebenswerte, keineswegs perfekte, aber stets Gerechtigkeit suchende Inspector Sanchez Olivero.

Eine Ermittlerfigur, mit der man als Leser gerne seine Abende verbringt, mit der man mitleidet, mitfiebert und mitliebt." (Tim Schweiker, Journalist)

Keine Freunde, Der 3. Mallorca-Krimi / Juli 2020 / 978-3-7407-6812-6 / Verlag Twentysix / 12,- €

Der Fall Más Mallorca schien abgeschlossen, doch dann findet man im Museum für zeitgenössische Kunst Es Baluard in Palma kurz vor der abendlichen Schließung eine Leiche. Wie eingeschlafen wirkend und allein vor einem Bild sitzend. Die Akte Más Mallorca muss wieder geöffnet werden, dabei kommen pikante Details ans Tageslicht. Doch nicht nur dieser Fall mit neuen Verwicklungen belastet Inspector Sanchez Olivero. Auch in seiner Beziehung mit Inés läuft nicht alles wie geplant.

„Eine Ermittlerfigur, mit der man als Leser gerne seine Abende verbringt, mit der man mitleidet, mitfiebert und mitliebt."
(Tim Schweiker, Journalist)

Keine Zukunft, Der 4. Mallorca-Krimi / Okt. 2020 / 978-3-7407-6998-7 / Verlag Twentysix / 12,- €

Ein Zufall führt zur Verhaftung des letzten Verdächtigen aus dem Fall Más Mallorca: in einem Krankenhaus. Er ist an einer gefährlichen Mutation des Noro-Virus erkrankt. Und er ist nicht der Einzige, die Krankheitsfälle häufen sich. Inspector Sanchez Olivero soll der Herkunft des Virus nachgehen und lernt dabei eine attraktive Virologin kennen, die sein Leben, beruflich wie privat, gehörig durcheinanderbringt. Was weiß sie wirklich über diese Mutation? Währenddessen versucht Inés, seine Kollegin und bisherige Freundin, abzuklären, ob ihre neue Liebe funktionieren könnte.

Band 4 der erfolgreichen Mallorca-Krimireihe. Mit viel Lokalkolorit und etwas Herzschmerz.

Keine Angst / Der fünfte Mallorca-Krimi / März 2021 / 978-3-7407-8110-1 / Verlag Twentysix / 12,- €

„Keine Angst" ist die nahtlose Fortsetzung des Vorgängerbands „Keine Zukunft – Der vierte Mallorca-Krimi". Alles scheint durcheinandergeraten zu sein. Das Privatleben von Inspector Sanchez Olivero, sein letzter Fall Más Mallorca und der nur anfänglich einfach erscheinende Fall von Raubüberfällen in Discos. Erst als nach einem Sturm an der nördlichen Steilküste Mallorcas eine Leiche gefunden wird, fügt sich alles langsam zusammen. Am Ende muss Sanchez Olivero erkennen, dass manchmal das Ende eines Falls auch mit dem eigenen Schicksal verknüpft ist. Sein Leben bleibt spannend.

Keine Ausrede / Der sechste Mallorca-Krimi / Okt. 2021 978-3-7407-8584-0 / Verlag Twentysix / 8,- €

Der Alltag für viele Mallorquiner wird durch die Auswirkungen des Norovirus immer prekärer. Die junge Beziehung von Inspector Sanchez Olivero mit Elena scheint am Flughafen von Palma bereits zu Ende zu gehen - Elena wird von alten Dämonen verfolgt, er sucht händeringend nach einer Lösung. Auch Inés, seine Ex-Partnerin, fängt wieder bei null an: neuer Job, neue Kollegen und ungewohntes Familienleben. Der Fund von mehreren Fässern mit einer seltsamen, stinkenden Fleischpaste im Westen von Mallorca bringt alles durcheinander. Was steckt dahinter?
Inspector Sanchez Olivero muss wie so oft mehrere Probleme gleichzeitig lösen und Ausreden helfen in keinem der Fälle weiter...

Band 6 der derzeit größten deutschsprachigen Krimireihe, die auf Mallorca spielt.

Der Tote unter der Explanada / Ein Alicante-Krimi / Neuaufl. 2018 / 978-3-7407-1125-2 / Twentysix / 11,99 €

Nur noch wenige Tage bis zur Johannisnacht, den Hogueras de San Juan, eines der größten und buntesten Feste in Spanien. Doch ein grausamer Fund unter den Steinen der Flaniermeile Explanada de España in Alicante bedroht die Durchführung des Festes.

Inspector Xarneracomte, manchmal etwas langsam, bisweilen ungelenk und viel zu lang schon allein, stößt bei seinen Ermittlungen zusammen mit seinem besten Freund und Kollegen und mit viel Intuition auf merkwürdige und ungewöhnliche Spuren.

Ein aufwühlender und aktueller Krimi vor dem Hintergrund der Flüchtlingskrise in Spanien.

„Kennen Sie einen Afrikaner, der freiwillig nach Europa kommen würde? Das ist kein Wunschtraum, sondern nur der letzte Ausweg."

Der Tote auf Tabarca / Der 2. Alicante-Krimi / 2018
978-3-7407—5050-3 / Verlag Twentysix / 13,- €

Spanien ist einfach zu nah, als dass die Menschen des afrikanischen Kontinents nicht den riskanten Weg über das Mittelmeer in die vermeintlich bessere Welt wählen würden. - Doch sind sie angekommen, sind die Verlockungen in dieser Welt genauso groß. Inspector Xarneracomte und sein Freund Primo müssen im neuen Fall einen weiteren Mord aufklären, der wohl mit dieser Sehnsucht nach Freiheit in Verbindung steht. Wären die beiden weniger mit ihren Angehimmelten, Mónica und Cristina, beschäftigt, würden sie sich sicher besser auf die Antwort darauf konzentrieren können.

Auch „Der Tote auf Tabarca" spielt vor dem hochaktuellen Hintergrund der Flüchtlingskrise in Spanien.

Schlammschlacht / Ein Padua-Krimi / Oktober 2017
978-3-7407-3027-7 / Verlag Twentysix / 12,50 €

Abano Terme bei Padua. Ausgerechnet in diesem weltbekannten Kurort wird in einem Hotel Monsignore Tossatello mit einem Eimer Fango umgebracht. Commissario Berlingui hat es nicht nur mit einer ungewöhnlichen Methode von Mord zu tun, sondern auch der Ermordete ist als kirchlicher Würdenträger des Vatikans nicht gerade alltäglich. Aber es bleibt nicht bei dieser Leiche, und Berlingui findet sich in einem zunächst unübersichtlichen und viele Jahre zurückreichenden Fall wieder, dessen Ende überrascht.

„Einmal mehr hat Andreas Heßelmann einen Kriminalroman verfasst, der den Leser nicht mehr loslässt. Atmosphärisch dicht, voller historischer und politischer Bezüge und vor allem: spannend bis zum tatsächlich überraschenden Ende." (Tim Schweiker, Sindelfinger Zeitung)

Zementschlacht / Der zweite Padua-Krimi / Aug. 2019
978-3-7407-1495-2 / Verlag Twentysix / 12,- €

Acht tote Schwarzafrikaner.
Mitten auf dem Prato della Valle in Padua.
Zwei Bauunternehmer, die sich seit ihrer Kindheit im Krieg kennen.
Spuren, die unglaublich erscheinen und Commissario Berlingui ein Rätsel sind, bis ihn die Ehefrau eines der Bauunternehmer zu einem Gespräch einlädt.
Berlinguis härtester Fall birgt nicht nur unvermutete Schicksale der Beteiligten, sondern beeinflusst auch sein eigenes Leben.

Ein ungewöhnlicher Krimi mit historischen Bezügen, die bis in die Zeit des faschistischen Italiens zurückreichen.

Der letzte Mörder / Der dritte Padua-Krimi / Jan. 2020
978-3-7407-1495-2 / Verlag Twentysix / 12,- €

Kaum aus seinem Urlaub auf Mallorca zurückgekehrt, wird Commissario Berlingui eine neue Kollegin vorgestellt, Sottotenente Loretta Dugiorni, Absolventin der Accademia Militare di Modena. Eine junge, strebsame und auffallende Persönlichkeit. Sie ist in seinem Fall „Zementschlacht", der ihm fast das Leben gekostet hatte, einigen merkwürdigen Dingen nachgegangen und hat nochmals nachgeforscht. Ihr überraschendes Ergebnis präsentiert sie zusammen mit Ispettore Collasso in ungewöhnlicher Umgebung:

„Der letzte Mörder" – Commissario Berlingui zwischen Erstaunen und Bewunderung.

Kommt davon / Eine ganz andere Geschichte / 2018
978-3-7407-4828-9 / Verlag Twentysix / 10,99 €

„Kommt davon" ist eine (ganz andere) Geschichte rund um die Liebe.
Offen, ehrlich, sensibel, erotisch, pikant und nachdenklich.
Mitunter eine Reise durch vergangene Jahrzehnte und ein „Versuch" der männlichen Hauptperson mit Kinofilmen etwas über die Liebe zu erfahren, damit er endlich seine Angebetete erobern kann.
Und dies verführerisch unbedarft und oft vollkommen überfordert.
Aber auch unschuldig, manchmal naiv ... und vor allem zärtlich und schüchtern.

Losglück / Eine deutsch-türkische Liebesgeschichte / 2020 / 978-3-7407-6240-7 / Verlag Twentysix / 8,- €

„Liebe ist zweifellos der direkteste Zugang zum Leben. Aber wenn man keine zwanzig mehr ist, verlässt einen die Unbändigkeit des Lebens und man springt keine drei Stufen auf einmal hinunter. Dabei war ich mir sicher, nicht zu stürzen."

Ausgerechnet als er in seinem Leben ein wenig aufräumen möchte, lernt er an der türkischen Schwarzmeerküste eine junge Frau kennen, die es wert wäre, diese Stufen hinunterzuspringen.

Eine ungewöhnliche Liebesgeschichte. Erst in der Türkei spielend, dann in Deutschland.

Schneegestöber – oder nach 1 kommt 3
Eine Art Alpen-Krimi / Juni 2021 / 978-3-7407-7222-2 / Verlag Twentysix / 8,- €

Holzbach im Winter. Eine turbulente Gemeinderatssitzung, die im Einsamen Bären noch lange diskutiert wird. Am nächsten Morgen wird der Huber Alois tot auf einem großen Stein im Bachbett gefunden. Noch während Bezirksinspektor Roggmann mit Unterstützung der Kripo aus Innsbruck versucht die Umstände seines Todes zu rekonstruieren, kursieren schon die ersten Verdächtigungen im Dorf. Und es werden immer mehr. Alte und neue Familiengeheimnisse kommen ans Tageslicht, tragen aber nicht viel zur Klärung des Falls bei. Findet Roggmann die Lösung, bevor das einst so beschauliche Dorfleben völlig aus den Fugen gerät?
Ein origineller Krimi mit viel Lokalkolorit.